낭만적 사랑
       과
사회

정이현 소설집
낭만적 사랑과 사회

초판 1쇄 발행 2003년 9월 16일
초판 27쇄 발행 2022년 10월 7일

지은이 정이현
펴낸이 이광호
펴낸곳 ㈜문학과지성사
등록번호 제1993-000098호
주소 04034 서울 마포구 잔다리로7길 18(서교동 377-20)
전화 02) 338-7224
팩스 02) 323-4180(편집) 02) 338-7221(영업)
전자우편 moonji@moonji.com
홈페이지 www.moonji.com

ⓒ 정이현, 2003. Printed in Seoul, Korea
ISBN 89-320-1448-5

이 책의 판권은 지은이와 ㈜문학과지성사에 있습니다.
양측의 서면 동의 없는 무단 전재 및 복제를 금합니다.

낭만적 사랑과 사회

정이현 소설집

문학과지성사
2003

낭만적 사랑
과
사회
차례

낭만적 사랑 7
과
사회

트렁크 37

소녀 63
시대

순수 97

무궁화 121

홈드라마 145

신식 171
키친

이십세기 197
모단
걸
__신 김연실전

해설 225
그녀들의 위장술, 로맨스의 정치학
이광호

작가의 말 250

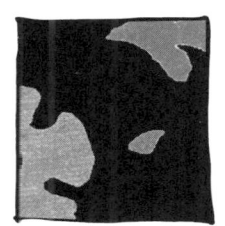

낭만적 사랑과 사회

낭만적 사랑과 사회[1]

고진감래(苦盡甘來)

나는 레이스가 달린 팬티는 입지 않는다.

고무줄이 헐렁하게 늘어나고 누렇게 물이 빠진 면 팬티는 말하자면, 나의 마지막 보루다. 상우의 입술은 내 귓불에 닿아 있었다. 여자가 감질날 정도를 정확히 계산한 듯 살짝살짝 입김을 불어넣는 솜씨가 예사롭지 않았다. 내 상반신을 내리누른 그애의 어깨 너머 60인치 와이드 화면 속에선 브래드 피트가 권총을 뽑아 드는 중이었다. 리바이스 청바지에 감싸인, 착 올라붙은 브래드의 엉덩이를 바라보며 나는 언제 몸을 떠어야 좋을지

---

[1] 같은 이름의 책 살스비 J. Sarsby, 박찬길 옮김, 『낭만적 사랑과 사회 Romantic Love & Society』(민음사, 1989)가 있지만, 우리의 그녀가 그것을 읽었는지는 알 수 없다.

가늠해보았다. 그애의 손가락은 그러나 내 대퇴부를 살살 쓰다듬을 뿐 팬티 라인은 건드리지 않고 있었다. 고수의 솜씨였다. 조금 더 두고 봐야 할 것 같았다.

남자애와의 데이트가 대부분 그렇듯 오늘도 베니건스에서 샐러드와 파스타를 먹고, 커피를 마시고 나니 특별히 갈 곳이 없었다. 상우가 "비디오방이나 갈래?" 했을 때 나는 "글쎄……" 하며 얼버무렸지만 결국 다른 대안이 없다는 것도 알고 있었다. 처음에는 얌전히 앉아 비디오를 보던 그애가 입술을 부딪쳐왔을 때 나는 살포시 눈을 감았다. 키스할 때 눈을 뜨는 건, 나 바람둥이야, 라고 광고하는 일이다. 그러나 첫 키스에서 여자가 너무 적극적일 필요도 없었다. 나는 새침한 척, 입술을 아주 약간만 벌려주었다. 상우의 입맞춤은 능수능란했다. 민석이처럼 무작정 냄새나는 혓바닥을 쑥 밀고 들어오지도 않았고, 승재 오빠처럼 (1) 상대의 입술을 벌린다; (2) 혀를 집어넣는다; (3) 서너 차례 회전시킨 다음 상대의 혀를 핥기 시작한다, 는 식의 매뉴얼에 지나치게 집착한 나머지 변죽만 울리다 말지도 않았다. 상우의 입술은 뭐랄까, 우유에 적신 스펀지케이크처럼 촉촉하고 부드러우면서도 적당한 완력마저 느껴졌다. 아주 잠깐 망설이다가 나는 상우가 혀를 움직이기 좋도록 입술을 조금 더 크게 벌려주었다.

그때, 예상치 못한 일이 일어났다. 내 정신이 잠시 혼미해진 틈을 타 상우의 손이 불쑥 스커트 아랫자락을 헤치고 들어온 것이다. 가슴[2]을 건너뛰다니. 이런 경우는 처음이었다. 나는 무릎과 무릎 사이를 오므렸다. 침착해질 필요가 있었다. "이러는 거 싫어." "따뜻해서 그래. 조금만 이렇게 있을게." 상우가 귓가에 속삭이자, 허벅지에 오스스 소름이 돋았다. 더 이상은 안 되는데, 안 되는데. 그러나 상우는 서울에서 제일 좋은 대학의 의대생인 데다 잘생기기까지 했다. "아이 참, 나 이런 거 싫은데. 그럼 딱 거기까지만이야!" 귓가에 부서지는 입김이 점점 거칠어진다 싶더니, 마침내, 브래드 피트가 권총을 발사한 찰나, 상우의 손이 천천히 상승 이동하기 시작했다. 그애의 손가락은 점점 내 팬티에 가까이 다가오고 있었다. 내 팬티! 삼 년 동안 줄기차게 입어온, 양은솥에 넣고 푹푹 삶아댄, 누리끼리하게 변색된, 낡은 팬티! 팬티를 사수하는 것은 세상을 사수하는 것이다.

나는 한숨을 안으로 삼키고 상우의 손을 쓱 잡아 뺐다. 내 몸 위에 엎어진 남자애의 어깨를 밀어내고 꼿꼿이 몸을 일으켜 세웠다. "더 이상은 안 돼!" "왜 안 돼? 너도 좋잖아?" 혹시 팬티 속의 습기를 눈치 챈 건 아니겠지? 움찔 놀랐지만 나는 아무렇

---

2) 대개의 남자들은 입맞춤 후에는 바로 가슴 쪽으로 관심을 돌린다. 애피타이저 다음에 메인 요리를 먹는 것처럼 당연한 순서로 생각하는 것이다. "너 그 여자애랑 진도 어디까지 나갔니?"라고 서로 비교하는 남자애들에게 연애는 포트리스 게임과 다르지 않다.
아직 확실한 관계가 아닌 남자가 가슴을 더듬기 시작한다면 일단 매몰차게 몸을 빼는 편이 좋다는 게 그녀의 지론이다. 남자에게 가슴을 허용하는 것은 보통 이상의 지속적인 친밀감을 허용한다는 의미이기 때문이다. 여자가 남자에게 가슴을 허락한다는 것은 또한 그 아랫부분에 대한 접근을 적정선까지 묵인하겠다는 암묵적인 동의이므로, 일단 가슴을 정복한 남자는 머지않아 더 노골적인 요구를 해오기 마련이다. 그러므로 그녀는 말 타면 경마 잡히고 싶어한다, 는 속담을 한시도 잊지 않으려 애쓰고 있다.

지도 않은 듯 15도 각도로 고개를 숙였다. 첫번째 레퍼토리를 사용할 시점이 예상보다 빨리 온 것이 아쉬웠으나, 지킬 건 지켜야 했다. "오늘은 안 돼. 우린 이제 겨우 두번째 만나는 거잖아." 단어의 갈피갈피마다 머뭇거리며 "아직은, 아직은, 서로를 자알 모르잖아." 길고 미지근한 여운을 남겨야 한다. 상우는 곧 자신의 조급함을 사과하고 내 어깨에 얌전히 팔을 둘렀다. 이만하면 매너도, 머리 회전도 괜찮은 녀석이었다. 나는 살며시 그 애의 팔에 머리를 기대주었다. 밖으로 나왔을 때는 열한시가 다 되어가고 있었다. 그냥 헤어지기에도, 또 다른 곳으로 장소를 옮기기에도 어정쩡한 시간이었다. 오늘이 우리의 두번째 데이트라는 점을 다시 한 번 상기했다. 역시 욕망의 절제가 필요한 타이밍이었다. 나는 짐짓 과장된 동작으로 손목시계를 내려다보았다. "어머, 큰일났네. 통금 시간 다 되어가잖아." "너 그런 것도 있어?" "응. 우리집이 좀 엄한 편이거든." 상우는 곧 택시를 잡아 세우더니, 깍듯하게 뒷좌석의 문을 열어주었다. 한숨이 나왔다. 데려다주지도 않을 거면서, 차비를 내주지도 않을 거면서 덜컥 택시부터 잡다니. 차에 오르며 흘낏 얼굴을 쳐다보니 상우는 스스로의 신사도에 매우 만족한 표정이었다.

  차가 없는 남자애는 피곤했다. 우선 폼이 안 났다. 대학교 3학년이나 된 이 나이에 아직도 강남역 뉴욕제과 앞, 압구정동 맥도널드 앞 같은 곳을 약속 장소로 정한다는 건 쪽팔리는 일이었다. 게다가 데이트를 끝내고 집에 갈 때는 또 어떤가? 지하철과 마을버스를 갈아타고 여자애 집 앞까지 데려다주는 연애, 동네 사람들 눈을 피해 놀이터 벤치에서 몰래 뽀뽀하는 연애는 고딩 때나 하는 것이다. 제아무리 의대생이라 해도 차가 없다는 건 심각한 감점 포인트에 해당했다. 여기서 그만두기엔 아까운 걸. 창밖으로 오렌지색 불빛을 밝힌 차들이 휙휙 빠르게 지나갔다. 정녕 완벽한 남자애란 존재하지 않는다고 생각하니 좀 우울해졌다. 나는 꺼놓았던 핸드폰의 전원을 켰다. 바로, 삐빅! 문자 메시지 수신음이 울렸다. '뭐 해? 1004.' 민석이었다. 지방 캠퍼스에 다니는 데다 키스 하나 제대로 못하는 어리어리한 민석이를 몇 달째 만나는 이유도 따지고 보면 그애의 스포츠카 때문이었다. 차창을 열고 아파트 단지가 붕붕 울리도록 커다란 음악을 틀어놓은 채 나를 기다리는 은색 차! 아파트 입구를 나와, 내가 타주기만을 바라고 있는 자동차까지 가능한 한 천천히 걸어가 도어를 당길 때의 기분은 말로 표현할 수 없었다. 경호원을 가볍게 따돌리고 궁전을 빠져나와 나이트클럽에 가는 천방지축 막내 공주가 된 것 같다고 할까. 어쨌든 이렇게 우울할 때, 선루프를 활짝 열어젖히고 여름 밤바람에 머리칼을 휘날리며 올림픽대로를 질주할 수 있다면. 샌들 속의 발가락들이 일제히 꼼지락댔다. 나는 저장되어 있던 문자를 불러내어 민석이에게 송신했다. 집 앞으로 와줘. 지금.

은색 투스카니는 빠른 속도로 우리 동네를 벗어나 강변도로를 달려갔다. 한강의 야경이 없다면 이 도시는 참 구질구질할 거다. 그러나 어둠이 내리고 연주홍빛 가로등이 점점이 불을 밝히면 서울은 다시 태어난다. 밤의 한강 가를 드라이브하고 있으면 낯선 나라를 여행하는 기분이 들곤 한다. 나는 페르시안 고양이처럼 시트 깊이 엉덩이를 묻고 속도감에 몸을 맡겼다. 차는 한남대교 아래 한강 둔치로 접어들고 있었다. 한산한 도로에서 다음껏 액셀러레이터를 밟던 민석이가 속력을 줄이더니 오디오 스위치를 눌렀다. 늘 요란하게 틀어대던 댄스 가요 대신 유키 구라모토의 피아노 곡이 흘러나왔다. 왠지 모르게 불안해지기 시작했다. 이거야 원, 한시도 긴장을 풀 수 없다니. 나는 얼른 자세를 고쳐 앉았다.

차가 멈춘 곳은 남산 한가운데 우뚝 솟은 하얏트[3] 호텔이 가장 잘 보이는 자리였다. HYATT. 유리 건물 중앙의 흘림체 글자가 강 건너 이쪽 편에서도 똑똑히 올려다 보였다. 군더더기라고는 없는 세련미 그 자체였다. 강 쪽으로 난 창문은 불 켜진 곳과 꺼진 곳이 반반 정도 되는 것 같았다. 저 방에서 내려다보는 서울 야경은 어떨까? 나도 모르게 한숨이 나왔다. 둔치 주차장에는 차들이 드문드문 간격을 두고 서 있었다. 유리창마다 희뿌옇게 김이 서려 있어, 안을 들여다보지 않아도 무슨 일이 벌어지고 있을지 뻔히 짐작할 수 있었다. 유리잔에 담긴 투명

---

[3] 그랜드 하얏트 서울(Grand Hyatt Seoul). 서울 남산 중앙의 하얏트 호텔이 언제부터 그곳에 있었는지 그녀는 모른다. 그녀가 태어나기 전부터 서울이 한눈에 굽어 보이는 그 자리에 위풍당당히 터를 잡고 있었던 것 같다고 짐작할 뿐이다. 건물 전면이 통유리로 되어 있어 '유리의 성(城)'이라는 애칭으로 불리기도 하고, 젊은 층에서 가장 호감도가 높은 특급 호텔로 선정되기도 한 그곳에 그녀는 아직 가본 적이 없다.

한 물처럼 찰랑이는 피아노 선율 사이로 정적이 흘렀다. 온몸에 오톨도톨 닭살이 돋았다. 민석이도 어색한지 담배를 꺼내 물었다. 나는 애매하게 혀로 입술을 축였다. 여자애들끼리 술 먹을 때 가끔 곁담배를 피운 적이 있긴 하지만, 기본적으로 남자 앞에서의 끽연은 금물이었다. 겉으로 아무렇지 않은 척하거나 오히려 불을 붙여주기까지 하는 남자애들이 더 보수적인 법이다.

담배 한 대를 급히 피우고 난 민석이는 곧 내 입술을 덮쳐왔다. 특기를 발휘하여 다짜고짜 입속을 휘젓는 혓바닥에서는 진한 니코틴 맛이 났다. 예의상 맞대응을 해주기는 했지만 이대로 있다간 내 얼굴 전체가 담배 냄새 나는 침으로 범벅이 되지 않을까 걱정스러웠다. 그애의 손은 어느새 내 슬리브리스 원피스의 맨어깨를 쓰다듬더니 가슴을 만지기 시작했다. 창의력도 없는 놈, 늘 똑같은 코스였다. 나도 늘 하던 대로 가벼이 제지했다. "이러지 마. 이러는 거 내가 싫어하는 거 알잖아." 그러나 내 말에 아랑곳없이 원피스 등판의 지퍼 쪽으로 널름널름 뻗치는 손가락 힘이 제법 완강했다. 입에서 내뱉는 말은 더욱 가관이었다.

"유리야. 너 때문에 미치겠어. 나 널 너무 사랑하나 봐."

남자들은 다 똑같다. 기회만 있으면 어떻게 저 여자랑 한번 자볼까 하는 궁리밖에 하지 않는 주제에 급할 때마다 비밀 병기처럼 사랑을 들이댄다. 사랑하니까 키스해야 하고, 사랑하니까 만져야 하고, 사랑하니까 안에 들어가게 해달라고 당당하다 못

해 뻔뻔한 요구를 할 수 있도록 하는 것. 사랑! 피가 한곳으로 몰려 갑갑한 느낌을 해소하고 싶은 몸의 욕망이 도대체 사랑이랑 무슨 관계라는 건지 이해할 수 없다. 어느새 민석이는 내 원피스의 지퍼를 반 이상 내리고 있었다. 장난이 아니었다. "나 얼마나 기다렸는데. 오늘은 정말 널 갖고 싶어." 조수석 의자를 뒤로 젖히고 내 가슴을 내리누른 그애의 이마에는 식은땀이 맺혀 있었다. 아무래도 오늘 밤 '나를 사랑하는' 민석이를 부르는 게 아니었다는 후회가 물밀듯 밀려왔다.

"아직은 안 돼." "벌써 이백 일도 넘었어." "너무 빨라." "남들은 하룻밤 만에도 해." "내가 그렇게 쉬워 보여?" "사랑한다니까!" "나 오늘 위험한 날이란 말이야." "밖에다 잘할게. 한 번만." "책임질 수 있어?" "당연하지! 사랑한다니까! 한 번만. 한 번만."

민석이는 황급히 바지 지퍼를 내리고 제 물건을 꺼냈다. 트렁크 앞 구멍으로 삐죽이 비어져 나온 그것은 피노키오의 코처럼 길고 딱딱해져 있었다. 나는 느릿느릿 고개를 수그렸다. 바게트 같은 그것을, 한입 베어 물었다. 입 안이 꽉 차는 느낌이었다. 희미하게 오줌 냄새 같은 것이 맡아졌다. 금세 아래턱이 뻐근해왔다. 민석이는 별로 오래 참지도 못했다. 나는 재빨리 차창을 내리고 입 안의 것을 퉤, 뱉어냈다. 세상 밖으로 막 빠져나온 100퍼센트 단백질 성분의 우윳빛 액체가, 한강 시민가족공원, 어두컴컴하고 축축한 잔디밭에 흩뿌려졌다.

민석이는 멋쩍게 웃으면서 집 앞에 나를 내려주고 돌아갔다.

어쨌든 오늘도, 누구에게도, 낡은 팬티를 보여주지 않았다. 자주 쓸 만한 방법은 아니지만 오럴은 최고의 대안임이 분명했다. 그리고 보면 인생이란 참 오묘하다는 생각이 들었다. 어쩔 수 없을 것 같은 순간이 닥쳐와도 돌아가거나 피해 가는 길은 반드시 있게 마련이었다. 마지막까지 정신을 똑바로 차리고 이성을 발휘한다면, 어쩌면 숲속에 숨겨진 지름길을 발견하게 될지도 몰랐다. 고진감래(苦盡甘來)! 참고 기다리며 지키면, 결국은 달콤한 열매를 얻게 된다. 나는 어둠침침한 계단을 한발 한발 걸어 올라갔다.

유리, 같은 것

눈을 뜨면 천장이 보인다. 본래 아이보리색이었던 꽃무늬 벽지가 군데군데 희누르스름하게 바래 있다. 아침은 환하고 슬프다. 다시 눈을 감고 오래된 침대 속으로 파고든다. 고쳐 누울 때마다 스프링이 출렁이는 침대는 중학교 입학 기념으로 산 것이다. 이 집으로 이사온 해였다. 드디어 강남의 관문, 반포[4] 진

---

4) 서초구 반포동. 구반포와 신반포, 넓게는 잠원동까지를 아우르는 말로 서울 강남의 대표적인 아파트촌이며 중산층 밀집 거주 지역이다. 특히 명문 대학 진학률이 높기로 이름난 8학군의 신흥 명문 고등학교들이 몰려 있어 교육열이 아주 높다. 평형 대비 집값, 전셋값이 매우 높은 편이지만 부동산 매물도 별로 없고 한번 이사오면 쭉 눌러사는 토박이가 많다.
동네가 좁기 때문에 꼭 지방 소도시처럼 몇 다리만 건너면 서로 아는 사이인 경우가 대부분이다. 반포에서 초등학교부터 고등학교까지 졸업했다는 건 확실한

입에 성공한 엄마는 당시 지나치게 흥분했던 것 같다. 지은 지 십오 년 된 낡은 아파트를 마치 베르사유 궁전으로 착각이라도 한 사람처럼 이리 쓸고 저리 닦느라 하루를 다 보내곤 했다. 27평형 주공 아파트, 전용 면적 19.5평에 방을 세 개나 만들어놓았으니 안방을 빼곤 죄다 콧구멍만 할 수밖에 없다. 안방 바로 앞에 붙은 방이 그나마 좀 덜 좁았지만, 열서너 살 무렵은 여자아이들이 부모한테서 독립하는 것에 인생의 절대 가치를 두기 시작하는 나이 아닌가. 나는 싱글 침대와 책상만으로 꽉 차는 현관 옆 작은방에서 십대 시절을 보냈으며, 이십대 초반의 나날들을 살아가고 있다. 팔 년은, 교외 변두리 가구직영 공장에서 고른 싸구려 침대의 스프링이 삐걱대고 조악한 품질의 도배지가 변색되기에 충분한, 긴 시간이었다.

일요일 아침 식사를 함께하는 것은 이 집 식구들 사이에 지켜지는 유일한 불문율이다. 평일마다 새벽 여섯시에 집을 나서 출근하는 아빠가 일주일에 하루 아침을 먹는 날이 일요일이었다. 일주일에 하루쯤 자신의 밥상 앞에 부양가족들을 마주 앉히고 싶어하는 가장의 심정이 아주 이해가 되지 않는 바도 아니어서, 또한 별 대단치 않은 일로 부모와 부딪치는 것이 얼마나 백해무

'강남' 문화권에서 성장했다는 얘기기도 하다.
그녀로 말하자면, 음, 반포에 사는 게 나쁘지 않다. "어디 살아요?" 나이트클럽이나 미팅 따위에서 처음 만난 남자애들이 제일 먼저 궁금해하는 건, 어떤 동네에 사느냐이고, "반포요!" 이렇게 대답하면 적어도 기본 이상은 먹고 들어가기 때문이다. 반포는 확실히 가리봉동이나 봉천동, 수유리 등과는 다른 이름인 것이다.

익한 일인지 정도는 이미 알고 있었으므로 나는 군소리 없이 일요일 아침 식탁 앞에 앉는다. 오늘의 메뉴는 김치두부전골과 북어조림, 그리고 엄마의 과장 섞인 잔소리와 아빠의 침묵이었다. "이게 이래봬도 얼마나 손이 많이 간 건 줄이나 알아. 요즘 배추 값이 금값이야. 얼른 푹푹들 떠먹어. 하기사 뭐 집에서 밥들을 먹어야 뭐가 맛있는 건지 알기나 하지. 밖에서 파는 음식엔 조미료가 얼마나 많이 들어가는 줄이나 알아?" 그러나 식구들이 매일매일 일찍 들어와 끼니때마다 새 밥을 해 바쳐야 한다면 제일 못 견딜 사람은 다름아닌 엄마일 거였다. "마리야, 소금 좀 가져와라." 아빠의 특기는 엄마 말 맥 끊기였다. "왜? 싱거워?" "……" "누가 깡촌 출신 아니랄까 봐 입맛 하나도 더럽게 촌스럽다니까. 요즘에 누가 당신처럼 짜게 먹어?" 엄마의 특기는 아빠의 출신 성분 무시하기였다. "아이, 시끄러워, 엄마 좀 그만 해." 엄마를 가로막고 나서는 마리는 아직 순진했다. "이 기집애가…… 너는 일찍일찍이나 다녀!" 그럴 줄 알았다. 나는 묵묵히 숟가락질을 했다.

"요즘 세상이 얼마나 무서운데 다 큰 기집애들이 겁도 없어. 너희들, 세상이 아무리 바뀐 거 같아도 여자는 여자야." 엄마 목소리가 조곤조곤해졌다. 불안한 징조였다. "엄마는 촌스럽게. 지금이 칠십년댄 줄 알아?" 아, 마리는 대학 1학년, 너무 순진하다. "얘가 지금 무슨 소리야? 너희들 여자 몸이 어떤지 몰라?" 엄마는 식탁 위의 유리잔을 집어들었다. "여자 몸은 바로 이런 거야." "험험." 아빠는 애꿎은 헛기침을 하며 러닝셔츠 위로 불룩 솟아오른 배를 득득 긁어댔다. "금 가는 순간." 사방이 일시에 고요해졌다. 엄마 입에서는 기어이 최후의 말이 흘러나왔다.
"그 순간 끝장나는 거야!"

"그렇지. 못 붙이지." 아빠가 그제야 한마디 덧붙였다. 단란한 가족이 되고자 하는 희망으로 시작된 일요일 아침 식사의 장(場)은 남편과 아내 사이의 신경전을 거쳐 부모 vs 딸들의 라운드로 넘어가려 하고 있었다. 익숙한 반복이었다. 나는 못 들은 척 밥 먹는 일에만 열중했다. 깨진 유리를 붙이지 못해 여기까지 온 사람은 오히려 엄마였다. 엄마의 큰딸, 내 생일은 5월이고 부모의 결혼 기념일은 그 전해 크리스마스 이브였다. 어쩌면 젊은 엄마 아빠는 내 이름을 유리라고 지으면서 돌이킬 수 없는 것을 영원히 책임지고 살겠다는 굳은 의지를 다졌을지도 모르겠다. 그러나 나에 대해서라면 엄마는 아무 걱정도 할 필요가 없었다. 내 인생, 엄마처럼 사는 일은 절대로 없을 테니까. 스스로 중산층이라 굳게 믿어 의심치 않으며, 허울만 좋은 중소기업 임원의 아내로, 이십몇 년 결혼 생활 동안 백화점 세일 때 허접한 옷 골라 사고 문화센터 노래교실[5]에 다닐 수 있게 된 걸

---

[5] 몇 해 전부터 아줌마들을 상대로 크게 유행하기 시작한 문화센터 노래교실에서는, 텔레비전에 나오지 않는 옛날 가수들이 강사로 등장해 노래 잘 부르는 법을 가르쳐준다고 한다. 대개의 강의 방법은 몇 소절씩 합창하는 것. 주요 레퍼토리는 「만남」이나 「존재의 이유」처럼 어느 정도 '품격'이 있다고 여겨지는 곡들이다.
그녀 어머니의 말에 따르면, 같은 또래의 여자들끼리 입 모아 노래를 부르고 있으면 갑갑했던 가슴이 확 뚫린단다. 그녀의 어머니는 또한 "이젠 나한테 이 정도의 투자는 해줘도 된다고 생각한다. 정기적으로 배우는 게 생기니까 삶에 활력이 생겼다"고 당당한 말투로 덧붙이기도 했다.

생활의 여유라고 생각하는, 쉰 살 다 된 여자의 인생을 떠올리면 정신이 바짝들곤 했다. 나를 임신하지 않고 아빠 같은 남자와 서둘러 결혼하지 않았다면 엄마 인생은 어떻게 되었을까?

"빨간 줄이 선명했다니까…… 어떻게 하지, 어떻게 하지."
혜미는 벌써 삼십 분째 같은 말을 되풀이하고 있었다. 혜미가 고를 수 있는 경우의 수는 세 가지였다. (1) 남자친구 몰래 병원에 가서 수술받는다. (2) 남자친구에게 수술비를 부담시킨다. (3) 남자친구와 절반씩 더치페이한다. 내가 보기에 가장 가능성 있는 안(案)은 3번이었다. 물론 남자친구와 함께 병원에 가서, 혜미 돈으로 수술받는 방법도 있을 수 있었다. 그러나 그런 경우 둘 다의 자존심에 치명적인 상처가 될 것이다. 하긴, 내가 뭐라고 충고하든 최종 선택은 혜미의 몫이었다. 어떻게 하지, 라는 절박한 물음은 결국 스스로에 대한 것일 수도 있겠다. 그렇지만 아무리 생각해도 어이없기는 마찬가지였다. 이미 일은 벌어진 것이다! 저질러놓은 후에 고민하다니. 소 잃고 외양간 고친다는 속담이 딱 맞았다.
나는 조용히 주스 잔을 들어 입으로 가져갔다. 딸기와 바나나를 함께 갈아, 소다수에 섞어 만든 이 음료의 이름은 스트로베리 바나나 콜라다였다. 새콤달콤한 맛이 혀끝을 감미롭게 자극했다. 카페 입구에 놓인 쇼케이스 안에는 여러 종류의 과일들이 진열되어 있었다. 오렌지, 파인애플, 바나나, 코코넛, 딸기, 키위, 사과, 멜론…… 국적도 계절도 상관없는 다양한 종류의 과

일들이 가득 쌓여 있었다. 손님들이 과일 두 가지를 고르면, 흰 에이프런을 두른 아르바이트생이 그 자리에서 바로 믹서에 넣고 갈아주었다. 투명한 분쇄기 안에서는, 세모지게 잘린 파인애플 조각들과 통째로 껍질 벗겨진 오렌지 속살들이 섞이고 으깨어져 휘둘리고 있었다. 파인애플과 오렌지, 오렌지와 키위, 키위와 딸기, 딸기와 사과. 어떻게 섞느냐에 따라 전혀 다른 맛의 주스가 된다. 아, 산다는 건 정말, 수많은 판단과 무수한 선택의 연속이었다. 나중에 후회하지 않으려면 패를 아직 손에 쥐고 있을 때 최대한 신중할 필요가 있었다. 하물며, 이것은 오렌지와 사과, 콜라와 환타, 카르보나라 소스와 토마토 소스 사이의 선택이 아니지 않은가. 임신 중절의 흔적이 있다면, 이를테면, 의사를 직업으로 가진 남자와의 결혼은 택할 수 없게 되는 것이다.

"좀 조심하지. 날짜 계산 안 했어?" "불안했어. 불안해서 난 안 하려고 그랬는데……" 그날의 기억을 더듬고 있자니 새삼 통탄스러운지 혜미가 말끝을 흐렸다. "그런데 왜 했어?" "몰라, 술 먹고 하도 하자고 하니까…… 미워 죽겠어, 정말. 어떻게 된 인간이 참지를 못해." "그럼 뭔가 대책을 세웠어야지?" "갑자기 하게 됐다니까." "그럼 그냥 했단 말이야?" "오빠가 밖에다가 잘한다고 그래서 믿었지." "그런데 안에다 했단 말이야?" "그럼 어떻게 해? 시작했는데. 자기도 뺀다고 뺐는데 늦었나 봐." 오 마이 갓.

"그럼 처음부터 콘돔[6]을 쓰던지……" "넌 몰라서 그래. 남자들이 그거 쓰기 얼마나 싫어하는데." "그렇다고 안 써?" "내가 먼저 쓰자고 어떻게 말해."

 여자애들의 대책 없음, 남자애들의 뻔뻔스러움은 경악할 만했다. 혜미는 테이블 위에 맥없이 얼굴을 묻었다. 어깨가 가늘게 들썩이는 걸 보니 우는 모양이었다. 나는 유리컵에 꽂힌 스트로를 힘껏 빨았다. 신림동 고시촌에서 회계사 시험을 위해 용왕매진하고 있는 혜미의 남자친구는 ― 이름이 뭐였더라, 늘 오빠라고 하니 잘 기억이 나지 않는다 ― 아무튼 영철이나 영수라고 부르면 어울릴 평범하고 지루한 스타일이었다. 서울 위성도시 출신, 중학교 평교사인 아버지, 중류권 대학의 경영학과 학생, 그동안 혜미에게 주위들은 정보를 종합해보면 대충 그랬다. 뻔하지 않은가. 대학 캠퍼스, 영어 회화 학원, 젊은애들이 많이 모이는 이 도시의 거리 어디에서도 흔히 부딪칠 수 있는 남학생이었다. 제 나름대로 젊은 날의 꿈을 걸어보겠다고 궁리해낸 것이 공인회계사 자격시험이라니 안쓰럽기까지 했다. 하긴, 그런 남자애에게 밥 사주고, 같이 자주고, 임신까지 한 혜미는 안쓰러운 차원을 넘어 불쌍할 지경이었다. 나는 조심스레 혜미의 어깨를 짚어주었다. "너무 걱정하지 마. 다 잘될 거야." 혜미가 고

---

6) 한국 남자들은 결혼 전이나 후나 피임에 별 관심이 없다는 연구 보고가 있다. 그들이 피임을 위해 하는 가장 적극적인 노력은 '질외 사정.' 그러나 질외 사정은 매우 위험하고 원시적인 피임 방법으로 실패율이 높은 편이다. 그들이 가장 질색하는 피임 방법은 '정관수술.' '묶다니! 어딜 묶어? 어떻게 감히……'라는 생각이 일반적이다. 콘돔은 특히 성생활을 하는 미혼 남성의 경우 가장 현실적인 타협안이라고 할 수 있으나 '미묘한 감각이 다르다'는 주관적인 이유로 꺼리는 경우가 많다고 한다.

개를 들었다. 눈가에 마스카라 자국이 얼룩져 너구리 같았다.

"낳을 수는 없겠지?" 나는 귀를 의심했다. "아니, 그냥 그렇다는 거야. 오빠 시험 붙을 때까지 결혼할 수는 없으니까……" "너 그 오빠랑 결혼하려구?" "당연한 거 아니야? 얼마나 사랑하는데……" 나는 유리컵 속의 얼음 조각을 와드득 깨물었다. 내가 자신들의 순수한 사랑을 모독하고 있다고 생각했는지, 쿨쩍쿨쩍 콧물을 들이마시면서도 혜미의 음성은 비장하고 결연했다. "어제 오빠가 우리 아가한테 미안하다고 막 울더라. 가슴이 찢어지는 것 같다면서. 그래도 후회는 안 할 거야. 사랑했으니까." 나쁜 놈. 가랑이를 벌리고 중절 수술을 받을 제 여자친구가 아니라 이제 겨우 착상된 수정란 때문에 눈물을 흘리다니. 나는 진심으로 혜미가 가여워졌다.

친구에 대한 나의 뜨거운 연민은, 그러나 밖으로 나오자마자 깨끗이 사라졌다. 혜미가 아무렇게나 어깨에 둘러멘 오리지널 샤넬 백에서 원격 무선 조종기를 꺼내어 버튼을 누르는 순간 카페 앞에 세워진 병아리 색 뉴비틀[7]의 시동이 걸렸기 때문이다.

---

7)

→ If you sold your soul in the 80s, Here is your chance to buy it back!
1978년 생산이 중지된 폭스바겐 비틀은, 1998년 뉴비틀이라는 이름으로 새롭게 태어났다. 뉴비틀의 작고 암팡지면서도 세련된 디자인은 1980년대 이전의 모든 차의 디자인을 낡은 것으로 만들어버렸다.
그녀는 운전면허가 없었지만 만약 차를 사게 된다면 그것은 뉴비틀이었으면 좋겠다고 생각한다.

"내가 말 안 했나? 아빠가 국산 차는 위험하다고 자꾸 바꾸라 그래서." 혜미의 아버지는 서울 시내 요지에 다섯 채쯤의 빌딩과 열 채쯤의 다세대 주택을 소유하고 있었다. 혜미가 집까지 데려다주겠다고 했다. 나는 다른 약속이 있다고 둘러댈까 하다가 그냥 옆자리에 올라탔다. 어차피 출발선이 다른 게임이었다. 내가 조그만 무역회사의 여사무원이 되어 나이 들어가거나, 물간 생선회와 식은 LA갈비찜이 포함된 싸구려 뷔페를 피로연으로 결혼식을 올릴 때, 혜미는 전혀 다른 곳에 있을 것이다. 밀라노에서 패션 공부를 할 수도 있고, 한강이 내려다보이는 오십 평짜리 빌라트에 신혼 살림을 차릴 수도 있었다. 나는, 나는 다르다. 나는 혼자 힘으로 이 척박한 세상과 맞서야 했다. 진정으로 강한 여성이 되어야만 하는 것이다.

유리의 성

와인 리스트를 찬찬히 읽어 내려가던 그는 소믈리에게 1980년산 [8] 메도크 포이약이 있느냐고 물었다. 1980년은 내가 태어난 해였다. "보르도 지방 와인은 여성적이고 섬세한 데가 있지만 좀 가볍거든. 그런데 포이약은 달라. 웅장하면서 깊이가 있는 맛이지. 유리도 좋아했으면 좋겠는데." 자신만만하면서도

---

8) 그해, 대한민국 남부 도시 울산에서는 가정용 승용차 '포니2'가 첫 출시되었으며, 계엄령과 함께 조용필의 「창밖의 여자」가 전국 방방곡곡에 울려 퍼졌다.

겸손한 저 말투. 나는 입술을 동그랗게 말고 살포시 눈웃음을 지어주었다. 우리 앞에 놓인 둥근 잔에 검붉은 액체가 휘감겼다. 나는 한 모금의 포도주를 머금고 있다 가만히 삼켜보았다. 목구멍 깊은 곳에서 꼴꼴 물 흘러내려가는 소리가 났다. 가슴의 박동이 아주 서서히 빨라지고 있었다. 앞으로 두 시간, 어쩌면 한 시간 안에 나는, 지금의 내가 아니게 된다.

"괜찮아? 마음에 들어?" 고개를 끄덕이긴 했지만, 한 잔 이상 마실 수는 없다. 끝까지 정신을 바짝 차려야 했다. 지금 맥없이 취했다가는 죽도 밥도 안 되는 것이다. 주문한 디너 코스에 따라 새로운 음식이 서비스될 때마다 나는 적당한 속도로 접시의 절반 정도씩만 비웠다. 디저트는 다크 초콜릿이 휘핑 크림처럼 뿌려진 티라미수 케이크였다. 나는 티스푼으로 초콜릿 크림을 떠서 입술로 가져갔다. 스푼을 물듯 입술 사이에 밀어넣고 혀끝을 살짝 내밀어 감질나게 핥아먹었다. 그가 물끄러미 내 얼굴을 바라보고 있다는 것을 느낄 수 있었다. "유리를 보고 있으면 나까지 맑고 깨끗해지는 기분이 들어. 내가 아는 어떤 여자와도 달라."

나에 대한 그의 매혹이 진심이라는 것은 알고 있었다. 처음 만난 날, 그는 나더러 은방울꽃 같다고 말했다. 그날 밤, 나는 인터넷 검색 엔진에 들어가 '은방울꽃'을 찾아보았다. 1,650개의 웹 문서가 검색되었다. 백합과의 흰 꽃, 향기롭다, 유럽에서는 천사의 계단이라고 부른다 등등의 문장이 반복되는 걸로 보아 청초하고 순수한 느낌을 주는 꽃이 틀림없는 것 같았다. 다

옛날부터 나의 컨셉트는 청순함이었다. 아주 어려운 일은 아니었다. 흰색이나 파스텔 계열의 원피스를 입고, 머리를 정성껏 드라이하여 어깨쯤에서 찰랑이게 하고, 말을 많이 하는 대신 수줍은 미소를 지으면 되었다. 스킨십에 있어서도 조신하려고 애썼다. 그렇다. 마침내 내 인생 스물두 해를 걸고 베팅해볼 만한 남자가 나타난 것이다.

단지 그가 부유한 집 막내아들이라는 이유 때문만은 아니다. 대대로 놀고 먹어도 될 만큼의 유산을 미리 받은 남자애들은 이 동네에 많다. 그가 미국에서 다섯 손가락 안에 드는 로스쿨 law school의 학생이기 때문만도 아니다. 맘먹고 찾으려고만 든다면 국제변호사에 미국 공인회계사 자격증까지 갖춘 남자를 만날 수도 있을 것이다. 문제는, 그런 남자들과 내가 함께할 수 있는 일은 오로지 연애뿐이라는 것이다. 결정적인 순간에 부모 핑계를 대거나 결혼 얘기는 농담으로도 꺼내지 않는 남자들과, 그는 달랐다. 무엇보다, 그는 사랑한다는 둥, 너를 원한다는 둥 입에 바른 소리를 하지 않았다. 대신 자기 가족에 대한 찬찬한 설명과 함께 구체적인 미래의 계획을 들려주었다. 그의 아버지가 세운 계획에 따르면 그는 올해 겨울 방학쯤에 결혼하여 봄 학기부터는 가정을 이룬 안정된 상태에서 학업을 이어갈 예정이었다.

"우리 부모님은 예전부터 애교 있고 사근사근한 며느리를 원하셨어. 그런데 형수는 그렇지 않아서 마음에 안 드시나 봐. 이름만 대면 알 만한 집 딸이긴 하지만 겸손하지 않고 안하무인인면이 있거든."

"막내며느리는 평범한 집안에서 반듯하게 자란 귀여운 아가씨여야 한대. 요즘엔 나랑 얼굴만 마주치시면, 사귀는 사람 얼른 데려오라고 아주 성화가 대단하다니까."

주사위를 던져야 하는 순간, 절체절명의 기로! 그 앞에 서서 나는 하늘과 땅을 걸고 성패를 겨루는 길을 택했다. 진정한 승부사는 건곤일척(乾坤一擲)한다, 는 경구를 가슴에 돋을새김하면서.

객실로 올라가는 엘리베이터 안에는 한 쌍의 남녀가 타고 있다. 일본 사람처럼 보이는 남자는 머리가 벗겨진 오십대 아저씨고, 젊은 여자는 잘 차려입었지만 어딘지 천박한 분위기가 풍기는 것 같다. 나는 내 옆에 선 그의 팔짱을 더욱 꼭 낀다.

방은 생각보다 크지 않지만 세련되고 정갈하다. 창문을 가로질러 쳐진 블라인드를 올리자, 서울의 야경이 한눈에 들어온다. 과연, 주황색 전조등을 밝힌 자동차들이 서로의 꼬리를 물고 선 강변북로의 정경과, 한강을 경계짓는 다리들, 그 너머 여의도 63빌딩의 모습까지 생생하다. 그런데 이상하다. 그토록 찬란하고 화려한 풍경 앞에서 눈앞이 자꾸 어슴어슴 흐려져온다.

창문 앞에 선 내 등 뒤로 그가 다가와 어깨를 안는다. "괜찮겠어?" 내 가슴은 세차게 뛰고 있다. 이 정도일 줄은 몰랐다. 쿵쾅거리는 내 박동 소리가 그의 귀에도 똑똑히 들리는 모양이다. 적절한 효과음임이 틀림없지만 어느 정도 마음을 가다듬을 필요가 있다. 나를 안고 있는 그의 팔에서 빠져나오기 위해 몸을 외로 튼다. 그가 팔에 더욱 힘을 주며 내 귓가에 속삭인다. "같이 씻을까?" 같이 씻다니, 그것은 십계명[9]의 첫번째 항목에 위배되는 일이다. 나는 단호히 그의 품을 빠져나온다.

一. 샤워는 혼자서, 남자보다 먼저 해라

우선 화장품 파우치를 열어 바디클렌저와 바디로션, 그리고 질 세정제를 꺼낸다. 서둘러 옷을 벗고 샤워를 한다. 바디클렌저는 달콤하면서도 순한 잔향이 남는 것으로 골랐다. 질 세정제로 클리토리스 주위를 잘 닦으라고 하던데 그 위치가 어딘지 잘 모르겠다. 대강 아랫도리와 항문 주변까지 손가락에 거품을 내어 문지르고 물로 깨끗이 헹구어낸다. 바디로션을 온몸에 바르며 특히 겨드랑이 부분을 꼼꼼히 체크한다. 오늘 아침에 면도를 해두긴 했지만 혹시 덜 깎인 가뭇한 털이 남아 있을지도 모를 일이다.

二. 속옷 선택에 신중해라

대형 타월로 물기를 닦은 다음 새 팬티를 꺼낸다. 너무 야하지 않으면서도, 고급스럽고 순결해 보이는 팬티는 어떤 것일까. 고심 끝에 내가 선택한 것은 민무늬의 흰색 실크 팬티다. 어제 나는 생애 최초로 내 돈을 주고 브래지어와 팬티 세트를 샀다. 팬티와 브래지어 위에는 연복숭아빛 네글리제를 입었다. 겉옷을 벗기자마자 바로 속옷이 나타난다면 아무래도 신비감이 떨

---

9) 완전무결한 첫날밤을 치르기 위한 계율에는 여러 가지 판본이 있으나, 대동소이한 차이만 있을 뿐 전체를 관통하는 주제는 다음과 같다. 순결(純潔)해 보일 것!

어질 것이다. 중간 과정은 그런 의미에서 필요하다고 여겨졌다. 네글리제 위에 다시 원피스를 입는다.

三. 머리를 촉촉하게 적셔라

남자들은, 여자가 막 샤워를 마치고 나와 촉촉이 젖은 머리를 말릴 때 가장 사랑스러워 보인다고 한다. 그러나 실제로 머리를 감는다면 머리카락들은 제멋대로 뻗치고 투명 화장은 다 지워질 것이다. 나는 세면대에 서서 머리칼에 조심조심 물을 묻힌다. 어쨌든 적시기만 하면 되는 것이다.

四. 배뇨감을 없애라

소리가 새나가지 않도록 수도꼭지를 전부 틀어놓고 소변을 본다. 방광도 긴장했는지 오줌이 쫄쫄 몇 방울 떨어지다 멈춘다. 시원하게 다 털어내야지 잔뇨감이 남으면 안 된다고 하던데. 좀 불안하지만, 그래도 변기 물 내리는 소리를 내지 않아도 되니 다행이다.

五. 은은한 화장을 해라

드디어 욕실 밖으로 나가야 할 시간이다. 손에 대형 타월과 수건을 한 장씩 들고 후흡, 크게 심호흡을 해본다. 나는 천천히 방을 가로질러 화장대 앞에 가 앉는다. 그는 침대 위에 앉아 있다. 거울을 통해, 나를 바라보는 그의 시선을 느끼지만 나는 모르는 척 수건으로 머리칼을 감싸 말리는 시늉을 한다. 그가 성큼성큼 욕실 안으로 들어간다. 나는 욕실 쪽의 반응에 신경을 곤두세우는 동시에, 거울을 보며 상황을 최종 점검한다. 땀구멍이 드러난 콧등은 콤팩트 파우더로 두드리고, 짝짝이가 된 눈썹은 다시 그린다. 입술에는 딸기 맛이 나는 분홍색 립글로스를 바른다. 욕실 쪽에서 들려오던 샤워 소리가 잦아들다가, 뚝 끊긴다.

六. 적당한 시점에 타월을 깔아라

지금이 가장 중요하다. 나는 좀 전에 욕실에서 가지고 나온 흰 타월을 손에 들고 서둘러 몸을 일으킨다. 침대의 겉 커버를 젖혀 들고서, 잠시 기다린다. 욕실 손잡이를 돌리는 기척과 동시에 느리고 큰 동작으로 침대 한복판에 타월을 깐다.

七. 조금 머뭇거려라

그가 침대 옆에 놓인 스탠드 조명을 조절하자 실내가 나직한 어둠 속에 잠긴다. 그의 손가락이 내 뺨을 쓰다듬는다. 저절로 마른침이 넘어간다. 키스를 하는 동안 나는 속으로 구구단을 외운다. 이일은 이, 이이는 사, 이삼은 육. 사단의 절반쯤까지 외웠을 때 그의 손이 원피스의 지퍼를 내리기 시작한다. 나는 그의 몸을 슬그머니 밀어내며 몸을 일으킨다. 두 손으로 가슴 자락을 여며 쥔 채 고개를 떨군다. 그가 부드럽게 내 등에 손을 얹는다. 나는 가벼운 한숨을 내쉬며 그가 이끄는 대로, 도로 침대 위에 반듯이 눕는다. 타월을 깔아놓은 자리보다 조금 위쪽이지만 큰 상관은 없을 것이다.

八. 엉덩이를 들지 마라

내 몸에는 드디어 팬티 한 장만 남아 있다. 순백의 실크 팬티! 누렇게 변색된 낡은 팬티가 아니라는 사실이 나를 안도하게 한다. 남자 앞에서 이 정도까지 옷을 벗은 건 처음이다. 아랫배의 군살이 출렁거린다면 치명적일 것이므로, 나는 숨을 멈추고 배꼽 부분에 힘을 준다. 그의 손가락이 고무줄에 와 닿는다. 질끈 눈을 감는다. 그가 팬티를 잡아 내리려 하지만 허리에 걸린 팬티는 더 이상 아래로 내려가지 않는다. 엉덩이를 아주 조금 들기만 하면 될 테지만 나는 모르는 척 꼼짝도 하지 않는다. 이런 상황에서 여자가 냉큼 엉덩이를 쳐 들어준다면 남자는 고마워하기는커녕 그녀의 과거에 대해 심각한 의심을 할 것이 분명하다. 그가 서너 번 정도 좌절한 후, 나는 그제야 깨달았다는 듯 아주 살짝, 엉덩이를 든다.

九. 모든 것을 그에게 맡겨라

망설임도 없이 그는 내 몸 안으로 쑥 밀고 들어온다. 살이 찢기는 것 같다. 한 번도 경험해본 적 없는, 아랫도리가 훅훅 불타오르고 뻐개질 듯한 아픔이다. 예상했던 것보다 훨씬 더 심하다. 참아보려 애쓰지만 그가 왕복 운동을 할 때마다 내 입에서는 날카로운 비명이 쏟아져 나온다. 천장 위에서 누군가 내 모습을 내려다보고 있는 것 같다. "조금만 참아봐." 그는 몇 번이나 그 말을 반복한다. 이제 더는 견딜 수 없다고 느끼는 찰나, 나도 모르게 그의 어깨를 세차게 밀쳐내버린다. 마무리를 하지 못한 채 그는 내 몸에서 떨어져 나간다.

十. 혈흔은 함께 확인해라

그는 창가의 일인용 소파에 앉아 말없이 밖을 내다보고 있다. 기가 막힌다는 표정이다. 나는 어떻게 해야 좋을지 모르겠다. 십계명의 마지막 계율은 순결의 흔적을 함께 확인하는 것이다.

그러나 내가 먼저 그를 부를 수는 없다. 나는 가만히 자리에서 일어난다. 움직일 때마다 골반 전체가 뻐근하게 쑤셔온다. 그에게 왠지 미안하다. 그렇지만, 이제 곧 나의 흔적을 확인한다면 틀림없이 그도 기뻐할 것이다. 나는 조심스레 이불을 들친다. 그런데.

아무것도 없다! 타월 위에는 한 점의 핏자국도 남아 있지 않다. 아무리 봐도 순백의 시트 위는 깨끗하다. 머릿속이 온통 까매지고 정신이 아뜩해져온다. 어떻게 이런 일이 일어날 수 있단 말인가. 나는 자전거를 타지도 않았고, 심한 운동을 한 적도 없었다. 나는 다시 한 번 침대 시트를 샅샅이 살피고 타월을 뒤집어보기까지 한다. 그러나 짧고 구불구불한 몇 올의 털만 떨어져 있을 뿐, 내 몸에서 흘러나왔어야 할 붉은 꽃잎은 어디에서도 발견되지 않는다. 나는 입술을 깨물고 시트 위에 천천히 커버를 덮는다. 그의 목소리가 귓전에 먹먹하다. "너 되게 빽빽하더라."

주차장까지 걸어 나오는 동안 그는 내 손을 잡아주지 않았다. 아주 잠깐 우리의 손끝이 스쳤지만 우리의 눈빛은 마주치지 않았다. 그는 자동차의 운전석 쪽으로 성큼성큼 걸어갔다. 조수석의 문을 열어주지 않는 건 다른 남자애들한테도 흔한 일이었다. 나는 아무렇지도 않았다. 정말 괜찮았다. "통금이 열시라면서? 좀 늦었네." 나는 다소곳하게 고개를 끄덕였다. "참. 줄 게 있었는데. 잊어버릴 뻔했네." 그는 뒷좌석에 손을 뻗쳐 쇼핑백을 집었다. 실내등을 켜자 황갈색 쇼핑백에 선명히 아로새겨진 루이뷔통의 로고가 드러났다. 쇼핑백 안에는 백과 똑같은 재질의 종이 상자가 들어 있었다. 조심조심 상자 뚜껑을 열어보았다. 반투명하고 매끄러운 습자지로 한 겹 덮인 그것은 모노그램 캔버스 라인의 진짜 루이뷔통 백이었다. 짝퉁[10]이 아닌 진짜 명품을 갖는 것은, 난생처음이었다. "비싼 거 아니니까 부담 갖지 마. 면세점에서 그냥 하나 사봤던 거야." 높낮이가 없는 목소리였다.

 무슨 말을 해야 할 것 같은데, 알사탕이 목구멍을 막은 듯 아무 말도 할 수 없었다. 그의 차는 주차장을 미끄러지듯 빠져나와 남산순환도로를 빠른 속도로 달렸다. 아래께의 둔하고 뻥뻥한 통증은 아직 사라지지 않고 있었다. 나는 루이뷔통 쇼핑백 위에 가만히 손을 얹어보았다. 순간, 맹렬한 불안감이 솟구쳤으나 곧 가라앉았다. 집에 가자마자 보증서를 확인해보면 될 것이다. 그리고 설마 면세점에서 '진짜 짝퉁'을 취급할 리는 없을 것이다. 조용히 운전에 몰두하고 있는 그의 옆얼굴이 어쩐지 낯

---

10) 짝퉁은 '가짜' 혹은 '짜가'와 같은 뜻의 말이다. 샤넬, 루이뷔통, 프라다 등 고가 명품 브랜드의 디자인을 똑같이 따라 만든 물건을 지칭한다. 짝퉁에는 크게 두 종류가 있다. '일반 짝퉁' 상품은 시중에서 싼 가격에 흔히 구할 수 있으나 한눈에 식별이 가능하다는 단점이 있다. 반면 '진짜 짝퉁'은 보통 사람들의 육안으로는 '진짜 명품'과의 구별이 불가능할 정도로 정교하게 만들어진 제품이다. '진짜 짝퉁'의 가격은 '진짜 명품'의 1/10 정도로, 일반 국내 브랜드의 제품과 비슷한 수준이다. 아주 정교하게 만들어진 '진짜 짝퉁'의 경우 명품 매장에 들고 가서 수선을 맡겨도 모를 정도로, 어지간한 전문가들조차 무엇이 원본이고 무엇이 모조품인지 식별해내기 어렵다고 한다.
 그녀는 7~8만 원 내외의 현금으로 구입할 수 있는 이태원표 '진짜 짝퉁'을 애용해왔다.

설게 느껴져서, 나는 마음속으로 황급히 고개를 저었다. 아니다. 아니다. 누가 뭐래도 그는 내가 사랑하는 사람이다. 우리는 서로, 사랑하는 사이다.

　유리의 성이 점점 멀어져가고 있다. 큐빅처럼 흩뿌려진 서울의 불빛들이 눈 한번 깜빡이지 않고 나를 바라다본다.

〔『문학과사회』, 2002년 봄호,
제1회 『문학과사회』 신인문학상 당선작〕

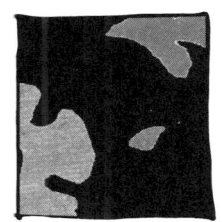

트렁크

트렁크

토요일 오후 네시

그녀는 모든 것이 꿈이라고 확신했다.

아침부터 흩날리던 가느다란 눈발이 어느 순간 함박눈이 되어 쏟아지고 있었다. 와이퍼가 고장인지 빠르게 움직일 때마다 앞 유리창은 점점 더 뿌옇게 얼룩져갔다. 트렁크 어디쯤 영업사원이 넣어둔 면걸레가 있을 터였다. 그녀는 비상등을 켜고 갓길에 차를 세웠다. 운전석 도어 밑의 레버를 당기면서 문득 이 차의 트렁크를 아직 한 번도 열어본 적 없다는 사실을 깨달았다. 하긴 그녀는 트렁크 가득 여행 가방을 싣고 놀러 다닐 만큼 한가한 사람은 못 되었다. 종이 박스째 청과물을 사들이는 경우도, 대형 화환을 운반하는 일도 없었다. 대부분의 운전자들처럼 거기, 트렁크가 따라오고 있다는 것도 의식하지 못한 채 앞만 보고 달려왔다. 목덜미에 눈송이의 선뜩한 감촉이 느껴졌다. 그녀는 트렁크 덮개를 힘껏 들어올렸다.

그 안에 무언가가 있었다.

소녀는 동그랗게 몸을 만 채 옆으로 누워 있었다. 툭 어깨를 치면 금세라도 일어나 차장님! 하고 그녀를 부를 것만 같았다. 그녀는 멍하니 트렁크 안을 들여다보았다. 정수리 위에, 캐시미어 코트 위에, 가죽 부츠의 날렵한 코 위에 후득후득 눈발이 떨어졌다. 일기 예보에도 없는 폭설이었다. 전조등을 밝힌 차들이 먹장구름 사이를 헤치고 휙휙 달렸다.

그녀는 가만히 트렁크를 닫았다. 운전석에 앉자 비로소 턱이 덜덜 떨려왔다.

한 달 전

이 나라에서 생산되는 2,000cc급 자동차는 네댓 종류뿐이었다. 그녀는 각 자동차 회사의 대리점에 전화를 걸어 카탈로그와 제원표를 보내달라고 요청했다. 그녀가 차를 바꿀 계획이라는 소문은 지사(支社) 안에 좍 퍼졌다. 원래 그런 곳이었다. 목례만 하고 지내던 물류팀 직원이 찾아와 카딜러인 매제를 소개해주겠다고 말했다. 그녀가 잠시 침묵하는 사이 그가 얼른 덧붙였다. 유능한 사람이에요. 지난 분기의 판매왕이었으니. 고마워요. 그러나 오래전부터 약속한 데가 있어서요. 그녀는 눈꼬리를 내려뜨리며 진심으로 아쉽다는 표정을 지었다. 이 녀석은 새 임자를 찾으셨나? 건물의 늙은 주차 관리원은 그녀가 사 년여째 타온 군청색 아반떼에 노골적으로 눈독을 들였다. 친구가 가져가겠다는데 걱정이에요. 겉보기만 멀쩡하지 잔고장이 많거든요. 천연한 말투에 중늙은이는 쩝, 입맛을 다셨다.

주간 스케줄은 촘촘히 조직되어 있었다. 그녀는 외근 핑계를 대고 개인적인 쇼핑을 하거나 심지어 아이 유치원의 재롱잔치에 참석하기까지 하는 여직원들을 경멸했다. 일요일, 장로교회의 오전 예배를 마치고 손톱 손질을 받으러 가는 길에 자동차 영업소를 방문했다. 영업사원은 아주 친절했다. 4단 자동 변속기와 우드 그레인, 크림색 가죽 시트가 포함된 옵션을 권유하면서 할부 기간에 따른 판매 조건을 조목조목 설명해주었다. 계약은 순조롭게 이루어졌다. 아반떼는 5백만 원 상당의 가치로 상환되었고, 나머지 금액은 십이분의 일로 나뉘어 은행 계좌로부터 매달 자동 이체될 것이다. 새 차는 일주일 뒤에 도착했다. 옛 차에서 꺼낸 짐은 CD 몇 장과 볼펜, 휴대용 물티슈가 전부였다. 그녀는 대시보드 위에 알락달락한 십자수 쿠션이나 만화 캐릭터 모양의 플라스틱 방향제를 올려놓고 다니며 우스꽝스런 취향을 과시하는 사람들을 이해하지 못했다. 군더더기 없이 심플하게, 지금까지 그래왔던 것처럼 그녀는 새 차의 내부에 아무런 장식도 하지 않을 것이었다.

탁송인이 아반떼를 몰고 떠나자 그녀는 새 차와 단둘이 남겨졌다. 주거용 오피스텔의 지하 주차장은 대낮에도 어둑했다. 무선 도어 록의 버튼을 누르는 순간 탈칵, 소리와 함께 헤드라이트에 주황색 불빛이 명멸했다. 공업용 비닐로 덮인 실내에서는 차가운 금속과 덜 마른 페인트의 냄새가 났다. 조심스레 시동을 걸어보았다. 엔진 소리는 놀랄 만큼 부드러웠다. 대한민국에서 배기량 2,000cc급 자동차의 오너가 되는 것은 결코 만만한 일이 아니었다. 2002년형 진주색 EF 소나타 골드. 그녀는 자신의 새 차가 마음에 들었다.

금요일 오전 여섯시

여느 때처럼 그녀는 여섯시에 눈을 떴다. 지난밤 자정 뉴스에서 서울의 아침 기온 영하 삼 도, 대륙성 고기압의 영향으로 흐리고 구름 많은 전형적인 겨울 날씨가 될 것이라고 알려주었다. 미리 세운 플랜에 따라 목까지 단추를 채우는 화이트 셔츠와 감색 수트를 입고 막스마라의 연회색 캐시미어 코트를 걸쳤다. 반듯한 커리어 우먼으로 보이는 데에는 큼지막한 에르메스 가죽 백도 중요한 역할을 했다. 지난봄 석 달 동안 대기자 명단에 이름을 올린 끝에 구입한, 가장 아끼는 가방이었다. 겨울 외투나 핸드백, 브로치 같은 액세서리는 조금 무리를 하더라도 가능한 고급품으로 구입한다는 것이 그녀의 원칙이었다. 분당 집에서 대치동 회사까지는 도시고속화도로로 연결돼 있었다. 차에는 아무런 문제도 없어 보였다. 평균 시속 80km/h로 달려 오전 일곱시 오분경 강남에 진입했다. 회사 옆 피트니스 센터에서 웨이트 트레이닝과 간단한 샤워를 마친 시간은 여덟시 이십오분. 언제나처럼 그녀는 여덟시 삼십분경에 사무실에 들어섰다. 잔심부름을 하는 아르바이트생을 제외하고는 사무실 전체에서 제일 이른 출근이었다.

일찍 일어나는 새가 벌레를 잡는다는 고전적인 경구의 신봉자는 아니었으나 규정 시간보다 빠른 출근은 첫 직장에서부터 이어져오는 습관이었다. 조금만 서두르면 하루를 훨씬 여유 있게 시작하게 될뿐더러 예기치 않은 것들까지 덤으로 알 수 있게 된다. 교육 담당 대리 최는 매장 판매원 출신답게 세속적 출세에 대한 강박이 있었는데 안타깝게도 주의력이 부족했다. 『초간단 비즈니스 영어회화』나 『성공을 부르는 이미지 마케팅』 따위의, 제목도 간지러운 실용서들을 책상 서랍 속에 넣어놓고는 열쇠도 채우지 않고 다녔다. 여자 대학을 갓 졸업한 홍보팀 막내 윤과 마케팅팀 실무 책임자 김과장 사이의 비밀스런 연애는 꾸준히 지속되고 있었다. 김과장 자리의 전화기에서 리다이얼 버튼을 누르면 액정 화면에는 십중팔구 윤의 휴대폰 번호가 떴다. 여덟시 사십오분이 되자 N화장품 한국 지사의 로컬 직원들이 하나둘 출근하기 시작했다. 그녀는 데스크톱 코니터에 눈을 박고 경제신문의 오늘자 뉴스레터를 찬찬히 읽어나갔다. 평화로운 아침이었다.

열시에는 지사장 주재의 간부 회의가 있었다. 과장급 이상 각 팀의 책임자와 이사들을 포함하여 일고여덟을 넘지 않는 인원이 원탁에 둘러앉았다. 아르바이트생 소녀가 쟁반 가득 머그잔을 날라왔다. 그녀는 얼른 의자에서 일어나 습습한 놀림으로 좌중에 잔을 돌렸다. 커피 심부름 때문에 회사 생활이 힘들다고 징징대는 여자들은 신물나게 많았다. 그러나 조직 생활의 마인드가 그토록 부족하다면 일찌감치 결혼 정보 회사에 가입하여 집에 들어앉는 편이 유익하다는 것이 그녀의 견해였다. 먼저 백화점별 어제의 매출액이 보고되었고, 곧이어 그녀가 신제품 런칭 행사의 진행 상황을 중간 브리핑했다. 이번 봄 시즌에 출시되는 새로운 고농축 에센스는 극동 지역을 겨냥한 N사의 야심작이었다. 브랜든의 입장에서는 처음으로 맞는 능력 검증 무대가 될 것이다. 그녀 역시 브랜든이 부임한 한 달 전부터 이번 프로젝트에 집중하는 중이었다. 문제는 다시 피부 탄력이다, 로 시작되는 보도 자료도 직접 썼고 진행자의 섭외와 디엠 발송, 행사장의 구체적인 인테리어까지, 그녀가 일일이 챙겨야 할 일은 무척 많았다. 젊은 CEO답게 브랜든은 그녀의 보고 중간중간 고개를 끄덕여 호응했으며 멋진 파티를 기대하겠다는 말로 코멘트를 대신했다. 브랜든 옆자리의 권은 회의가 끝날 때까지 단 한 차례도 입을 열지 않았다. 얼굴의 왼쪽 근육을 찌푸린 그의 표정이 고장난 트랜지스터라디오처럼 완강해 보여서 그녀는 권태롭게 고개를 돌렸다.

금요일 오후 여섯시

 패션지의 뷰티 에디터와 막 통화를 끝냈을 때 윤이 그녀 곁으로 다가왔다. 차장님, 별일 없으면 저 먼저 들어가볼게요. 윤은 벌써 어깨에 목도리를 두른 채 손에는 코트와 가방을 들고 있었다. 여섯시가 좀 넘었을 뿐인데도 창밖엔 검푸른 어둠이 짙게 깔려 있었다. 직장 생활 구 년차, 그녀는 까탈스런 상사는 아니었다. 먼저 갑니다. 김이었다. 윤이 나간 후 오 분도 지나지 않았다. 그녀는 짧게 올려 깎은 김의 뒤통수를 바라보면서 진지하게 한번 조언해주어야 하지 않을까 생각하다 곧 그만두었다. 당사자만 모르는 공공연한 비밀은 어느 조직에나 존재하기 마련이었다. 약속 시간까지는 여유가 있었다. 그녀는 화장품 파우치를 들고 사무실을 나왔다. 여자 화장실에는 아무도 없었다. 두루마리 휴지를 양변기 주위에 돌려 깐 후 걸터앉아 화장을 고쳤다. 기름종이로 콧등과 이마를 꾹꾹 누르고 압축 파우더를 정성껏 두드려 발랐다. 쌍꺼풀 위에는 사파이어색 아이섀도를, 입술에는 자줏빛 립스틱을 덧칠했다. 타사키 지니아의 진주 목걸이와 귀고리 세트는 차 안에서 착용할 것이었다. 금요일 밤이었고 새로 생긴 차이니스 레스토랑을 방문할 예정이었으니, 그 정도의 치장은 당연했다.
 화장실 앞에서 권과 마주쳤다. 우뚝 선 그를 비껴 지나려는 찰나 권이 그녀의 팔꿈치를 세게 붙잡았다. 핸드폰을 왜 꺼두었지? 요즘 그는 지나치게 예민했다. 그녀는 나직하게 대꾸했다. 배터리 충전을 잊었어. 웃기지 마. 네가 그런 실수를 할 사람이야? 권은 늙은 호랑이처럼 그르렁거리고 있었다. 기다릴게. 빨리 나와. 그녀는 뒤를 돌아보지 않고 총총 자리로 돌아갔다. 컴퓨터 네트워크를 종료하고 책상 서랍을 열쇠로 잠근 다음 천천히 코트를 입었다. 쓸데없이 상황이 복잡해지는 것은 싫었다. 넓은 사무실 안에는 남아 있는 사람이 많지 않았다. 그녀는 출입문 입구에 앉은 아르바이트생 소녀에게 다가갔다. 여자아이는 책상에 엎드리다시피 고개를 수그린 채 무언가에 열중하고 있었다. 선미씨, 바쁜가 봐? 소녀가 의자에서 발딱 일어났다. 책상 위에는 양 손바닥만 한 다이어리가 펼쳐져 있었다. 하트나 나비 모양의 스티커를 다닥다닥 오려 붙이고 맨 앞장엔 동글납작한 글씨로 연탄재 함부로 차지 마라, 같은 시구를 적어놓았을 것이다. 그녀는 다정한 큰언니처럼 소녀의 어깨를 짚었다. 우리 같이 나가요. 추운데 전철역까지 태워다줄게. 권의 구형 볼보는 옥외 주차장 입구에 세워져 있었다. 선미는 자꾸 몇 발짝 뒤에서 따라왔다. 그녀는 걸음을 멈추고 소녀를 기다렸다. 권의 자동차 바로 앞에서 자연스레 선미의 팔짱을 끼었다.

금요일 퇴근 시간답게 차가 많이 막혔다. 권이 따라오지 않는다는 것은 룸미러로 확인했다. 복잡한 주차장 같은 도로에서 무작정 쫓아오기란 쉽지 않을 것이다. 더구나 그는 남의 이목을 충분히 두려워할 줄 아는 사람이었다. 차장님, 차 진짜 좋아요.

소녀의 목소리가 너무 진지해서 조금 웃음이 났다. 그러고 보니 새 차를 뽑은 지 한 달이 되도록 이토록 직접적인 칭찬을 들은 건 처음이었다. 이 차, 괜찮아요? 작년에 제일 많이 팔렸다 그러더라구. 동료들은 대부분 객관적 데이터 뒤에 숨어 말하곤 했다. 그녀는 대답 대신 핸들 중간의 오디오 파워 버튼을 눌렀다. 안드레아 보첼리의 콘 테 파르티로Con te Partiro가 흘러나왔다. 차장님은 좋으시겠어요. 소녀의 한숨 소리는 음악에 묻혀 잘 들리지 않았다. 늘 이렇게 혼자 다닐 수 있어서. 그녀는 타인에게 항상 겸손한 편이었다. 좋긴 뭐가 좋아, 이렇게 차가 막히는데? 소녀가 헤헤 웃었다. 컬러 프린터나 복사기처럼 조용히 시키는 일만 하는 아이인 줄 알았는데 밖에서 보니 아직 어린 태가 많이 났다. 저 나이 때 자신은 어떤 웃음 소리를 갖고 있었던가. 잘 기억나지 않았다.

첫 직장은 성형외과 병원이었다. 대학 취업 보도실에 붙은 공문은 대개 군필을 명기하고 있었고 그외에는 중학생 보습 학원의 시간 강사 자리가 다였다. 병원 면접을 보던 날 압구정동에 처음 가보았다. 당락을 결정하는 사람은 원장 사모였다. 자연산인데 라인이 참 깔끔하게 떨어졌네. 토익이나 워드 자격증이 아니라 쌍꺼풀 때문에 직장을 얻게 되리라고는 짐작도 못했지만 어쨌든 당시엔 일자리를 구했다는 사실 자체에 안도했다. 그곳에서 그녀는 연분홍색 가운에 코디네이터라고 새긴 앙증맞은 명찰을 달고서, 고객들이 원하는 부위의 시술 금액과 할인 혜택을 알려주는 일로 팔 개월을 보냈다. 그뒤에 썼던 어떤 이력서에도 그 시절의 경력을 굳이 밝히지는 않았다. 조수석을 돌아보았다. 무턱대고 길게 길러 포니테일로 묶은 머리, 군데군데 보푸라기가 일어난 더플 코트와 가짜 프라다 백팩. 다시 그 나이로 돌아가라면 그녀는 단호히 고개를 저을 것이다.

벌써 몇 분째 차는 꿈쩍도 하지 않고 있었다. 자기는 꿈이 뭐야? 제 입에서 느닷없이 왜 그런 소리가 나왔는지 그녀도 알 수 없었다. 꿈 없어? 사람은 희망을 가져야 돼. 하긴 그 나이엔 그걸 알 턱이 없지. 그때 앞 차가 갑자기 움직이기 시작했다. 감사합니다, 차장님. 공손히 인사를 하고 소녀가 지하철 역 계단 아래로 사라졌다. 그녀는 교통방송으로 채널을 바꿨다. 이쪽 길로 들어서지 않았다면 퇴근길 정체를 피할 수 있었을지도 몰랐다. 남부순환로 양재에서 예술의 전당 방면 가다 서다 반복하고 있고 반대편 양재 쪽으로도 지체 계속되고 있습니다. 자, 다음은 고속도로 정보 알려주세요. 약속 시간까지는 이십 분도 채 남아 있지 않았다. 브랜든은 저녁 데이트에 지각하는 여자를 귀여워할 타입은 아니었다. 그녀는 서둘러 액셀러레이터를 밟았다.

금요일 오후 일곱시 반

브랜든은 음식에 만족해했다. 오품 냉채와 삭스핀 수프, 간장 소스의 은대구 튀김과 안심 구이가 들어 있는 코스였다. 소호에 자주 가던 차이니스 바가 있어요. 옆 테이블에 마크 제이콥스가 앉아 있어도 아무도 쳐다보지 않죠, 나중에 같이 가봐요. 그녀는 제 몫의 음식 접시를 깨끗이 비웠다. 처음에 서울에 온다고 생각했을 때는, 음, 솔직히 걱정했어요. 하지만 지금은 여기에 오길 아주 잘했다고 생각해요, 아주. 브랜든은 한국어의 부사(副詞)를 다양하게 구사하지 못한다. 아주, 라는 말을 반복하는 것으로 보아 그것은 그의 진심임이 틀림없었다. 그렇다면 정말 다행이네요. 지사장님이 오신 다음부터 확실히 분위기가 달라졌어요. 뭐랄까, 훨씬 활기 있어졌죠. 브랜든이 서클 렌즈를 낀 그녀의 눈동자를 똑바로 응시했다.

브랜든이 계산을 하는 동안 그녀는 화장실로 가 방금 먹은 음식을 모두 토했다. 십오 년째 웨이스트 사이즈 26을 유지한다는 건 보기보다 성가시고 어려운 일이었다. 공들여 양치를 하고 립스틱을 다시 바른 다음 휴대전화의 음성 메시지를 확인했다. 세 개 모두 권의 목소리였다. 그 새끼랑 있는 건 아니지?…… 내가 안 된다고 분명히 말했을 텐데…… 올 때까지 기다릴게. 요사이 권은 예민한 데다 극도로 유치해져가기까지 했다. 권의 내심을 모르는 건 아니었다. 그는 자신의 서포트가 없었다면 그녀가 지금의 직함을 갖는 데 훨씬 더 많은 시간이 소요되었으리라고 믿고 있었다. 어쨌든 지난 오 년 동안 사적으로나 공적으로나 그들이 좋은 파트너십을 유지해왔다는 사실만은 분명했다. 권은 공석이 된 지 오래인 N화장품 한국 지사장 자리를 노리고 있었다. 누구나 예측 가능한 인사(人事)였다. 그러나 한 달 전 뉴욕 본사는 와튼 MBA 출신의 코리언 아메리칸 브랜든을 한국에 파견했다. 권은 지나치게 분개했지만 그녀는 본사의 결정을 이해했다. 지방 대학 학사 장교 출신의 권은 애초에 브랜든의 상대가 될 수 없었다. 레스토랑 앞에는 브랜든의 은색 렉서스와 그녀의 소나타가 나란히 대기하고 있었다. 브랜든이 갑자기 제 차의 트렁크 쪽으로 다가갔다. 그가 꺼낸 것은 장미였다. 아이보리빛 공단 리본으로 밑단을 묶은 붉은 장미가 한껏 만개해 있었다. 로맨틱한 밤이었다. 그 밤의 주연 여배우답게 그녀는 고른 치열을 자랑하며 활짝 웃었다.

토요일 오후 다섯시

유리창 너머 흰 눈이 펑펑 무력하게 퍼붓고 있었다. 권은 전화를 받지 않았다. 자꾸 미끄러지는 손가락으로 권의 휴대폰 번호를 몇 번이나 누른 뒤에야 그녀는 오늘이 토요일임을 깨달았다. 주말이나 휴일에 개인 번호로 연락하지 않는 것은 첫번째 철칙이었다. 재작년 어느 공휴일에 있었던 아버지의 부음조차 권에게 바로 알리지 않았다. 좀 섭섭하더라. 직원들과 함께 뒤늦게 문상을 다녀간 권이 나중에 한마디 했지만 그녀는 짐짓 못 들은 척했다. 이럴 때 떠오르는 사람이 권뿐이라니. 그녀는 황황히 수화기를 내려놓았다. 그 아이가 왜, 어떻게, 그곳에 들어 있는 것일까. 뒤엉킨 실타래를 어디서부터 풀어야 할지 막막하기만 했다. 그녀는 엄지손톱을 잘근잘근 씹으면서 온 집 안을 서성였다. 누군가 소녀를 납치했다. 그리고 그녀의 차 트렁크에 유기했다. 그것 말고 다른 가설은 떠오르지 않는다. 불현듯 현기증이 인다. 소녀는 오늘, 회사에 출근하지 않았다. A4 용지가 똑 떨어졌잖아. 선미 안 나왔어? 암말 없이 빠지는 거 봐. 요즘 애들은 아무튼…… 이번 기회에 여상 나온 애로 아예 정직원을 하나 뽑았음 좋겠어요. 총무팀에서 들으라는 듯 윤이 큰 소리로 말했을 때조차 그녀는 어제 저녁 자신이 선미를 지하철 역까지 태워다주었다는 사실을 까맣게 잊고 있었다. 지하로 연결된 계단을 탁탁 뛰어 내려가던 소녀의 뒷모습. 그 조붓한 어깨와 합성섬유로 만든 코트, 검고 긴 머리 타래. 무릎에 스르르 힘이 빠졌다. N화장품 한국 지사의 직원 서른다섯 명 가운데 선미를 맨 마지막으로 본 사람은 바로 그녀였다. 그녀는 그 자리에 주저앉았다. 크리스털 화병 속의 핏빛 장미 송이들이 그녀의 얼굴을 가만히 바라보았다.

그녀는 상당히 현실적인 사람이었다. 자유자재로 숟가락을 구부리며 초능력을 과시하는 마술사, 서울 하늘에 출몰한 유에프오의 사진 같은 것들은 믿어본 적이 없었다. 공권력이 증인의 사생활을 철저히 보호하는 장면은 할리우드 영화에나 나온다는 것도 잘 알고 있었다. 트렁크를 열었더니, 그애가 들어 있었어요. 그 말을 입 밖에 내는 순간 자신에게 어떤 일이 벌어지리라는 것쯤은 충분히 예상할 수 있었다. 어젯밤 브랜든과 헤어진 뒤 권에게 들렀던 건 일종의 관성이었다. 권은 예상보다 더 많이 취해 있었고 막무가내로 그녀를 껴안으려 했다. 불가리 옴므 향과 구리텁텁한 입내가 뒤섞여 풍겨왔다. 모텔에 세 시간쯤 머물렀을까. 자정께 권은 카운터에 전화를 걸어 대리운전기사를 불러달라고 부탁했다. 권은 웬만해선 외박은 하지 않았고, 다음날 아침에 둘 다 같은 옷을 입고 출근할 수는 없는 일이었다.

그녀는 밤 운전에 능숙했다. 분당까지는 이십 분이 좀 넘게 걸렸다. 지하 주차장에 주차를 하고 올라오면서 일층의 24시간 편의점에 들러 내일 신을 판탈롱 스타킹을 한 켤레 샀다. 낯익은 점원이 눈인사를 했다. 그러므로 그녀는 어젯밤, 세상을 납득시킬 만한 알리바이를 가지고 있지 않았다. 사흘 후면 신제품 발표 파티였다. 월요일 점심엔 인천공항으로 본사 수석 부사장을 마중 나가야 했다. 본사 최고위급 임원을 사박 오 일 동안 밀착 수행할 기회란 흔히 오는 것이 아니었다. 그녀는 최선을 다해 커리어를 쌓아왔다. 갈 길이 아직 멀었다. 판단은 순식간에 이루어졌다. 옷장에 걸린 겨울옷들은 대개 순모 백 퍼센트의 핸드 메이드 코트였다. 허리에서 끈을 묶거나 엉덩이를 살짝 가리거나 복사뼈까지 치렁치렁 늘어지는 색색의 코트들을 헤치고 모자 달린 솜 파카를 겨우 찾아냈다. 잠시 후, 이마 깊숙이 모자를 뒤집어쓰고 친친 목도리를 감은 여자가 엘리베이터 폐쇄회로 화면에 어렴풋하게 비쳤다. 흑백 모니터 속에서 그녀는 마치 검은 눈사람처럼 보였다.

토요일 오후 여덟시 반

　이민 가방은 이태원에서 샀다. 상점 주인은 접이식 가방을 삼단까지 펼치면 일 미터가 훌쩍 넘는 높이가 된다고 말했다. 중국산은 약해서 못써요. 이놈은 얼마나 튼튼한지 어딜 들고 가도 끄떡없다니까. 무엇보다 어디서나 흔하게 볼 수 있는 디자인이 그녀를 안심시켰다. 함박눈은 서서히 잦아들고 새의 깃털 같은 눈발이 가붓가붓 흩날렸다. 도시는 어둠으로 뒤덮여 있었다. 자동차들은 기다시피 움직이는 중이었다. 도로변에 쌓인 눈의 양이 만만치 않았다. 잠수교를 건너 강남에 들어오던서부터 타이어가 여러 번 미끄러졌다. 그녀는 양손으로 핸들을 꼭 쥐고 정면만을 뚫어져라 응시했다. 앞차 머플러에서 드라이아이스 같은 허연 김이 무럭무럭 뿜어져 나왔다.
　권이 사는 아파트 단지는 서초동 대법원 앞에 있었다. 공중전화 부스 앞에 차를 댔다. 전화를 받은 건 변성기를 막 지낸 남자아이였다. 새 봄에 고등학생이 된다는 큰아들일 것이다. 그녀는 권의 가족 사진을 본 적도, 보고 싶어한 적도 없었다. 여기는 회사입니다. 권이사님 계신가요? 그녀는 빠르게 사무적으로 말하려고 애썼다. 아빠, 전화! 누구래? 몰라, 회사래. 수화기 너머의 대화가 꿈결처럼 들려왔다. 여보세요. 권의 저음이 가까이 들리자 이상스레 마음이 가라앉았다. 권은 십 분도 지나지 않아 허둥지둥 달려 나왔다. 꽤 놀란 눈치였다. 뒷자리에 실린

트렁크　53

커다란 가방을 보자 그의 눈썹이 일그러졌다. 뭐야, 어디 가? 적절한 답이 생각나지 않아서 그녀는 조용히 차를 출발시켰다. 타이어가 휘릭 헛바퀴를 돌았다.

짐작대로 권은 그녀의 얘기를 단숨에 알아듣지 못했다. 그녀는 다시 한 번 또박또박 설명했다. 이 차 트렁크에 사람이 들어 있어. 나도 좀 전에 알았어. 선미 알지? 회사의 아르바이트생, 바로 걔야. 권은 굉장히 얼떨떨한 표정을 지었다. 심지어 말을 더듬거리기까지 했다. 사, 사람이 들어 있다고? 지금 여기? 뒤, 뒤 트렁크 안에? 그래, 트렁크 안에. 권은 두툼한 손바닥으로 제 얼굴을 연신 문질러댔다. 그는 그녀의 예상보다 더 많이 당황하고 있는 듯했다. 입술을 달싹거리더니 겨우 한마디 했다. 주, 죽었어? 그녀는 솔직하게 대답했다. 모르겠어. 무서워서 그냥 뚜껑을 닫아버렸어. 자기가 좀 확인해줘. 순간 권의 낯빛이 변했다. 내, 내가? 그녀는 의미심장하게 고개를 끄덕였다. 응, 자기는 남자잖아. 분당까지 가는 동안 권은 손바닥으로 계속해서 얼굴을 비벼댔다. 이따금 한숨을 내쉬기도 했다. 눈은 그쳤지만 그녀는 조심스레 차를 몰았다. 분당으로 이어진 도시고속화도로에는 차량 통행이 거의 없었다. 몇 시간 지나 새벽이 되면 길은 끔찍한 빙판으로 변할 것이다.

율동공원 주차장은 평소에도 밤이면 인적이 드문 곳이었다. 신도시의 건전한 시민들은 나이키 트레이닝복 차림으로 아침 조깅을 하고, 어린아이를 뒤에 태운 채 자전거를 타거나, 부근 음식점에서 점심을 먹고 식후 산책을 하는 용도로 근린공원을 이용했다. 차에서 내리기 전에 그녀는 권의 손에 라이터를 쥐어 주었다. 주차장은 넓은 눈밭이었다. 권은 자동차 뒤로 미적미적 걸어갔다. 그의 운동화 발자국이 흰 눈 위에 선명히 찍혔다. 그가 트렁크 덮개를 여는 동안 그녀는 거무죽죽한 하늘을 올려다보았다. 세상에, 온몸이 뻣뻣해. 권은 몇 차례나 깊은 탄식을 뱉어냈다. 트렁크를 거세게 닫자마자 권은 왝왝 구역질을 했다. 바람이 찼다. 추위 때문인지 구토 때문인지 낯이 새파랗게 질려 있었다.

차 안은 훈훈했다. 권은 그녀가 건넨 휴지로 충혈된 눈자위와 입매를 꾹꾹 눌러 닦았다. 그가 안정을 되찾을 때까지 그녀는 잠자코 기다렸다. 그 정도의 인내심은 발휘할 수 있었다. 이윽고 그가 유리 조각을 삼킨 듯 갈라지는 음성으로 입을 열었다. 어쩌다 그랬어? 그녀는 제 귀를 의심했다. 무슨 소리야? 내가 그런 게 아니라니까. 권이 그녀의 가는 손목을 꽉 움켜잡았다. 제발, 솔직하게 말해. 나한테는 그래도 되잖아. 가까이 들이댄 그의 입술에서 시척지근한 냄새가 진동했다. 그녀는 홱 손목을 뿌리쳤다. 도저히 이해가 안 돼, 도저히. 권이 제 머리통을 감싸안고 중얼대는 모습을 보자 그를 부른 것에 대해 조금씩 후회가 일기 시작했다. 그러나 어쩔 도리가 없었다. 하다못해 이민용 가방에 시체를 옮기거나, 땅을 파고 구덩이를 만드는 데도 남자의 힘이 필요했다. 그녀는 권의 어깨를 끌어안고 가만가만 다독였다. 괜찮아. 다 잘될 거야. 날 믿어.

일요일 오전 두시

　스무 살짜리 여자애의 실종은 지방 신문 단신 기사감도 못 되었다. 야트막한 야산은 어디에나 있었다. 사체를 야산에 암매장하는 것은 범죄 재연 방송에도 심심찮게 등장하는 보편적인 방법이었다. 먼저 이민용 가방에 소녀를 넣고 밤을 틈타 산에 오른다. 땅을 판 다음 가방에서 소녀를 꺼내 묻는다. 멀리 시 외곽으로, 강원도나 충청도까지 갈 수도 있었다. 실행에 옮길 만한 다른 방법들도 있었다. 팔당대교에서 46번 도로를 타고 조금만 달리면 남한강과 북한강이 합쳐지는 양수리가 나온다. 충주호나 청평호 같은 곳도 상관없을 것이다. 발목에 돌덩이를 묶거나 가방에 자갈을 넣어 가라앉히면 물체는 수면 위로 떠오르지 못한다. 최소한의 뒤탈도 남기고 싶지 않다면 불을 이용할 수도 있다. 열 손가락의 지문이나 아랫배의 맹장수술 자국, 선미가 선미임을 증거하는 그 어떤 흔적도 남지 않을 것이다. 노력한다면 방법은 얼마든지 있을 터였다.

　그러나 권은 그녀의 계획을 제대로 들으려 하지 않았다. 술 없어? 그는 오피스텔에 들어오자마자 독주를 찾았다. 그녀는 규칙적인 생활인이었다. 찬장에 위스키를 감춰두고 홀짝이는 불면의 밤과는 거리가 멀었다. 권이 술을 사러 편의점에 내려간 동안 그녀는 전기 포트에 생수를 끓였다. 커피 생각이 간절했다. 새벽 두시에 당도 높은 설탕이 뒤범벅된 일회용 커피 믹스를 타 마시다니, 스멀스멀 죄책감이 엄습했지만 하는 수 없었다. 살다 보면 어쩔 도리 없는 일이 생기고야 마는 것이다. 뜨겁고 들척지근한 액체가 목울대를 타고 깊숙이 흘러들어가자 거짓말처럼 잠깐 행복해졌다.

  원룸으로 이루어진 오피스텔은 실평수만 스무 평에 가까웠다. 월넛 자재의 원목으로 마감된 실내에는 가스레인지와 소형 냉장고, 원통형 세탁기 등의 기본 가전제품이 붙박이되어 있었다. 재작년 이곳으로 이사올 때 꼭 필요한 종류로만 가구를 새로 마련했다. 이태리제 싱글 침대는 헤드가 창가를 향하도록 배치해두었다. 맑은 날 잠자리에 들면 벌어진 커튼 틈으로 노르스름한 별이 올려다보였다. 카드 할부는 아직 좀 남아 있었지만 42인치 디지털 텔레비전과 DVD 플레이어 구입은 잘한 선택이었다. 「섹스 앤 더 시티」나 「앨리 맥빌」 같은 시트콤 시리즈를 빌려다 보고 천연 아로마향 젤로 샤워를 하면 휴일 저녁이 금방 지나고, 다시 한 주가 시작되곤 했다. 자신의 일상이 충분히 만족스러웠다는 걸 그녀는 새삼 깨닫고 있었다. 월요일 출근까지 서른 시간 남짓 남아 있었다. 그녀는 창밖의 암흑을 노려보았다.

  권은 십 분도 안 되는 사이에 소주 한 병을 남김없이 비웠다. 알코올은 긴장을 이완시킬뿐더러 현실을 잊게 만든다. 그는 제법 비장했다. 여기는 법치 국가야. 네 말이 정말로, 정말로 진실이라면 켕길 이유가 없어. 그녀는 코웃음이 나오는 대로 내버려두었다. 아랑곳없이 그는 두번째 소주병을 땄다. 친구 매형이 서울지검 부장검사야. 대학 후배 한 놈은 청와대에 있고. 네가 받을 데미지가 최소한이 되도록, 그 정도는 할 수 있어. 아무래도 그는 중요한 사실을 망각하고 있는 듯했다. 그녀는 그것을 상기시켜주었다. 이게 나 혼자만의 문제인 줄 알아? 그날 밤 내가 어디 있었는지 경찰이 그냥 넘어갈까?

권이 식탁 위에 유리잔을 탁 내려놓았다. 너 지금, 날 끌고 들어가겠다는 거야? 그녀는 싸늘한 시선으로 맞받아쳤다. 혐의를 벗는다 해도 소문이 퍼질 거야. 사람들이 얼마나 남 얘기를 좋아하는지, 이 바닥이 얼마나 좁은지 몰라서 그래? 처음부터 휘말려선 안 돼. 절대로! 권이 절레절레 고개를 흔들었다. 너 정말 무섭다, 하, 정말 무서워. 그는 반쯤 혀가 풀려 있었다. 그래서 요는, 지금 나한테 그걸 갖다 묻으라는 거 아냐, 미친놈처럼 언 땅에 삽질하라고? 그는 별안간 의자에서 벌떡 일어났다. 에이 썅, 네가 저질러놓고 왜 나보고 뒤처리를 하라는 거야, 도대체 왜! 주거용 오피스텔은 벽이 얇았다. 그녀는 허겁지겁 권의 입을 막았다. 권이 우악스런 손아귀 힘으로 그녀의 손바닥을 떨쳐냈다. 나쁜 년, 처음부터 네가 죽인 거지? 그걸 모를 줄 알았어? 일요일 새벽 두시. 이웃들이 깨어 있을지도 몰랐다. 그녀는 사력을 다해 권을 제지했다. 잔머리 좀 작작 굴려. 갈보 같은 년, 그동안 내 등골 파먹은 것도 모자라서 이젠 이런 식으로 이용을 해? 그녀의 팔이 뒤로 꺾이고, 권의 눈동자가 희번덕댔다.

그녀는 저항했지만 속옷은 곧 벗겨졌다. 권은 양손으로 그녀의 어깨를 난폭하게 내리누르고 성기를 강제로 밀어넣으려고 했다. 교접은 잘 되지 않았다. 그녀는 작은 소리도 내지 않고 모욕을 견뎠다. 그녀의 몸 위에서 몇 번인가 버둥대던 권은 기어이 질 안에 사정했다. 그녀 인생 최초의 강간이었다.

그녀는 마룻바닥에 고요히 누워 있었다. 권은 평상심을 회복한 듯했다. 주섬주섬 바지를 찾아 입고 혁대 버클을 채우는 권의 뒷모양을 그녀는 물끄러미 쳐다보았다. 권은 등을 보이며 냉장고 문 앞에 서 있었다. 그리고 담담하게 말했다. 이제, 경찰서에 가자. 그게 순서야. 그는 생수를 플라스틱 병째로 입술에 갖다 댔다. 그녀는 콧날을 찌푸렸다. 지난 오 년 동안 그런 지저분한 버릇을 눈치채지 못했다니 당혹스러웠다. 그녀는 천천히 권의 뒤로 다가갔다. 찬물을 벌컥벌컥 들이켜고 나서 권은 낮게 트림을 했다. 마지막 순간까지 그는 제 등 뒤로 다가선 그녀의 기척을 알아채지 못했다.

크리스털 꽃병은 여자 혼자 힘으로 들기에 꽤나 묵직했다. 그녀는 그의 뒤통수를 있는 힘껏 후려쳤다. 남자는 이상하리만치 무기력하게 쓰러졌다.

바닥은 물과 피로 흥건했다. 산산조각난 유리 파편들과, 꽃잎이 망가진 장미 송이들이 여기저기 흩뿌려져 있었다. 금요일 밤, 브랜든이 선물한 장미였다. 그동안 아주 긴 세월이 흐른 것 같기도 하고 눈 한 번 깜박인 것 같기도 했다. 허리를 구부리고 꽃 한 송이를 집어드는 순간 물레바늘처럼 날카로운 장미 가시가 검지 끝을 콕 찔렀다. 송골송골 핏방울 맺힌 손가락을 보자 오싹 소름이 끼쳤다. 그제야 모든 상황이 똑똑히 실감났다. 차에서 이민용 가방을 가져와 삼단으로 펼치고 축 늘어진 권의 시체를 질질 끌어다 담는 데까지 불과 삼십 분도 안 걸렸다. 그가 체구가 크지 않은 남자인 게 다행스러웠다. 스스로의 손으로 하지 못할 일이란 세상에 아무것도 없었다. 가방의 지퍼를 잠그고 나서 그녀는 그것을 깨우쳤다.

청소를 마치자 급작스런 졸음이 밀려들었다. 그러나 메이크업을 지우지 않고 잠드는 건 피부 탄력에 치명타였다. 그녀는 늘 하던 대로 좌변기에 앉아 화장을 지웠다. 다이어트를 하는 여자들에게 만성 변비는 퍽 흔한 질환이었다. 그녀는 손바닥에 클렌징크림을 덜어 이마와 눈두덩, 뺨과 입술까지 가볍게 마사지한 뒤 화장솜으로 차근차근 닦아냈다. 환약 모양의 새까만 것들이 변기 물통 속으로 점점이 떨어졌다.

일요일 오전 열한시 반

신도시 대형 교회의 주일 3부 예배는 가족 단위 신자들로 발 디딜 틈 없었다. 나 형제를 늘 위해 진실하고 날 보는 자 늘 위해 정결코 담대하여 이 세상 환난중에 나 용감히 늘 승리하리라, 나 용감히 늘 승리하리라. 그녀는 제 두 손을 꽉 맞잡고 예절바르게 찬송을 따라 불렀다.

월요일 오전 여섯시

여느 때처럼 그녀는 여섯시에 눈을 떴다. 지난밤 자정 뉴스에서 오늘 오후 서울 경기 지역의 강수 확률이 70퍼센트라고 알려주었지만 우산을 준비하지는 않았다. 일기 예보가 반드시 적중하는 것은 아니었기 때문이다. 출근길, 이웃들과 우연히 마주쳤다면 다들 그녀가 멀고 긴 여행을 떠난다고 추측했을 테지만 엘리베이터에서 내려 지하 주차장을 떠날 때까지 아무와도 부닥치지 않았다. 가방이 엄청나게 무거웠지만 타인의 도움은 기대하지 않았다. 이면 도로는 눈이 녹아 질척하고 지저분했다. 평소보다 약간 늦은 출발이었다. 도시고속화도로는 뻥 뚫려 있었다. 트렁크는 다만 고요했다. 겨울 해가 운전석 위로 비스듬히 쏟아지자 갑자기 좀 외롭다는 생각이 들었다. 어딘가, 빛이 들어오지 않는 작고 캄캄한 공간에서 사지를 웅크리고 잠들고 싶었다. 아기집 같은 동굴 속! 비로소 그녀는 모든 비밀을 이해할 것도 같았다. 그날, 어쩌면 선미도 그녀와 같은 기분이었을 것이다. 안온하고 조용한 곳을 찾다가 제 손으로 트렁크 덮개를 열고 들어가, 그 안에서 곤한 잠을 청했을 것이다. 그렇게 생각하자 왠지 마음이 푸근해졌다.

열시에는 런칭 행사 실무자들끼리의 미팅을 주재했다. 파티 참석을 약속한 연예인들 숫자가 꽤 많다고 했다. 굿 뉴스였다. 회의를 마치고 자리에 돌아오는데 최대리가 그녀의 옷소매를 잡아끌며 속살거렸다. 차장님, 이거 비밀인데요. 권이사랑 선미, 글쎄 그 둘 사이가 심상치 않았대요. 나 참, 회사 땡땡이치고 지금도 같이 있는 거 아닌지 몰라. 그녀는 흥미롭게 눈망울을 반짝였으나 시간 관계상 더 심도 깊은 대화를 나누지는 못했다. 브랜든이 기다리고 있었다. 이제부터 그녀와 브랜든은 본사의 수석 부사장을 공항으로 영접 나가야 했다. 매끈한 서류가방을 들고 사무실을 나서는 그녀의 뒷모습은 우아하고 완벽했다.

  은색 렉서스의 옆자리에 올라타면서 그녀는 저 멀리 세워진 자신의 자동차에 흘낏 시선을 주었다. 차에는 아무런 문제도 없어 보였다. 2002년형 EF 소나타. 사 년 연속 부동의 베스트셀러 1위. 대한민국 도로 어디에서나 흔히 볼 수 있는 모델이었다. 이제 겨우 천 킬로미터를 주행했을 뿐이다. 아직 갈 길이 멀었다. 그녀는 자신의 새 차가 아주 마음에 들었다.

〔『동서문학』, 2003년 봄호〕

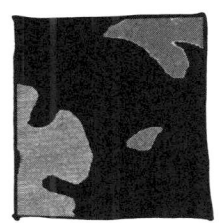

소녀시대

소녀 시대

　엄마 아빠가 죽었을 때 내가 스무 살이면 좋겠다. 스무 살 넘은 어른을 고아라고 부르는 사람은 아무도 없겠지? 쓸데없는 동정은 딱 질색이다. 혼자가 되면 나는 우선 이 집을 팔 거다. 안 그래도 동네 부동산 앞을 지날 때마다 문밖에 걸어놓은 시세표를 눈여겨보고 있다. 미도아파트 55평 8억 5천, 저번 달보다 2천만 원 올랐다. 진짜 미쳤다. 그 돈을 깔고 앉아 밥 먹고 화장실 가고 지지고 볶고 싸우며 살다니. 세상엔 정말 내 머리로 이해 안 되는 일들이 너무너무 많다. 나는 일단 용이오빠한테 빨간 포르셰를, 민지한테 작고 예쁜 오피스텔을 선물한 뒤에 공항으로 갈 거다. 남은 돈을 전부 달러로 바꿔달라고 하면 은행 직원은 딱 벌어진 입을 못 다물겠지? 기분인데 팁으로 한 천 불 줄까 보다. 그러고 나서 제일 먼저 도착하는 비행기를 타고, 떠나는 거다!

언제나 그렇듯 내 상상은 여기서 딱 멈춘다. 떠난 다음에, 그 다음에 내가 어떻게 될지는 아무리 생각해도 잘 모르겠다. 한국말 통하는 곳은 아무 데도 없을 텐데, 영어를 네이티브 스피커처럼 하지 못하면 어딜 가도 무시당하며 살게 될 텐데. 민지 말대로 내가 걱정이 좀 많은 편인지도 모르겠다. 새삼 엄마가 원망스럽다. 일부러 미국 가서 애 낳고 오는 임산부들도 쌔고쌨는데 우리 엄마는 기껏 보스턴에서 생긴 애를 뱃속에 고대로 넣은 채 귀국해버렸던 것이다. 돈 주고도 못 딴다는 미국 시민권, 영주권을 몇 개월 차이로 다 날려버린 그 가련한 아기가 바로 나다. 여자애였기에 망정이지 군대를 가야 하는 남자애였다면 인생 졸라 억울할 뻔했다. 엄마 말로는 입덧이 무척 심해 미국 사람들 몸에서 나는 치즈 냄새만 맡아도 주저앉아 엉엉 울 정도였다지만, 아무튼 유난이다. 그깟 입덧이 뭐 대수라고. 사실 핑계가 좋지, 그때도 아빠랑 무지하게 싸우고 홧김에 서울행 비행기를 휙 잡아타버렸을 것이다. 우리 엄마를 조금이라도 아는 사람이라면 그 정도 짐작쯤은 하고도 남는다. 그때 우리 엄마가 다른 엄마들 발톱의 때만큼만이라도 모성애를 발휘해 아빠 옆에 남았더라면, 적어도 나는 미국에서 초등학교까지는 나왔을 것이고, 웬만한 영어 회화는 술술 하고도 남았을 것이다. 세계 어딜 가서도 꿋꿋하게 잘 살 수 있었을 것이다.

에이 씨, 기분 확 잡친다. 도대체 도움 되는 게 하나 없는 부모다. 나는 책상 위에 파묻었던 고개를 쳐들었다. 독서실 칸막이 너머 계집애들의 숨죽여 조잘거리는 목소리가 콕콕 신경을 건드렸다. 멍청한 것들, 공부도 못하는 것들이. 나는 MP3의 볼륨을 크게 키우고 영어 단어장 속에 눈을 박았다. *Look, if you had one shot or one opportunity* 이봐, 만약 네게 한 번의 기회가 있다면 *To seize everything you ever wanted in one moment* 한순간 네가 원하는 모든 것을 다 가질 수 있다면 *Would you capture it or just let it slip?* 잡을 건가 아니면 그대로 놔둘 건가? 내가 젤 좋아하는 에미넴의 「Lose yourself」가 사정없이 귓전을 때렸다.

*

우리 아빠, 45세, 김용진 씨는 종로구 혜화동에서 태어났다. 아버지는 국립대학 교수, 어머니는 유명한 양반 가문의 딸이었다고 한다. 한마디로, 돈도 별로 없는 주제에 괜히 잘난 척 목에 힘주며 보통 사람 깔보는 집안 출신이라는 얘기다. 그는 4형제 중에 혼자서만 다른 대학에 갔는데, 틈날 때마다 자기가 서울대에 못 간 게 아니라 일부러 가지 않았다는 분위기를 꽉꽉 풍기곤 했다.

"원래 내 피 자체에 이인자 의식이 흐르고 있거든. 차남의 숙명이기도 하고. 획일적인 줄서기 문화는 나와 어울리지 않아."

우리 아빠는 늘 이런 식이다. 아마 우리나라에서 가장 말을 뻔드르르하게 잘하는 사람들이 나가는 대회가 있다면 결승전 정도는 문제없이 진출했을 거다. 개뿔! 그의 어머니, 그러니까 내 친할머니의 회상에 따르면, 그는 형제들 사이에서 가장 공부 못하는 아이였단다.

"그놈아 때문에 자식들 다 서울대 보낸다는 계획이 어그러졌다고 느이 할아버지가 어찌나 역정을 내셨는지. 그래서 미국 박사 만든다고 유학 보낸 거 아니냐."

물론 그의 부모, 그러니까 내 친할머니 할아버지도 만만치는 않다. 아빠를 '유학 보낸' 데 물심양면으로 혁혁한 공헌을 한 사람은 다름아닌 아빠의 장인, 그러니까 내 외할아버지였다. 속사정은 모르지만 아빠가 학위 따고 돌아오자마자 경기도의 한 대학에 턱 자리 잡게 된 것도 외할아버지의 로비력 때문이라고 금방 추측할 수 있었다. 그런데도 친할아버지는 풍을 맞아 안면마비가 오기 직전까지도 당신의 둘째아들 얼굴만 보면 끌끌 혀를 차곤 했다.

"못난 놈. 유학까지 보내놨더니 그 시골 구석에서 뭘 하는 거냐. 내가 너 서울 입성하기 전까지 남우세스러워 눈을 못 감는다. 끄응."

바로 그 사람, 우리 아빠, 미국 유학파 사회학과 교수 김용진 씨의 친부모도, 장인 장모도, 와이프도, 아무도 모르는 비밀을 그의 딸인 나는 알고 있었다. 그게 뭐냐고? 한마디로 열라 쪽팔리고 졸라 짱나는 일이다.

오늘 아침에도 나는 눈뜨자마자 버릇처럼 수화기를 들었다. 016-203-0016.

'PCS 번호 일곱 자리 또는 여덟 자리와 우물 정자를 눌러주

세요.'

203-778×. 아빠의 핸드폰 번호를 누르고 이어서 우물 정(井)자 버튼만 누르면 간밤 아빠 앞으로 온 모든 음성 메시지를 다 (훔쳐) 들을 수 있다. 늘 인생이 자신만만한 아빠는 세상 무서운 게 하나도 없는지 음성 사서함에 비밀번호를 걸어두는 그 손쉬운 일조차 하지 않았다.

'오빠, 저 깜찍이예요. 내가 문자 보냈는데 막 씹고…… 그래 봐요, 흥!'

휴, 이번엔 또 뉴 페이스다. 혀 짧은 소리로 에데데데 귀여운 척하는 양을 보아하니 나이도 어린 거 같다. 우리 아빠 같은 노땅을 '오빠'라 부르다니, 아무튼 아빠랑 노는 여자들은 하나같이 제정신을 어따 팔아먹은 게 틀림없다.

'호호, 오빠, 농담이에요. 어제 너무 늦게까지 깜찍이가 귀찮게 해서 많이 피곤하시겠어요. 오늘 하루 잘 보내시고요. 이따 밤에 스카이러브에서 봐요. 뽀뽀 쪽!'

으, 재수 없어. 졸추 열추! 졸라 추하고 열라 추하다. 어쨌든 '깜찍이,' 아빠의 새로운 채팅녀. 나는 또 하나의 이름을 머릿속에 입력했다.

우리 엄마, 42세, 정은숙 씨는 대구에서 태어났다. 그녀의 아버지, 그러니까 내 외할아버지는 공단에서 적지 않은 규모의 원단 공장을 운영하는 동시에 모 학교 법인의 재단 이사장으로 재직하고 있었다. 즉 그녀는 보기 드물게 빵빵한 지방 부자의 고명딸이었다는 얘기다. 대학에 진학하면서 처음 서울 생활을 시작했다는데 엄마가 어느 학교를 나왔는지는 외가의 일급 비밀이다. 아무리 3류 똥통 학교라고 해도 어떻게 자식한테까지 입도 뻥긋하지 않을 수 있는지 참 신기하다.

"전공이 뭐였는데?"

"미대였다."

"서양화? 동양화?"

"아, 그런 게 있다. 애들은 몰라도 된다."

엄마를 비롯하여 외가의 모든 친척들은 짜맞춘 듯 이렇게 대답했다. 아무래도 입시 부정이든 뭐든 입 밖에 내지 못할 깊은 사연이 있는 게 분명했다. 그리고 엄마의 대학원들! 그동안 엄마가 입학했던 대학원은, 내가 알기로만 세 군데에 달했다. 예술경영학, 미술치료학, 또 하나는 뭐더라, 소비자아동학이었나, 하여튼 남들 잘 모르는 특이한 학과만 일부러 고르는 듯하다. 물론 엄마는, 전부 다 실생활에 밀접하게 관련된 신생 학문이기 때문에 졸업하면 국내에 몇 없는 그 분야의 전문가가 됨과 동시에 업계에서 서로 모셔가려 할 거라고 주장했지만 그 말이 사실인지 아닌지는 한 번도 확인된 바 없었다. 신생 학문의 전공자가 되어 창창한 장래성을 보장받으리라는 엄마의 뜨거운 기대와 열망, 그리고 불타는 학구열은 학기가 시작됨과 동시에 차차 사그라져, 이내 학교를 그만두면서 흔적도 없이 사라져버리고 마는 것이었다.

얼마 전부터는 또 드라마 작가가 되겠다나 뭐라나. 일단 자기 특기를 발휘해 신문사 문화센터의 방송 작가 강좌에 덜컥 등록부터 해놓고는 『드라마의 이해』『방송극 이렇게 써라』 같은 허접한 제목의 책들을 거실 탁자 위에 산더미만큼 쌓아놓은 채 주구장창 티브이 연속극만 보고 있었다. 요즘 엄마의 핸드폰 음성 사서함엔 (남자는커녕) 고상한 척하는 목소리의 아줌마들이 남긴 메시지뿐이었다. 오늘도 마찬가지였다.

'정선생, 우리 이번 주 스터디 시간을 조정해야 될 것 같은데. 이번엔 자기 작품인 거 알죠? 기대가 커요.'

엄마의 딸로 16년 넘게 살아온 뺄을 통해 나는 금방 깨달을 수 있었다. 엄마는 지금, 바로 저 '선생님'과 '작품' 소리에 뽕가 있는 상태라는 것을. 그리고 어쩌면 이번 공부는 개중 오래 지속될지도 모른다는 것을. 그리하여 남편, 즉 우리 아빠와의 휴전 상태도 덩달아 길게 연장되리라는 것을. 어쨌든 나에게는 반가운 소식이었다. 아슬아슬한 평화가 전쟁보다는 훨씬 나으니까 말이다. 그걸 모르는 인간은 지구상에 하나도 없을 거다.

토요일. 학원도, 과외도 없는 유일한 날이다. 엊그제 중간고사가 끝났기 때문에 칙칙한 독서실 구석에 박혀 있을 필요도 없다. 1교시 쉬는 시간에 나는 용이오빠에게 문자를 날렸다. '날씨 너무 좋다. 오빠 바빠?' 옆에서 민지가 흘끔 훔쳐보더니 나를 구박했다.

"바보야. 그게 뭐야, 그래서 어떤 남자가 좋아하냐? 애교 좀 떨어봐."

그러더니 내 전화기를 뺏어가 자기가 대신 막 글자를 입력했다. 너무 빨라서 문자 치는 손가락이 안 보일 정도였다. '옵빠 혜나 안 보고 시퍼여? 혜나는 이쁜 데또를 원츄해여~~♡'

"아우, 야. 그게 뭐야? 쪽팔리잖아. 오빠가 나 되게 이상한 앤 줄 알면 어떻게 해?"

"뭐 어때? 사랑은 표현하는 거야. 어머, 답 문자 왔다. 이거 봐. 이따 전화하라고 하잖아!"

민지가 의기양양하게 소리쳤다. 늘 무뚝뚝한 용이오빠도 여자의 여우짓에 약한 보통 남자였나 보다. 나는 약간 실망이 될락 말락 했다. 오빠는 우리보다 두 살 많지만 학교는 안 다닌다. 내신이 별로여서 아예 자퇴를 하고 검정고시를 준비한다고 했다. 저번 달에 명동에 놀러 갔을 때 카페에서 알바 하는 용이오빠를 보고 내가 먼저 첫눈에 반했다. 같이 갔던 딴 애들은, 오빠한테서 왠지 모를 강북 필이 나고 스타일도 구리다면서 날 마구 말렸지만 오직 한 명 민지만은 나를 응원해주었다.

"강남, 강북 그런 게 무슨 상관이니? 너희들은 진짜 사랑을 몰라!"

단호하게 말하며 오빠의 전화번호와 MSN 주소를 알아다 준 것도 민지였다. 역시 내 베스트 프렌드다웠다. 그후에 내가 먼저 이메일도 보내고 문자도 보내고 메신저에서 말도 걸고…… 열심히 노력해서 몇 번 단둘이 만나기는 했지만 이상하게도 아직까지 별로 진도가 안 나가고 있었다. 중2 때 사귄 현수랑은 자연스럽게 손도 잡고 뽀뽀도 했는데. 용이오빠는 아무래도 내가 여자로 느껴지지 않는가 보았다. 종례가 끝나고 담탱이가 나가자마자 나는 단축 다이얼 1번을 눌렀다. 액정 화면에 '내 남편 용'이라고 떴다. 오빠는 자다 일어난 듯한 목소리로 전화를 받았다. 음, 섹시하다.

"오빠 오늘 학원 안 갔어?" "응." "오늘…… 만날래?" "그러든지." "어디서?" "네가 이쪽으로 오면 좋고." "그래. 옷 갈아입고 바로 가서 문자 칠게." "그럼 그러든지."

용이오빠의 저 말투, 한마디씩 무심히 툭툭 내뱉는 말투가 내겐 더할 나위 없이 멋지게 느껴진다. 보통 때 오빠는 거의 말이 없는 편이다. 꼭 필요한 대답도 짧게, 단답형으로 했다. 언제나 말도 많고 이유도 많은 우리 아빠와는 정반대 인간형이라고 할 수 있을 것이다. 평소엔 도통 세상 전체에 대해 무관심해 보이는 오빠의 눈빛이 반짝반짝 빛나는 순간은 오로지 자동차에 관한 얘기를 할 때뿐이었다. 오빠는 전 세계 모든 차의 이름과 구조와 역사에 대해 다 알고 있었다. 오빠를 만나기 위해 돈암동으로 가는 지하철 안에서 나는 어젯밤에 빌려본 비디오의 내용을 다시 한 번 정리해두었다. PC방에서 카 레이싱 게임을 하고 있던 오빠는 나를 롯데리아로 데려갔다. 딴 남자애가 그랬다면 누굴 어린애 취급하느냐며 짱나했겠지만 용이오빠니까 그 정도쯤은 꾹 참을 수 있었다.

"오빠, 나 「식스티 세컨즈」 봤어."

오빠의 눈빛에 돌연 생기가 돌았다.

"그래? 어땠어? 정말 멋있지?"

역시, 오늘 최초로 세 마디를 연속해서 말했다.

"응. 특히 주인공들이 창고에서 빼내오는 그 차들이 죽이더라. 그게 오빠가 전에 말한 페라리, 맞지?"

"그래, 맞아. F360 모데나, F575 마라넬로. 다 나오지. 시속 300도 넘는 놈들이야."

오빠의 낮은 한숨 소리가 귓전에 부서졌다. 순간 내 맘이 저릿해져왔다. 이런 게 사랑인가 보다.

"그런데 오빠 드림 카 포르셰는 안 나오더라. 내가 못 봤나?"

"포르셰가 꼭 내 드림 카라는 건 아니야. 성능 대비 가격이 싸니까. 복스터 같은 모델은 우리나라에서 한 일억이면 살 수 있으니까 그나마 괜찮다는 거지."

오빠의 쓸쓸한 눈망울이 어딘가 먼 곳을 응시했다. 나도 모르게 손을 뻗어 오빠의 촉촉한 속눈썹을 쓰다듬을 뻔했다.

"혜나야."

오빠가 내 이름을 그윽한 목소리로 불렀다. 전에 없던 일이었다. 나는 눈을 동그랗게 뜨고 오빠를 보았다.

"너희 아버지 차, 지프 랭글러라고 그랬지?"

"으응."

"엄마 차는 그랜저 엑스지고?"

"으응."

오빠는 잠시 뜸을 들였다.

"내가 너한테 처음이자 마지막으로 하는 부탁인데."

어쩐지 더 이상은 듣고 싶지 않았다.

"새벽에, 너희 부모님이 차 안 쓰실 때 말이야, 내가 잠깐 몰아볼 수 있을까?"

오빠의 표정이 너무나 간절해서, 그래서, 나는 딸기 아이스크림만 푹푹 돼지처럼 퍼먹었다.

"왜 어려워? 너 내가 얼마나 운전 잘하는지 모르지? 나 면허증도 있어."

"글쎄…… 좀."

"딴 뜻은 없어. 그냥 이 차 저 차, 다양하게 경험하고 싶어서. 서울 한 바퀴 돌고 얌전히 갖다 놔두면 아무도 모를 거야."

아, 저 비굴한 말투, 용이오빠답지 않다. 나는 귀를 틀어막고 싶어졌다.

"난…… 난…… 엄마 아빠한테 그런…… 신세……"

더 적당한 단어가 생각나지 않았다.

"그런…… 신세는 지기 싫어. 죽어도!"

우리는 그만 밖으로 나왔다. 토요일 오후 돈암동 골목은 터져 나갈 듯 사람이 많았다. 근처 날라리들이 죄다 기어나온 듯했다. 용이오빠는 바지 주머니에 손을 끼운 채 멀찍이 앞서 걸어 갔다. 누가 봐도 우리는 모르는 사이 같았다. 나는 내 옷차림을 내려다보았다. 폴로 랄프 로렌의 니트 스웨터와 버버리 체크 스커트, 그리고 무릎양말과 진통 DKNY 스니커즈. 깻잎 앞머리, 마법사 구두, 엉덩이 꼭 끼는 교복 치마들의 물결 속에서, 나는 확실히 이방인이었다. 점점 까마득히 멀어져가는 용이오빠의 등을 바라보며 나는 입속으로 빠르게 중얼거렸다. 미안해, 오

빠. 그래도 내가 진짜진짜 사랑했다는 건 잊지 마!'

 압구정까지 오는 동안 민지에게 문자 메시지를 보내 용이오빠와의 이별을 알려주었다. '우리 깨졌어.' '정말? 왜?' '오빠가 울 엄마 아빠 차를 빌려달래.' '뭐? 미친 거 아냐?' '안 된다 그랬는데 나 잘한 거지?' '당근이쥐. 여자한테 뭐 바라는 놈들은 절대 안 돼.' 주거니 받거니 문자질을 하다 보니 우울한 기분이 조금씩 진정되어갔다. 우리가 전화 통화를 하지 않고 문자로 대화를 나누는 이유는 아주 간단하다. 엄마가 내 핸드폰 요금을 정액제로 꽈악 묶어놓았기 때문이다. 자유 요금제로 풀어놓으면 내가 알아서 절제를 못 하고 몇십만 원어치라도 쓸 줄 아나 보다. 참 웃기는 일이다. 뭐 눈엔 뭐만 보인다는 말이 딱 맞다. 내가 자긴 줄 아나. 엄마야말로 스스로 절제를 하는 것과는 상관없이 사는 주제에. 하기야 아빠는 그보다 더 심하다. 민지 부모님 이혼했다는 소리를 어디서 주워듣고 와서는 나랑 얼굴 마주칠 때마다 개랑 놀지 말라고 난리, 또 난리를 쳐댄다. 결손 가정 애들은 뭐가 달라도 다르다냐? 켁! 그냥 쭉 하던 대로 음란 채팅이나 열심히 하시지. 오지랖 넓다는 말은 바로 이럴 때 쓰라고 있는 것 같다.

 갤러리아 백화점의 은회색 건물이 보이자 압구정에 들어섰다는 실감이 났다. 고향에 온 것처럼 맘이 푹 놓이고 푸근해졌다. 민지는 날 보자마자 와락 끌어안고 등을 토닥여주었다. 쪽팔리게 눈물이 나려고 했다. 민지가 백화점 카드를 꺼내들고 살랑살랑 흔들었다.

"오늘 너 기분 캡 꿀꿀할 텐데 내가 옷 사줄게. 그 여자는 내가 뭐 사왔는지 일일이 검사도 안 하잖아."

가끔 미치도록 민지가 부럽다. 민지가, 그 여자와 그 여자가 낳은 쌍둥이 꼬마 애들을 얼마나 창피하게 생각하는지 누구보다 내가 젤 잘 알지만 그래도 부럽다. 적어도 민지네 아빠, 엄마 그리고 새아빠, 새엄마는 그애한테 미안해하기는 하니까. 죄책감 때문에라도 참견도 간섭도 하지 않으니까. 더럽고 치사하게 용돈 몇 푼 조절하는 걸로 딸 생활을 장악하고 있다고 믿는 우리 엄마 아빠보다는 어쨌든 훨씬 양심적인 부모라는 게 내 견해였다. 말이 나왔으니 말인데 나, 이번 달 용돈 또 깎였다. 엄마가 갖다 붙이는 알량한 이유는 저번 달에 내가 옷을 너무 많이 샀다는 거다. 고작 치마 하나, 카디건 하나를 샀을 뿐인데, 그래봐야 매달 엄마가 거둬들이는 월세의 몇십분의 일도 안 되는 돈인데, 우리집은 늘 이런 식이다. 이젠 포기했다. 우리는 명품관 1층에서 나비 모양 머리핀 두 개를 골라서 민지 새엄마의 카드로 계산한 다음 하나씩 나눠 가졌다. 팔랑팔랑 분홍 나비가 머리 위에 앉아 있다고 생각하니 기분이 쭈욱, 업되었다.

민지와 나는 스타벅스의 모카 프라푸치노를 손에 들고 로데오 거리를 산책했다. 옷가게의 쇼윈도도 들여다보고 리어카의 액세서리도 기웃거렸다. 이 골목에 오 분만 서 있으면 요즘 뭐가 유행하는지 금세 알 수 있게 된다. 압구정동은 커다란 선물

가게 같다. 이쁜 것도 캡 많고, 갖고 싶은 것도 짱 많다. 이 거리를 왔다 갔다 하는 수많은 애들 중에서 누가 딴 동네 사람인지 우린 그냥 한번 쓱 보면 골라낼 수 있다. 촌빨 날리는 딴 동네 애들과 눈이 마주치면 차갑게 쌩까준다. 두 번 다시 안 쳐다보는 것만큼 화끈한 복수는 없을 테니까. 무슨 복수냐고? 음, 똥개도 자기 구역이 있다질 않는가. 찌질하게 입고 남의 동네 넘어와 물 흐리는 것만큼 패씸한 일이 또 있을까? 미리 맞춘 것도 아닌데 민지도 오늘 나랑 똑같은 재질의 폴로 스웨터와 무릎양말을 신고 있었다. 정말 다행이었다. 같이 다니는 친구가 나랑 전혀 다른 스타일로 꾸미고 나오면 쪽팔리기도 하고, 왠지 모르게 맘 한켠이 불안해진다. 프라푸치노를 다 먹은 뒤 우리는 음반가게에 들어갔다. 민지는 브리트니를 좋아하고 나는 크리스티나를 좋아한다. 우리가 매장 안에 새로 걸린 브리트니 스피어스의 사진 앞에 서 있을 때였다. 웬 대머리 아저씨가 우리 옆으로 가까이 다가오더니 친한 척 말을 붙였다.

"학생들, 몇 학년이야?"

민지가 가소롭다는 듯 픽 웃었다.

"왜요?"

"이뻐서."

헉! 정말 오래 살다 보니 별꼴을 다 본다. 나와 민지는 기가 막힌다는 표시로 두 손을 꼭 맞잡았다. 대머리는 뒷주머니에서 지갑을 꺼냈다. 그러더니, 글쎄, 민지가 아닌 나에게만 명함을 내미는 것이었다.

"학생, 마스크가 아까워서 이러는 거야. 꼭 한번 찾아와."

대머리는 징그럽게 한쪽 눈까지 찡긋거리며 사라졌다. 촌스럽게 금박 테를 두른 명함엔 '걸 스타 엔터테인먼트 기획실장 황봉구'라는 글씨가 새겨져 있었다.

"이게 뭐야, 열라 구려."

나는 가만있는데 명함도 못 받은 민지가 흥분해서 난리였다.

"SM이나 대성이면 또 몰라. 이름도 첨 들어본 데잖아. 개나 소나 명함만 파 갖고 다니면 다 연예인 매니저냐. 아우 한심해."

"그러게 말이야."

적당히 민지한테 맞장구를 쳐주면서 나는 황봉구 아저씨의 명함을 슬쩍 주머니 속에 집어넣었다. 이로써 오늘은 내게 두 가지 의미가 있는 날이 되었다. 사랑하는 사람과 헤어진 날. 그리고 처음으로 길거리 캐스팅을 당한 날. 열라 캡숑 재수 황인 하루는 아니었다고 생각하니 약간 위로가 되는 것 같기도 했다.

한 보름, 평범한 나날이 흘렀다. 중간고사 성적은 반에서 5등, 전교 40등이었다. 영어가 저번보다 별로 안 올라서 좀 속상했다. 만약의 사태에 대비하여 영어 하나만은 열심히 하려는 게 내 목표다. 세계 어딜 가더라도 남한테 무시당하고 살기는 싫다. 민지는 반에서 43등을 했는데 오히려 잘됐다며 이 기회에 아빠 집을 떠나 조기 유학을 가겠다고 방방 뜨는 중이었다. 용이오빠에게선, 그날 이후로 아무런 연락도 없었다. 나는 단축

번호 1번에서 용이오빠의 이름을 지웠다. 엄마는 예상보다 빨리 드라마 작가의 꿈을 접은 눈치였다. 더 이상 연속극을 보지 않았고 밥 한번 제대로 안 해주던 사람이 별안간 주방에서 달그락대는 시간이 길어졌다. 그렇다. 이번엔 요리연구가의 길이었다.

"이건 에스카베체라는 스페인 음식이야. 각종 야채와 허브를 빙어와 버무려서 만들었지. 오늘 배운 거 복습했는데 한번 시식해볼래?"

"아냐. 괜찮아. 학교에서 급식 먹고 왔는데 뭘."

"지금 너까지 날 무시하는 거야?"

"그런 거 아냐. 그냥 배불러서 그래."

"지 아빠랑 똑같이 이기적인 년. 별걸로 다 유세 떤다. 그거 좀 먹어준다고 배가 터지나?"

휴, 서울 말씨 대신 사투리 억양이 튀어나오면 엄마가 상당히 흥분했다는 의미다. 나는 접시 위의 이름 모를 풀 쪼가리를 한 점 집어 입에 넣었다.

"맛있나?"

엄마의 호기심 어린 목소리에 고개를 끄덕거려주었다. 엄마 스스로 싫증나서 때려치울 때까진 아무래도 꼼짝없이 마루타 노릇을 해야 할 것 같았다.

아빠는 요즘 들어 부쩍 수상한 냄새를 풍겼다. 얼마 전부터 핸드폰 음성 사서함에 비밀번호를 걸어놓았을뿐더러 집에도 되게 늦게 들어왔다. 내가 독서실에서 돌아오는 새벽 한시까지도 집에 없는 경우가 많았다. 이번엔 온라인을 넘어 오프라인의 연인이 생긴 게 확실했다. 엄마는 아빠의 변화를 아는지 모르는지 드디어 진짜 적성을 찾았다느니, 스위스의 무슨 요리 학교로 유학을 갈 거라느니 전화기 붙잡고 여기저기 수다 떨어대느라 바빴다. 매사 무사태평인 엄마. 난 도저히 이해가 안 된다. 어차피 남남처럼 서로 안면 까는 사이이긴 하지만 그래도 명색이 남편 아닌가. 밥은 먹었는지, 바람이 났는지. 바람이 났다면 어떤 년인지, 도대체 두 연놈이 뭔 짝짜꿍을 하고 다니기에 새벽까지 안 들어오는지, 손톱의 때만큼이라도 궁금해야 정상이 아닌가 말이다. 정말 대단한 집구석이다. 아마 복면 강도가 칼 들고 쳐들어온대도 이 집에선 나 아니면 아무도 안 나설 거다.

그날 밤, 아빠가 샤워하는 틈을 타서 나는 살금살금 서재로 들어가 아빠 핸드폰을 뒤졌다. 아니나 다를까 수신, 발신 번호 목록이 낯선 전화번호 하나로 온통 도배되어 있었다. 재다이얼 버튼을 누르자 액정 화면에 '깜찍이'라는 글자가 크리스마스트리에 매달린 알전구처럼 깜빡거렸다. 나는 놀라서 얼른 플립을 닫았다. 허, 참. 가지가지 한다. 내가 아빠 마누라도 아닌데 왜 마른침이 꼴딱꼴딱 넘어가는지 모를 일이었다. 나는 명탐정 코난처럼 재빠른 동작으로 문제의 번호를 손바닥에 베껴 적었다.

"이 개새끼가 어디서 술 처먹고 들어와서 지랄이야?"

"씨팔, 내 돈 주고 내가 술도 못 먹냐, 네가 보태준 거 있냐?"

잠결에 아랫배가 와락와락 아파 눈을 떴더니 우당탕탕 한판

소녀 시대 **81**

전쟁이 벌어지고 있었다. 아이 씨, 요즘 좀 잠잠하다 했더니 또 시작이었다. 초장부터 불을 뿜어대는 화력이 만만치 않았다. 이 불을 뒤집어써보았지만 하이 소프라노로 질러대는 엄마 목소리, 혀 꼬부라지는 줄도 모르고 벅벅 질러대는 아빠 목소리가 생생한 화음을 이루어 귓가에 스테레오로 울려 퍼졌다. 남들 다 자는 이 새벽에 얼굴들도 두꺼웠다. 웬만하면 참아보려 했건만 눈치도 없이 아랫배가 점점 더 심하게 왁신왁신 쑤셔왔다. 나는 스탠드 불을 켜고 서랍장을 뒤져 생리대를 찾았다.

"네가 이뻐서 내가 이러고 사는 줄 아냐. 내가, 내가, 갈 데가 없어서 이러고 사는 줄 아냐. 다 애가 불쌍해서, 내가 내 눈깔 찌른 거, 그래, 철모를 때 애새끼 싸질러놓은 거 책임지려고 이 인간 김용진이가 이러고 산다. 에이 좆같아, 씨팔."

"미친놈. 아주 쌩쑈를 하네. 네가 애 에비 노릇 한 게 뭐 있는데? 너 같은 에비 놈은 없는 게 더 난 거 모르나. 잘됐다. 이 참에 나가라, 짐 싸줄까? 쫓아내기 전에 네 발로 걸어 나가라."

"씨팔, 그래. 네 아버지가 사준 집이라 이거지. 그래 알았다. 내가 못 나갈 줄 아냐. 썅, 그래 막말로 내가 당장이라도 갈 데는 많은데 애가 불쌍해서 못 나간다. 너같이 무식한 엄마 밑에서 쟤가 어떻게 교육받을지 불쌍해서 못 나간다."

내가 방문을 열고 거실로 나선 건 하필 그때였다. 김용진 씨, 정은숙 씨, 그리고 나. 세 사람의 시선이 순간, 공중에서 뱀처럼 얽혔다가 겸연쩍게 풀어졌다. 고개를 숙인 채 나는 두 사람 앞을 조용히 지나쳤다. 아빠 입에서 풍겨나왔음이 분명한, 설명할 수 없이 지저분한 냄새가 실내에 가득 고여 있었다. 나는 욕실 문을 쾅 닫았다. 엄마의 기세 등등한 목소리가 고스란히 들려왔다.

"아이구, 네가 말하는 애 교육이 이거가? 참 꼴도 좋다."

팬티에는 연갈색 피가 초승달 모양으로 묻어 있었다. 생리대의 비닐 커버를 벗겨내면서 나는 결심했다. 내일은 꼭 그년을 찾아가야겠다. 왠지 모르지만 꼭 그래야만 할 것 같은 예감이 뇌리를 강타했다.

만 열여섯, 적다면 적은 나이다. 나도 다 안다. 괜히 어수룩하게 빈틈을 보였다간 어린애라고 개무시당하기 십상이다. 나는 미리 준비한 말을 열 번도 넘게 연습했다. 지금 댁이 저지르고 있는 일이 뭔지 알아요? 괜히 더 큰 망신당하기 전에 우리 아빠를 돌려줘요. 아빠를 돌려줘요, 끝 부분에선 감정에 겨운 듯 살짝 파르르 떨어도 괜찮을 거 같다. 나는 심호흡을 하고 약속 장소인 카페의 문을 열었다. 그런데, 갈매기 눈썹을 한 주인 아줌마가 자리 안내해줄 생각은 안 하고 다짜고짜 몇 살이냐고 묻는게 아닌가. 허, 참. 돈 내고 팔아주겠다는 데 별꼴 다 보겠네.

"학생, 주민등록증 있어? 여기 애들은 못 들어오는 데야."

"하, 술 마실 것도 아닌데 왜 못 들어가요? 여기서 약속 있단 말예요."

"어른이랑 같이 왔으면 모를까, 혼자서는 절대 못 들어가. 요새 단속이 얼마나 심한데 괜히 누구 영업 정지 먹일 일 있나."

기차 화통을 삶아 드셨나 아줌마 목소리가 하도 우렁차서 카페 안의 손님들이 죄다 이쪽을 돌아보았다. 그때 뒤에서 누군가 내 어깨를 짚었다.

"나 만나러 온 거죠?"

아빠의 '깜찍이'였다. 아이 씨, 진짜 초장부터 스타일 완전 구겼다. 우리, 그러니까 나와 깜찍이는 아직도 미심쩍어하는 주인 아줌마의 눈길을 받으며 카페 한 귀퉁이에 마주 앉았다. 그녀, 아니 그년은 생각보다 예뻤다. 화장 안 한 뽀얀 피부와 커다란 눈망울은 흐음, 얼핏 보면 어설픈 송혜교 같기도 했다. 치, 아빠, 늙은이 주제에 그래도 보는 눈은 있어가지고. 근데 몇 살일까? 되게 어려 보였다. 깜찍이는 아까부터 계속 고개를 푹 수그린 채 내 눈길을 피하고 있었다. 벼룩도 낯짝이 있나 보지? 나는 기선도 제압할 겸 단도직입적으로 물어보기로 했다.

"몇 살이에요?"

"스무 살."

모기 소리만 한 음성이었다. 헐. 스무 살? 나랑 겨우 세 살 차이밖에 안 난다고? 뒷골이 땅해졌다. 연습했던 대사를 읊어야 할 타이밍인데 어째 입이 안 떨어졌다.

"우리, 우리 아빠를…… 돌려줘요."

입 밖에 내놓고 보니 왕 유치했다. 왠지 쥐구멍에라도 들어가고 싶은 기분이 들었다. 근데 이게 웬일인가. 눈을 내리깔고 물컵만 만지작대던 그년이, 깜찍이가, 갑자기 요상한 신음을 으읍, 뱉어내더니 한 손으로 입을 틀어막고 꺼이꺼이 통곡을 하는 게 아닌가. 어안이 벙벙해졌다. 아니 피해자는 난데 대체 쟤가 왜 우는 거지?

"흑흑, 미안해요. 정말 미안해요. 일부러 그런 건 아니에요. 용서해줘요, 미안해요. 흑흑흑."

아니, 아니, 이게 아닌데. 상당히 민망했지만 여기서 약해지면 안 되었다. 나는 최대한 냉혹하게 본처 자식으로서의 멘트를 날렸다.

"미안한 거 알면 됐구요. 우리 아빠랑 어떤 관계인진 모르지만 더 이상 한 가정을 망가뜨리면 안 되지 않겠어요?"

켁, 한 가정을 망가뜨리면 안 된다니. 내가 말하고도 졸라 웃겼다. 그녀만 없어지면 우리집이 안 망가지나? 그치만 뭐, 이 험한 세상 나에게도 희생양 하나쯤 필요하단 걸 이해해주었음 좋겠다. 나는 애써 독하게 마음을 다잡았다. 내친김에 카운터펀치를 한 방 먹여야겠다.

"언니 때문에 내가 결손 가정의 애가 되면 속이 시원하겠어요? 그리고 최소한의 양심이 있다면 오늘 나 만난 얘기 아빠한텐 하지 말고 그냥 알아서 떠나주세요."

오호, 마무리 멘트 멋지고! 아무리 봐도 나의 한판 케이오승이었다. 그때 깜찍이가 팅팅 부은 눈을 치켜뜨며 입을 열었다.

"걱정 마세요, 우리 어차피 다시 만나지도 못해요."

아니, 이게 무슨 말이지.

"왜요?"

"오빠가, 오빠가 그만 만나자고 하셨어요."

"어어, 우리 아빠가 먼저? 왜요?"

"내가 생리가 끊겼다고 했더니…… 그랬더니……"

아핳핳! 가스총 연발을 코앞에서 맞은 듯 정신이 몽롱해져왔다. 그녀가 밝힌 사건의 전말은 이랬다.

약 한 달 전 그들, 그러니까 우리 아빠 K대 사회학과 부교수 45세 김용진 씨(대화명: 슬픈 늑대)와 고졸 백조 20세 조영미 양(대화명: 깜찍이)은 모 인터넷 채팅 전문 사이트에서 운명처럼! 만났다. 둘이 번개에서 만나는 순간 번개처럼! 불꽃이 파바박 튀었다. 둘은 나이와 직업과 처지의 장벽을 모두 뛰어넘어 영화처럼! 뜨거운 사랑을 나누었다. 깜찍이는 슬픈 늑대의 처자식을 떠올리며 몇 번이나 관계를 청산하려 애써보았으나 허사로 돌아갔다. 둘의 사랑은 그야말로 하늘만이 허락한 아주 특별하고 고귀한 사랑이라고, 우리가 살면 얼마나 살겠느냐고, 슬픈 늑대가 눈물로 치맛자락을 붙잡았기 때문이다. (이런 망할……) 그러다 깜찍이의 몸에 변화가 생겼다. 임신이 의심되는 증세 앞에서 슬픈 늑대는 별안간 깜찍이를 외면하기 시작했다. (원래 귀찮으면 바로 쌩까는 게 그 사람 특기다.) 한술 더 떠 슬픈 늑대는 그 뱃속의 애가 누구 씨앗인지 알게 뭐냐고 뻔뻔하게 큰소리까지 쳤다. ('씨앗'이라니, 십대 소녀인 내가 듣기엔 상당히 원색적인 표현이 아닐 수 없었다.) 물론 슬픈 늑대의 의심이 전혀 근거 없는 것은 아니었다. 깜찍이는 그동안 전 남자친구(채팅에서 만난 서른두 살의 백수였단다) 및 그 전전 남자친구(오다 가다 만난 동갑의 재수생이었단다)와 '어쩔 수 없이' 몇 번 만난 적이 있었기 때문이다. 그렇다고 뱃속의 애가 그들의 '씨앗'이라는 건 죽어도 아니었다. 맹세할 수도 있었다. 하지만 슬픈 늑대 오빠는 깜찍이의 변명을 들으려고도 하지 않았고 도리어 부정한 여자 취급하며 이별을 통보했다. 그리고 다음날, 웬 여자애(나)에게서 전화가 걸려왔다고 했다. 이 무슨 쌍팔년도 삼류 드라마 같은, 초(超)저질 통속 스토리란 말이냐. 그녀의 말이 모두 사실이라면, 그렇다면, 그 뱃속의 애는 내 동생이 되는 거였다.

"그래서 어떻게 할 건데요?"

"모르겠어요."

"금방 배가 불러올 거 아니에요?"

"그럴까요?"

그걸 나한테 물어보면 어쩌자는 거니. 미치고 환장할 노릇이었다.

"병원에 가야죠. 늦기 전에 빨랑 가요."

"모르겠어요. 너무 무서워요. 어떻게 해야 할지 모르겠어요."

그녀는 다시 오만상을 찌푸리며 눈물을 떨구었다.

"돈도 많이 들 텐데. 무서워요. 어디 얘기할 데도 하나도 없어요."

이거야 원, 나는 찬물을 벌컥벌컥 들이켜며 차분해지려고 노력했다. 내가 아빠 애인을 만나러 간다고 하자 민지가 코웃음을 치며 물었었다.

"네가 원하는 게 뭔데?"

모르겠다. 정말 내가 원하는 게 뭘까. 나는 왜 여기 앉아 있는 걸까. 이대로 시간이 더 지나서 옴짝달싹할 수 없게 된다면? 소름이 쫙 끼쳤다. 나에게 동생이 생길 수도 있다는 가능성은 단 한순간도 염두에 둬본 적이 없었다. 난데없이 갓난쟁이 동생이 생긴다는 건, 우리집 콩가루라고 온 동네에 마이크 대고 광고한단 뜻이었다. 그렇다고 이 애송이 같은 언니를 새엄마 삼을 자신도 도저히 없었다. 잠깐 민지를 부러워한 적은 있어도 이건 아니었다. 그래, 누가 봐도 이건 아니지 않은가. 씨팔, 아빠 자기 입으로 결손 가정 애들은 뭐가 달라도 다르대놓고! 어른들이 잘못한 일에 왜 엉뚱한 내가 평생 주홍글씨를 달고 살아가야 하난 말이다. 아기 지우는 데 돈이 얼마나 들까? 한 오십만 원, 백만 원 들까? 나도 모르게 말이 먼저 튀어나왔다.

"돈은 내가 줄게요. 내가 돈 꼭 구해줄 테니까 언니 제발 나랑 같이 병원 가요, 네?"

"이거 한번 입어볼래?"
황봉구 아저씨의 손에 들린 것은 분명 교복이었다. 그것도 꼬질꼬질 때가 탄 촌스런 세일러복. 요즘 학교에서 저런 디자인의 교복을 선정했다간 전교생 등교 거부 사태가 벌어질 게 확실했다. 뭐라고 항의하려다 그만두었다. 나는 더 이상 철없는 어린아이가 아니었다. 비정한 세상의 슬픈 진실을 알아버린 고독한 한 영혼이었다. 더구나 나에겐 해결해야 할 무거운 짐이 있었다. 나는 묵묵히 촌스런 세일러복을 받아들었다.

"뭐 해? 안 갈아입고?"

"아저씨가, 아니 실장님이 나가야 갈아입죠."

"뭐 어때? 내가 네 삼촌뻘인데. 삼촌이다, 생각하고 편하게 입어."

미친놈. 너는 이모 고모 앞에서 훌러덩 훌러덩 다 벗고 사냐? 나는 이를 악물고 대머리 아저씨를 노려보았다. 아저씨가 음흉하게 웃더니 방을 나갔다. 나는 스튜디오라는 이름의 작고 이상한 방을 휘 둘러보았다. 칙칙한 까만 색 커튼으로 뒤덮인 방의 한가운데 소파라 할 수도 없고 침대라 하기도 어려운 긴 의자가 덩그렇게 놓여 있었다. 입고 간 멜빵치마를 벗고 구깃거리는 세일러복을 입자 이상하게도 맘이 착 가라앉았다. 황봉구 아저씨는 이 기획사의 오너 겸 기획실장 겸 찍사인 모양이었다. 아저씨는 세일러복 입은 나를 긴 의자에 앉힌 다음 셔터를 눌렀다. 비스듬히 눕혀놓고 몇 컷, 일으켜 세워놓고 또 몇 컷. 그렇게 여러 방의 사진을 찍어댔다.

"빤스를 벗어야지?"

"네?"

"미소녀 헤어누드가 최고 인기잖아. 아, 얼른."

크게 어렵지는 않았다. 그저 시키는 대로 세일러복 치마를 들친 채 무표정하게 가만히만 있으면 되었다. 아저씨는 가능한 눈동자에 초점을 풀고 멍하니 딴생각을 하라고 요구했다. 나는 무엇을, 곧 캐나다로 유학 가버릴 민지를, 싸울 때 말고는 서로 한마디도 하지 않는 아빠 엄마를, 서럽게 흐느껴 울던 깜찍이

소녀 시대 **89**

를, 남잔지 여잔지도 모르는 내 동생을, 생각했던가. 아무것도 기억나지 않는다. 조명 때문에 눈이 많이 부셨다.

촬영이 다 끝났을 때는 밤 열한시가 다 되어 있었다. 황봉구 아저씨는 그래도 프로였다. 미리 준비해놓은 불룩한 흰 봉투를 내게 건네주었다. 봉투 안에는 빳빳한 새 돈으로 만원짜리 서른 장이 들어 있었다. 집까지는 마지막 지하철을 타고 왔다. 학원을 하루 빼먹었지만 진도 따라가기에는 별 지장이 없을 거다. 난 그렇게 꼴통은 아니니까. 현관 비밀번호를 누르고 집 안에 들어서니 텔레비전 소리가 크게 들려왔다. 엄마가 소파 위에서 잠들어 있었다. 이번엔 또 무슨 꿈을 새로 꾸기 시작한 건지, 케이블 음악 방송의 가요 프로그램이었다. 나는 리모컨을 눌러 티브이를 끄고 얇은 홑이불을 가져다가 엄마 어깨에 덮어주었다. 아빠는 아빠대로 서재 책상 위에 곰처럼 엎드려 자고 있었다. 컴퓨터 모니터 속엔 웬일인지 인터넷 채팅 사이트 대신 한글97이 띄워져 있었다. ……이러한 물질적 풍요는 '필요에 의한 소비'가 '즐거움을 위한 소비'로 전환되게 하는 기반이다. 소비 사회에서 상품들은 기본적인 물질적 욕구를 넘어 이미지와 상징, 개성과 자유, 쾌락과 환상으로 포장되어…… 불을 끈 뒤 나는 기계적으로 서재 문을 닫았다.

용이오빠는 여전했다. 한 달 만에 내 전화를 받고도 무뚝뚝하게 '하이' 하고 인사했다. 그동안 어떻게 지냈니, 왜 연락도 안 했니, 구질구질 물고 늘어지는 것보단 나았다. 차 얘기가 나오자 오빠 목소리가 금세 변했다. 누가 봐도 오빠가 손해볼 게 별로 없는 거래이긴 했다. 다시 만난 용이오빠는 살도 더 빠지고 얼굴도 까매져서 솔직히 옛날보다 못생겨 보였다. 내가 한때 사랑했던 그 사람이 이 사람 맞는지 얼굴만 봐선 헷갈릴 지경이었다. 내 눈이 변한 걸까, 시간이 변한 걸까, 잘 모르겠다.

디데이는 우리 학교 개교 기념일로 잡았다. 그날 아침도 평소와 똑같았다. 엄마는 지난달 집 전화 요금이 너무 많이 나왔다고 엉뚱한 나에게 소리를 질러댔고 나는 그 전화 다 엄마가 쓴 거라고 일깨워주었다가 머리통만 몇 대 쥐어박혔다. 오늘 민지랑 쇼핑 갈 거니까 삼만 원만 달라고 내가 엄마를 조르는 동안 느지막이 일어난 아빠가 엄마 보란 듯 만원짜리 몇 장을 내 품에 찔러주었다. 엄마는 죽일 듯한 기세로 아빠를 노려보았다. 아빠는 엄마를 싹 무시하면서 욕실로 들어갔다. 무슨 기분 좋은 일이 있는지 샤워하면서 부르는 콧노래 소리가 거실까지 들려왔다. 곡명은 조용필의 「단발머리」였다. 오늘따라 왜 이렇게 그 소녀가 보고 싶을까. 비에 젖은 풀잎처럼 단발머리 곱게 빗은 그 소녀. 아무튼 취향 한번 졸라 유치하다. 엄마는 분이 덜 풀렸는지 화장실 나무 문짝 앞에서 씩씩댔다. 나는 게롱, 엄마 아빠한테 혓바닥을 한 큐 날려주고는 유유히 집을 빠져나왔다.

민지와는 저녁을 먹고 헤어졌다. 민지에게 계획을 알려줘야 할까 잠깐 고민했지만 어쩔 수 없었다. 그애라면, 나중에 다 이해해줄 거라고 믿었다. 우리는 진짜 친구, 영원한 베스트 프렌드니까 말이다. 압구정 사거리에서 나는, 학원으로도 독서실로도 집으로도 가지 않았다. 내겐 두 다리가 있었다. 나는 맘대로 어디로든 갈 수 있는 존재였다. 용이오빠와는 지하철 강남역에서 만났다. 하루 십만 명도 더 지나다니는 곳이었다. 나는 엄마나 아빠, 깜찍이처럼 아무 실속도 없이 어설픈 짓은 절대 안 한다. 역 구내의 공중전화 부스는 텅 비어 있었다. 하긴 유치원 꼬맹이들도 핸드폰 하나씩 들고 다니는 세상이 아닌가. 나는 손가락 끝으로 공중전화의 더러운 버튼을 꼭꼭 눌렀다. 옆에 선 용이오빠는 긴장이 되는지 제 손바닥을 계속 비벼댔다. 신호음이 울리기 시작했다.

"여보세요."

우아하고 고상한 목소리, 우리 엄마 정은숙 씨다. 나는 날개 꺾인 어린 새처럼 온 힘을 다해 작고 새된 비명을 질렀다.

"엄마! 살려줘. 살려줘, 엄마!"

"혜나야? 왜 그래? 혜나야?"

나는 수화기를 조용히 오빠에게 넘겼다. 오빠의 대사는 별로 길지 않았다.

"신고하는 순간, 댁의 따님은 끝장입니다."

오빠 목소리가 차가운 칼날로 뺨을 긋는 것처럼 선뜩하다. 엄마가 온몸을 바들바들 떠는 광경이 눈에 선하다. 엄마는 지금부터 무얼 할까. 딸 김혜나를 공동 소유한 또 한 사람, 남편 김용진 씨에게 우선 알려야겠지. 그런데 엄마는 아빠 핸드폰 번호나 알고 있을까. 갑자기 쿡쿡 웃음이 쏟아진다. 아, 모르겠다. 더 이상은 내 알 바 아니었다. 나는 우선 오늘 밤 잠잘 곳이나 찾아봐야겠다. 황봉두 아저씨한테 받은 삼십만 원이 아직 지갑 속에 고스란히 남아 있었다. PC방도, 찜질방도, 그 어디라도 나는 갈 수 있었다. 이 넓은 서울 하늘 아래, 설마 나같이 쬐그만 여자애 하나 숨을 곳이 없겠는가.

*

그뒤로 황봉두 아저씨의 사이트엔 딱 한 번 접속해보았다. 내 사진이 어떻게 나왔는지 궁금했는데 보지는 못했다. 거기서 시키는 대로 내 주민등록번호를 쳤더니 '성인'이 아니라 입장이 불가능하단다. 민지는 여름 방학을 하기도 전에 토론토로 떠났다. 공항에는 민지의 친아빠와 새엄마, 친엄마와 새아빠 커플이 각각 배웅을 나와 골 때리는 상황을 연출했다. 언젠가 내가 힘들었을 때 민지가 그랬던 것처럼 나는 민지의 등을 꽉 껴안아주었다. 다음 방학에 우리가 다시 만났을 때, 우리 둘 다 지금보다 더 쿨한 모습이 되어 있기를 나는 바랐다. 크리스티나 아길레라와 브리트니 스피어스처럼, 그렇게.

엄마는 요리를 그만두고 요가를 시작했다. 정신의 평화와 안정에 그보다 더 좋은 수행 방법은 없다는 게 엄마 주장이다. 아빠는 그전보다는 일찍 들어온다. 괜히 내 방문을 노크하고는 학교 생활은 어떤지 친구 관계는 어떤지 자상한 척 묻기도 한다. 엄마도 아빠도, 내가 납치된 뒤 겪은 일들에 대해서는 한마디도 입에 올리지 않는다. 마치 그런 일은 아예 없었다는 듯 행동해서 도리어 어색하기도 하다. 그 사건 이후 엄마와 아빠는 예전처럼 서로를 완전 쌩까지는 않는 눈치다. 일주일에 한 번은 아빠가 안방으로 건너가 같이 자기도 하는 것 같다. 위기를 함께 극복하면서 뭔가 삐리리한 감정이라도 통했는지 알다가도 모를 일이다.

용이오빠는 우리 아빠한테 받은 돈으로 중고 오토바이를 샀다. 뽕카라나 뭐라나, 자동차가 안 부러운 오토바이라는데 내가 보기엔 그냥 양아치들 장난감 같다. 오빠한텐 처음에 차를 사주겠다고 약속했었기 때문에 조금 미안하기도 했다. 그렇지만 방법이 없었다. 아빠가 범인한테 보낸 현금은 5백만 원이 전부였다. 나머지는 수표였는데, 내가 약 먹었냐, 수표를 쓰게. 용이 오빠와 깜찍이에게 2백만 원씩 선물하고 나니 내 몫으론 백만 원이 남았다. 어떻게 써야 뽀대가 날까 연구에 연구를 거듭하다가 나는 불쑥 저금 통장을 만들었다. 열라 유치하다는 거. 나도 다 안다. 하지만 다음에 진짜로 집을 떠날 때는 절대 다시 돌아오지 않을 테니까 돈은 꼭 필요했다.

우리집 가격은 9억까지 치솟았다가 정부에서 강남을 특수 투기 지역으로 지정한다는 뉴스가 나온 다음날 바로 3천만 원 떨어졌다. 내 기말고사 성적은 반에서 4등, 전교 33등이었다. 감격스럽게도, 내 생애 최초로 영어 시험 백 점을 받았다. 아빠는 내가 자기를 닮아 어학 능력이 뛰어나다고 엄마에게 으스댔다. 정말 그런가 보다고 엄마가 맞장구쳤다. 얼씨구. 우리집답지 않은 닭살스러운 풍경에 나는 속이 울렁거릴 지경이었다.

뭐, 보시다시피 나는 그럭저럭 잘 지내고 있다. 다만 이제 스무 살을 기대하지는 않는다. 떡국 몇 그릇 더 먹었다고 세상이 훼까닥 바뀔 리 있겠는가. 열일곱이나 스물이나 어디 가서 '여자애' 소리 듣기는 마찬가지다. 그리고 이건 비밀인데, 소녀 시절도 살아보면 그다지 나쁘지만은 않다. 원하면 돈 벌 껀수도 얼마든지 널렸고 급할 땐 좀 치사하지만 울어버리면 된다. 아저씨 시대보다, 할머니 시대보다 솔직히 짱 멋지지 않은가? 그 이름도 찬란한 소·녀·시·대!

〔『문학과사회』, 2003년 여름호〕

순수

순수

첫번째 남편은 사고로 죽었어요. 그는 토목기사 자격증을 가지고 있었는데 전국 여기저기를 돌아다니면서 댐이나 다리를 지었지요. 그는 다리, 라는 말 대신 교량, 이라는 단어를 사용하곤 했지만 교량구조공학이니 뭐니 하는 표현은 어쩐지 낯간지럽지 않은가요? 뭔가 남이 모르는 매우 중요한 일을 하고 있다는 과시 같기도 하고, 일종의 콤플렉스 같기도 합니다. 그때나 지금이나 나는 제 콤플렉스를 길바닥에 질질 흘리고 다니는 인간들을 경멸하는 편입니다. 롱코트 속에 아무것도 입지 않고 누가 좀 봐주기를 바라는 노출증 환자와 다를 바 없잖아요. 어쨌든 당시 강원도 어딘가의 건설 현장에서 다섯번째 책임자쯤으로 근무하던 남편은 금요일 저녁이면 과천 집으로 와서 머물다 월요일 새벽에 돌아가곤 했습니다.

그의 사고 소식이 전해진 월요일의 이른 아침, 나는 화장을 하고 있었습니다. 빨간색 립 펜슬로 입술의 테두리를 그렸을 때 전화벨이 울렸고, 나는 전화를 받을까 말까 잠깐 고민했습니다. 출근 시간이 간당간당했기 때문이에요. 직장인들의 아침 시간이야 뻔하지 않습니까. 나는 분 단위로 꽉 짜인 시간에 따라 몸을 움직여야만 했어요. 시리얼 먹기 오 분, 화장하기 십 분, 옷입기 오 분. 누군지 모르는 상대방과의 통화로 조금이라도 지체하게 되면 마을버스를 놓치기 십상이었지요. 마을버스를 놓치면, 사당행 지하철을 놓치게 되고, 그러면 시청행 지하철을 놓치게 됩니다. 몇 달째 나를 자르려고 혈안이 되어 있는 부장의 독사 같은 눈빛을 떠올리며 나는 전화벨 소리를 무시하기로 했습니다. 그러나 샤넬 립스틱 번트 레드burnt red를 브러시에 묻혀 아랫입술을 채우는 동안에도 벨은 끊어질 듯 끊어지지 않고 계속해서 울려대더군요. 그 시간에 그토록 집요하게 전화를 해댈 만한 사람은 내가 아는 한, 없었습니다. 나는 마침내 수화기를 들고야 말았습니다.

김창수씨 댁 맞습니까?

그것은 남편의 이름이었습니다.

윗입술을 마저 바르고 검은색 투피스를 꺼내 입은 다음, 나는 114에 전화를 걸어 가장 가까운 택시회사의 전화번호를 물어보았습니다. 택시기사는 오만 원을 불렀지요. 하관이 빨아서 생쥐같아 뵈는 기사는 젊은 여자를 태우고 드라이브하는 기분이라도 느끼고 싶었는지 자꾸만 말을 걸어왔습니다.

이렇게 비가 오는데 원주까지는 무슨 일로 가시나요?

룸미러로 뒷자리를 흘끗거리며 호기심 어린 표정을 노골적으로 드러내는 남자를 향해 나는 낮은 목소리로 대답해주었습니다.

남편이 죽었대요.

그의 시신은 원주기독병원에 안치되어 있었습니다. 원주 톨게이트 5km 지점에서 일차선으로 달리던 그의 청색 엘란트라가 미끄러지는가 싶더니 갑자기 중앙 분리대를 들이받았다고, 옆 차선을 지나던 트럭 운전사의 목격담을 경찰이 대신 전해주더군요. 할부금 불입이 막 끝난 자동차는 완파되었고 그는 즉사했다고 했습니다. 길고긴 여름 장마가 끝나가고 있었어요. 빗길 고속도로의 과속 운전으로 인한 사고는 지방 뉴스에도 보도되지 않을 만큼 진부한 사인이었다는 얘기지요. 영안실에 찾아온 여고 동창이, 립스틱이 좀 진하지 않으냐고 귀엣말을 하기 전에 나는 불타는 레드, 새빨간 빛깔의 루주를 발랐다는 사실을 까맣게 잊어버리고 있었습니다. 여자 화장실의 더러운 거울 앞에 서서 나는 휴지를 몇 겹 접어, 밑을 닦듯 입가를 쓱 문질러 닦았습니다.

보험회사 조사원은 수상해하는 기색이 역력했으나, 아무리 노련한 조사원이라 해도 남편이 자살했다는 근거를 찾을 수는 없었을 겁니다. 피보험인 김창수는 성실한 샐러리맨이었으며, 숨겨놓은 애인이나 카드 빚도 전혀 없었고, 제 목숨을 초개처럼 버려서 아내가 보험금을 타도록 할 만큼 이타적인 성격의 인간도 못 되었으니까요. 무엇보다 그는 자타가 공인하는 축구광이었으므로 가을에 있을 국가 대표팀의 월드컵 최종 예선전을 보기도 전에 자살을 할 리는 만무해 보였습니다. 보험금이 계좌로 입금되던 날 오후, 나는 사표를 써서 부장의 책상머리에 밀어놓고 회사를 빠져나왔습니다. 아주 더운 날씨였어요. 장마가 그치고 연일 폭염이 계속되는 나날이었지요. 본격적인 바캉스 철이 시작되려 하고 있었고, 나는 여행사 직원에게 웃돈을 얹어주고야 발리행 비행기 티켓을 구할 수 있었습니다. 서울에서 자카르타까지 가는 가루다 인도네시아 항공의 티켓은 퍼스트 클래스로 끊었습니다. 그것은, 음, 내가 나에게 주는 작은 선물이었다고 해두지요.

사실 그때나 지금이나 나는 비행기 타는 일을 좋아하지 않습니다. 비행기 좌석에 앉아 안전벨트를 매는 순간 나라는 존재는 한없이 미약해지고 말잖아요. 난생처음 보는 사람들과 하나의 운명으로 얽혀 구름과 난기류 속을 날아가는 일을 하긴 누가 좋아하겠어요? 첫번째 남편과 신혼여행을 다녀올 때였나 봐요. 길지 않은 비행 시간 내내 기체가 요란하게 흔들리더군요. 컵 속의 물이 파도처럼 출렁이고, 기장은 모두들 좌석에서 꼼짝하지 말라는 안내 방송을 내보내지 뭐예요. 나는 견딜 수 없이 불안해졌습니다. 비좁은 이코노미 클래스 안은 정체 모를 퀴퀴한 냄새와 아이들의 울음 소리로 가득한데, 입술을 꼭 깨무는 일밖엔 내가 내 목숨을 위해 아무것도 할 수 없다니요. 그것은 아주 무기력한 공포감이었습니다. 그 와중에 풀썩풀썩 방귀를 뀌어대며 잠을 자는 옆자리의 남자는, 나와는 다른 세계에서 온 인간 같아 보였습니다. 공중을 몇 바퀴나 선회하던 비행기가 마침

내 활주로에 무사히 안착했을 때 기내 여기저기에서 박수가 터져나왔습니다. 글쎄, 정신을 차리고 보니 나도 모르게 내 손바닥이 박수를 따라 치고 있지 않겠어요? 생면부지의 사람들에게 희미한 동지애마저 느끼다니 정말 우스운 일이지요? 옆자리의 남자는 그제야 부스스 눈을 뜨더군요. 나는 낮은 한숨을 내쉬었습니다. 그가 바로 며칠 전에 결혼한 나의 첫번째 남편이었던 거예요. 그러고 보니 그 사박 오 일간의 허니문이 나의 첫번째 해외 여행이었네요. 싸구려 관광 패키지의 부실한 일정이야 어쩔 수 없다 쳐도 홍콩까지 가서 그 유명한 점보식당의 만찬을 먹지 못하고 온 것은 두고두고 아쉬웠습니다. 일인당 오십 불씩을 따로 지불하면 점보식당을 예약해주겠노라는 현지 가이드의 제안을 단칼에 거절하고서 남편은 내 귀에 속삭였지요.

진짜 도둑놈 같은 새끼 아냐? 뭘 어떻게 남겨먹으려고 수작을 부려.

퍼스트 클래스 탑승객들을 위해 마련된 라운지는 널찍하고 한가로웠어요. 새로 산, 베르사체 선글라스를 머리 위에 걸치며 나는 천천히 주위를 둘러보았습니다. 혼자 여행을 떠나는 젊은 여자는 나뿐인 것 같았어요. 나는 진심으로 안도했습니다. 서른 번째 생일이 얼마 남지 않았지만 아직 히프나 입술 선이 처지지도 않았고, 지갑 속에는 잔고가 충분한 비자 카드가 들어 있었으며, 무엇보다 완벽히 혼자였으니까요. 발리로의 여행을 준비하기 위해 나는 하드케이스로 만든 트렁크를 사고, 중절 수술을 받았습니다. 수술은 생각보다 간단했어요. 마취도 잘되었고 깨어난 후에도 별 통증이 없었습니다. 두어 주일만 늦게 왔다면 흡입법을 시술할 수 없었을 거라던 중년의 여의사에게는 남편이 죽었다는 사실을 굳이 밝히지 않았습니다. 쓸데없는 동정을 받는 일은 불편하니까요. 당신도 이미 눈치챘겠지만 나는 매우 독립적인 성격의 여성입니다.

발리에서는 한국인들이 많은 꾸띠 해변을 피해 누사두아의 인터콘티넨탈에 묵었습니다. 그곳은 비싸서 유러피언들도 쉽게 찾지 못한다고 해요. 싱글 침대에 누우면 유리창을 통해 에메랄드빛 바다가 한눈에 내려다보였습니다. 그 바다가 남태평양이든 북태평양이든 그런 건 관심 없었습니다. 원하기만 한다면 태평양이 아니라 인도양, 대서양이라도 가지 못할 이유는 없었기 때문이에요. 그곳에서 나는 느지막이 일어나 꽃무늬가 프린트된 원피스를 입고 바닷가에 차려진 아침 뷔페로 갔어요. 내가 마시는 것은 코코넛과 바나나가 섞인 신선한 과일즙, 내가 먹는 것은 알래스카에서 공수해온 냉(冷)연어훈제와 몇 알의 케이퍼. 입술엔 번트 레드 대신 꿀처럼 투명하고 달콤한 립글로스를 발랐습니다. 아무것도 하지 않을 자유는 학교를 졸업한 뒤 처음이었습니다. 투숙객 전용 비치의 그물의자에 누워 영문판 『보그』를 뒤적이다 지루해지면 호텔의 셔틀버스를 타고 북쪽의 시장 거리를 구경 나가곤 했습니다. 등나무 샌들을 맨발에 걸친 채 노천 상점들 사이를 더디 산책하다 보면 시간이 영원히 멈추어버린 느낌이 들었습니다.

어느 저녁의 일이던가요. 시장 좌판에서 알록달록 채색된 나무인형들을 구경하고 있는데 뒤에서 휘이익, 긴 휘파람 소리가 들려오더군요. 돌아보니, 조악한 남방셔츠를 풀어헤친 원주민 사내들이 날 가리키며 킬킬대고 있었습니다. 나는 고개를 빳빳이 세우고 그들 앞을 천천히 지나쳤습니다. 마치 내 눈에 너희들의 존재 따위는 보이지도 않는다는 듯 말예요. 겁나지 않았느냐고요? 그렇다면 거짓말이겠지요. 하지만 그런 상황에 처한다면 세상 모든 여자들이 나처럼 행동했을 거예요. 약하고 만만해 보이는 순간, 정글의 먹잇감이 되고 만다는 걸 우리 여자들은 본능적으로 알고 있으니까요. 고급 리조트 안에서라면 모를까, 여자 혼자 낯선 길을 걷는 일은 위험해요. 그건 바깥 세상을 몇 발자국 디디기만 해도 알 수 있는, 당연한 일입니다.

두번째 남편은 잘생긴 남자였습니다. 깎아놓은 듯한 미남형이라기보다는 듬직하고 풍채가 좋은 편이라고 할까요. 가만히 서 있기만 해도 그에게선 기묘한 카리스마가 풍겨나왔습니다. 아버지는 중국계 미국인이고, 어머니는 하와이 미인 대회의 입상자였다는 얘길 들은 건 처음 만난 날 저녁이었습니다. 그는 또 전처가 신경증을 앓았다는 말도 했어요. 잠을 자다 말고 갑자기 비명을 지르는가 하면, 누군가 창 틈으로 자기를 엿보고 있다고 주장하거나 혼자 있을 땐 등 뒤에서 하얀 손이 쑥 나와 제 목을 조른다면서 울부짖곤 했대요. 그 말을 하는 그의 눈가가 촉촉하게 젖어들더군요. 나는 그의 선한 품성을 대번에 알아챌 수 있었습니다. 그는 나를 위해 1캐럿의 다이아몬드 반지를 선물했어요. 발리 섬 전체에서 제일 비싼 보석상에서 특별히 맞춘 반지였는데 굵은 다이아가 하트 모양으로 볼록하게 세팅되어 있었습니다. 반지는 내 왼쪽 손의 가운뎃손가락에 꼭 맞았어요. 돌아보니 정말 낭만적인 순간들이었네요. 휴양지에서의 불꽃 같은 만남과 결혼이라니, 그런 건 로맨틱 코미디 영화에서나 있는 일인 줄 알았거든요. 나는 기꺼이 그의 청혼을 받아들였습니다. 서울을 떠날 때 편도 티켓을 끊었으므로 영원히 그 섬에 머물 작정이 아니라면 어차피 어디로든 방향을 정해야 했고, 그리고, 잘생기고 부유한 데다 자상하기까지 한 남자의 청혼을 거절할 여자가 어디 있겠어요. 그렇지 않은가요?

그가 살고 있는 밴쿠버에 도착하자마자 우리는 결혼식을 올렸습니다. 결혼은 교외의 아담한 성당에서 했어요. 찰리, 그것이 그의 이름이었어요. 찰리는 서울에 있는 내 가족과 친지들이 참석하지 못하는 것을 안타까워했지만 나는 괜찮다고 말해주었지요. 아무리 부모 형제 사이라 해도 남의 행운을 백 퍼센트 축복해주기만 하는 사람이 어디 있나요. 그들은 나에게 캐나다 이민을 알아봐달라고 부탁할지도 몰랐고, 중학생 조카아이를 어학원에 입학시킬 테니 좀 맡아달라는 요구를 할지도 몰랐습니다. 만약 거절한다면 매몰차고 지독한 년이라고 수군거릴 겁니다. 첫 남편의 교통사고와 적지 않은 보험금에 대해서도 또 한번 입에 올릴 테지요. 내가 없는 곳에서 누군가 내 이야기를 하고 있다는 것은 상상만으로도 소름 끼치게 싫었습니다. 두번째 결혼을, 나는 아무에게도 알리지 않았습니다. 한국의 관공서에서 떼야 하는 서류도 심부름 센터를 통해 해결하는 편이 더 효율적이었으니까요. 참, 결혼식 얘기를 하다 말았지요? 결혼식에서 나는 어깨가 깊이 파인 심플한 웨딩드레스를 입고요. 데이지 꽃묶음을 쥔 손에는 새하얀 장갑을 끼었습니다. 식이 끝난 뒤엔 파티를 했어요. 찰리의 친구들이 갓 탄생한 부부를 향해 샴페인을 뿌리자 하객들은 환호성을 질렀답니다. 나는 장갑 낀 흰 손으로 입을 가리며 웃었습니다. 모두들 기분 좋게 취했고, 왈츠가 흘러나왔고, 찰리는 나를 안고 춤을 추었어요. 모든 것이 완벽해 보였습니다. 첫날밤을 치르기 전에는 말이에요.

  침실에서의 그의 매너에 대해서는 이 자리에서 언급하고 싶지 않네요. 아니, 가능하다면 다시 떠올리고 싶지도 않군요. 식을 올리기 전에 함께 자지 않았다고 해서 내가 앞뒤가 꽉 막힌 타입인 것은 아닙니다. 다만 그쪽이나 나나 첫번째 결혼이 아니었으므로 좀더 신중할 필요가 있다고 생각했던 거예요. 솔직히 일단 섹스를 하고 나면 남자들은 조금 해이해지지 않나요? 난 단지 내 가치를 스스로 깎아내리고 싶지 않았을 뿐입니다. 지금 생각하면, 그것이 결정적인 실수였어요. 그는 그 더러운 행위가 뜨거운 사랑의 표현이라고 믿는 눈치였습니다. 지독하고 슬픈 일이었지요. 빈방이 많았지만 남편은 언제나 나와 한 침실에 들길 원했습니다. 그는 밤새도록 나를 괴롭히다가 동이 틀 때야 비로소 곯아떨어지곤 했어요. 그 옆에 누워 나는 언제나 같은 꿈을 꾸었습니다. 아무도 나오지 않는, 그건 온통 암흑뿐인 꿈이었어요.

순수 107

늦은 아침으로는 피가 뚝뚝 듣는 두꺼운 스테이크를 먹었습니다. 남편은 출근 전에 끈끈한 키스를 빠트리는 법이 없었으므로 나는 숨을 쉬지 않고 그의 입에서 풍겨나오는 누린내를 참아내야 했어요. 밴쿠버 여기저기에 벌여놓은 사업체가 많다는 것만 대충 알 뿐 나는 남편이 하는 사업이 어떤 종류의 것인지 몰랐어요. 하긴 뭐, 굳이 알아야 할 이유도 없었지요. 하루하루가 그냥 저냥 굴러갔습니다. 기분이 내키면 거실 전체의 가구들을 바꾸기도 했고, 롭슨 스트리트의 명품 숍을 돌며 몇천 달러어치의 핸드백을 사들이기도 했어요. 정신없이 카드를 긁어대고 나면 조금쯤 숨통이 트이는 것 같기도 했습니다. 내 말뜻 이해하시겠지요? 남편은 내가 사용한 카드의 내역서를 훑어보지도 않고 흔쾌히 결재해주었습니다. 중국계 남자들은 통이 크거든요. 그리고 다정하기도 하지요. 남편은 내 휴대전화기로 하루에 스무 번 정도 전화를 걸었습니다. 나는 영어가 그리 능숙한 편은 아닙니다. 그걸 잘 알고 있는 남편은 언제나 짧게 묻곤 했지요. 대개는, 너 지금 어디 있니, 라는 말이 첫마디였습니다. 내가 어쩌다 전화를 받지 못하거나 행적이 묘연하다 싶으면 그는 사무실에 앉아 반미치광이처럼 소리를 질러댄다고, 그의 비서가 전해주었습니다. 중국계 남자들은 다혈질이기도 하니까요. 어쨌든 그는 나의 남편이었고, 나는 그를 화나게 하고 싶지 않았습니다. 그래서 어딜 가든 셀룰러폰을 챙기는 걸 잊지 않았죠. 나는 다른 남자와 사랑을 나눌 때조차 침대 머리맡에 전화기를 놓아두어야 했답니다.

양(梁)에 대해서도 말해야 하나요? 음, 그는 내 운전기사였어요. 그때까지 나에겐 면허가 없었거든요. 미국이나 캐나다의 대도시에 살면서 운전을 못 한다는 건 치명적인 일이에요. 발이 완전히 묶인 거라고 봐야지요. 양은, 그러니까, 남편의 선물이나 마찬가지예요. 남편이 내 첫 생일 선물로 사준 BMW525의 운전석에 앉아 있던 사람이 바로 양이었으니까요. 그는 본토 출신의 중국인이었는데 언제 캐나다에 왔는지는 나도 잘 모릅니다. 우린 그렇게 깊은 대화를 나누는 사이는 아니었거든요. 피부가 까무잡잡하고 체격도 왜소한 양을 남편이 경계했을 리는 없습니다. 그러니 안심하고 아내의 경호와 감시를 맡겼겠지요. 양과 내가 언제부터 밀회를 했는지 — 밀회라는 표현은 좀 그렇군요, 어쩐지 싸구려 치정극 냄새가 나는 것 같아요 — 아무튼 우리가 언제부터 남편의 기대와는 다른 일을 하기 시작했는지는 정확히 기억나지 않네요. 아마 쇼핑이 시들해지면서가 아니었을까요. 오후의 해는 길었고, 돌봐야 할 아이가 있는 것도 아니었고, 나는 달리 아무것도 할 일이 없었답니다.

우리는 남의 눈을 피해 차를 멀찍이 세우고 이름 호텔에 투숙하곤 했습니다. 표백제 냄새가 가시지 않은 방에서 정상 체위로 섹스를 한 다음 토마토와 양파가 없는 피자를 시켜 나눠 먹었지요. 양과 같이 있는 시간은 대체로 편안했습니다. 그도 나처럼 말이 없는 편이었거든요. 모국어로 떠오른 생각을, 일일이 영어로 번역하고 어순과 문법을 점검해서 입 밖에 내는 일은 상당히 번거롭고 피곤하답니다. 그런 의미에서, 그와 나누었던 고요한 일탈의 시간은 나름대로 평화로웠습니다. 물론 양이 나를 사랑한다고 고백하기 전까지의 일이에요. 그날도 우리는 대낮의 짧은 정사를 마치고 알몸으로 침대에 앉아 피자를 먹고 있었습니다. 그런데 양이 갑자기 침대 머리맡의 내 셀룰러폰을 들어 전원을 꺼버리더군요. 나는 무척 놀랐습니다. 내 애인 겸 운전기사는 언제나 온순하고 조용한 사람이었으므로, 그런 식의 과격한 행동을 하는 건 처음 봤으니까요. 나는, 내 얼굴을 빤히 바라보는 그의 단춧구멍만 한 눈동자를 외면했습니다. 진지한 눈빛은 질색입니다.

당신, 을, 싸랑해요.

양의 입에서 나온 것은, 더듬거리는 한국말이었습니다. 나는 반쯤 씹은 토마토 조각을 꿀꺽 삼켰습니다. 그건, 정말, 난감한 일이 아닐 수 없었어요. 그는 내 남편에게 고용된 몸이었습니다. 내 남편이 주는 월급으로 본국의 아내와 세 아이에게 달러를 송금하지요. 그런 처지에, 보스의 아내와 몸을 섞는 걸로도 모자라, 그녀를 사랑하게 되다니요.

나와 같이 떠나자.

이번엔 영어였습니다. 저절로 한숨이 나왔습니다. 어디로든 떠나는 일이 두렵지는 않았지만, 이 남자와 함께는 아니었습니다. 외간남자와 몇 번 같이 잔 것만으로 덜컥 밤 봇짐을 싸서 가정이고 뭐고 다 버리고 도망가는 여자가 어디 있나요. 난 그렇게 부도덕하지도, 머리가 나쁘지도 않습니다. 그러나 주의해야 했습니다. 내 심정을 솔직하게 밝힌다면 양은 커다란 상처를 받을 테니까요. 나는 사람을 앞에 두고 모진 말을 뱉을 만큼 돼먹지 못한 여자 또한 아닙니다. 나는 가능한 한 또박또박 말했습니다.

나도 그러고 싶지만, 그렇지만 그건 안 돼.

와이 낫?

찰리 때문이야. 그는 절대로 이혼해주지 않을 거야.

넌 나와 떠나고 싶지 않아? 너도 날 사랑하잖아?

나도 사랑해. 그렇지만 우린 떠나지 못할 거야. 찰리가 죽기 전엔 결코.

나중에 경찰서에서도 분명히 밝혔지만 마지막 말은 한국어로 했습니다. 양이 알아들었을 리는 없지요. 그리고 그건 함께 갈 수 없다는 완곡한 거절의 표현이었을 뿐이지, 살인 교사 따위는 절대로 아니었습니다. 맹세해도 좋아요. 물론 이미 법정에서 시시비비가 가려진 일이긴 하지만 말예요. 이제 와서 얘기지만, 솔직히 나와 도망가기 위해 양이 찰리를 죽였다고는 생각지 않습니다. 이유는 돈이었을지도 모르고, 열등감 때문이었을지도 몰라요. 어쩌면 캘러웨이의 스틸헤드 아이언으로 남편의 뒤통수를 내리친 나의 운전기사 또한 정확한 이유를 모를 수도 있지요. 한 가지 사건의 원인이 단 하나뿐이라는 가정은 인생을 덜 살아본 사람들이나 하는 겁니다. 인생은 보기보다 복잡하고 난해한 퍼즐이랍니다.

양은, 찰리가 먼저 막무가내로 골프채를 휘둘렀다고 주장했지만 그건 어떻게든 극형을 면하려는 술책으로 보였습니다. 검찰도 그렇게 생각했지요. 찰리같이 부러울 것 없는 성공한 사업가가 왜 한낱 고용인에게 그런 짓을 했겠어요? 가해자의 정당방위 주장은 받아들여지지 않았습니다. 그뿐만이 아니에요. 검찰은 양이 여러 가지 거짓말을 하고 있다고 믿었습니다. 찰리의 몸에서 사라진 지갑이 자신의 하숙방에서 발견되었는데도 모르는 일이라고 펄펄 뛰기만 했으니 사실 의심받을 만도 했지요. 강력 범죄율이 세계 최하위 수준이라는 건 캐나다의 크나큰 자랑입니다. 검사는, 한 중국 이민자의 강도 및 살인 혐의에 대해 법정 최고형을 구형했습니다. 배심원들의 판단도 크게 다르지는 않았습니다. 안됐지만, 양은 살아서 자유의 몸이 되기는 어려울 것 같아요. 어쩌다 보니 나는 다시 혼자가 되었습니다.

한인 사회에서 나를 두고 손가락질한다는 얘기는 설핏 전해 들었습니다. 예전의 나였다면 진저리치며 싫어했을 일이지요. 그러나 나는 피식 코웃음을 치고 말았을 뿐입니다. 얼마나 심심하면 생판 모르는 남의 일에 관심을 가질까, 그이들이 불쌍하게 여겨지기도 했지요. 나도 모르는 사이, 나는 점점 강해져가고 있었던 겁니다. 남편을 두 번이나 잃은 것은 평범한 경험은 아니지요. 강철은 어떻게 단련되는가, 라는 책 제목도 있지 않습니까. 살아남은 사람은 어쨌든 살아야 하는 법이므로, 나는 우선 남편과 살던 빌라를 헐값에 팔았습니다. 죽은 남편의 흔적이 남아 있는 곳에서 미망인 혼자 지내는 건 지나치게 가혹한 일이잖아요. 까짓 몇 푼쯤 손해보는 게 대숩니까. 시내 한가운데의 고층 맨션으로 이사하면서 나는 그 집에서 쓰던 숟가락 하나도 가져가지 않았습니다.

　새 아파트에선 잉글리시 베이 비치가 바로 내려다보였어요. 그곳에는 황금빛 모래사장과 푸른 바다, 그리고 참나무 그늘이 드리워진 기다란 산책로가 있습니다. 나는 아침 일찍 일어나 그 길을 뛰었습니다. 나이키 조깅화의 끈을 꼭 조여 묶고 머리엔 땀을 흡수하는 순면 헤어밴드를 착용했지요. 운동을 시작하자, 몸과 마음이 한결 건강해진 느낌이었습니다. 잠도 푹 자고 밥도 잘 먹게 되었어요. 재산에 관한 일이라면 잘 모릅니다. 두번째 남편이 남긴 재산이 상당하긴 했지만 요새 누가 현금을 쥐고 있나요. 부동산이나 증권에 관계된 일은 재정 관리인이 전부 알아서 해주었습니다. 참, 운전면허를 땄다는 말을 잊었네요. 내가 자동차를 몰 수 있다는 생각을 왜 진작 하지 못했던 걸까요? 조작하는 대로 핸들이 돌아가고 밟는 대로 속도가 올라가다니, 운전은 고독하고도 퍽 매혹적인 일이더군요. 운전석에 앉으면 내 심장은 바르르 떨리곤 했습니다. 나는 어디든 갈 수 있게 되었습니다. 나는 양이 두고 간 BMW525를 몰고 시내를 벗어나 교외의 해안도로까지 단숨에 질주하곤 했습니다. 해안도로는 깎아지른 절벽 위에 나 있었습니다. 나는 아무 음악도 틀지 않고 S자로 휘어진 도로를 달렸어요. 코너를 돌 때에도 브레이크에 발을 올리지 않았지요. 가끔 직선 코스를 만나면 잠시 핸들을 놓거나, 눈을 감고 하나 둘 셋을 세어보기도 했습니다. 바로 옆이 낭떠러지인데도, 눈을 뜨면, 길 위를 비뚜름히 벗어나지도 않고 차는 빠른 속도로 아스팔트를 내달리고 있었습니다.

순수　113

세번째 남편은 두번째 남편과도, 첫번째 남편과도 달랐어요. 대학에서 사회철학을 강의하는 그는 목까지 채운 차이나 칼라 셔츠만큼이나 단정하고 교양 있는 학자였습니다. 깜깜한 극장 안에서도, 가끔 은테 안경을 추켜올리기나 할 뿐 내 손끝 하나 건드리지 않고 반듯한 자세로 앉아 영화를 볼 정도였지요. 아주 어릴 적에 한국을 떠났기 때문인지 한국 남자들에게는 결코 없는 유연한 사고방식의 소유자이기도 했습니다. 자신은 술 담배 조차 하지 않지만 코카인을 흡입하는 사람들을 이해할 수 있다고 말하기도 했고, 왜 이 세상에는 흑백의 잣대만 통용되는 것인지 안타깝다고도 했습니다. 그는 자신의 연구 주제를 내가 알아듣기 쉽도록 설명해주었습니다. 정확히 기억나진 않지만, 남의 일에 간섭하지 않고 저마다의 색깔로 사는 개개인들이 모여 진정한 선진 사회를 이룰 수 있다, 뭐 그런 내용이었던 것 같아요. 그의 얘기가 구구절절 얼마나 논리 정연하던지 나는 몇 번이나 고개를 끄덕였답니다.

우린 좋은 친구로 살 수 있을 것 같군요.

그것이 그 사람의 청혼이었습니다. 그의 제안은 로맨틱하지는 않았으나 진중하고 겸손해서 왠지 거부해서는 안 될 것 같았어요. 그는, 지나가는 말처럼 아이가 하나 있다고 했습니다. 물론 나한테 미안해서 그랬겠지요. 그의 아이는 딸이었습니다. 열다섯 살 여자아이라…… 흰 속옷에 동전만 하게 묻은 암적색 얼룩, 수업을 하며 은근슬쩍 아랫도리를 긁어대는 중년의 남자

선생, 길가에 아무렇게나 버려진, 죽은 비둘기의 차게 굳은 시체. 십대 중반 무렵의 나에게 이 세상은 부글부글 끓어오르는 여름 시궁창처럼 느껴졌답니다. 그러나 그의 딸, 안젤라는 달랐어요. 그녀는 놀랄 만큼 차분한 눈동자를 가지고 있었습니다. 더럽든지 깨끗하든지 외부의 세계에는 관심 없다는 표정. 안젤라가 특별히 나에게 버릇없이 굴거나 나를 무시한 것은 아닙니다. 그녀는 오히려 지나칠 정도로 깍듯했어요. 하지만 그 예의 바른 태도 뒤에 숨겨진 차가운 적의를 나는 느낄 수 있었습니다. 하지만 뭐 아무래도 상관없었습니다. 기껏해야 삼사 년만 견디면 되었으니까요. 그때가 되면 이곳의 여자아이들은 집을 떠나, 콧구멍만 한 방에서 독립 생활을 시작하거나, 비리비리한 남자아이들과 동거를 한답니다. 나는 훌륭한 새엄마가 되겠다는 결심 같은 건, 하지도 않았어요. 아침저녁 마주칠 때 서로 불편하지 않을 정도의 동거인이 되고 싶었을 뿐이죠.

세번째 결혼을 준비하면서는 많이 담담했습니다. 오해는 하지 마세요. 대책 없이 요란한 결혼식이나 신혼여행 계획을 세우지 않았다는 말이지, 결혼 자체가 무섭거나 두려웠다는 얘기는 아니니까. 실패를 겁내는 인생은 이미 늙거나 죽은 자의 것이지요. 나의 세번째 남편과 그의 딸이 사는 집은 언덕 위에 있었습니다. 나는 그 아담한 이층집이 마음에 들었습니다. 특히 인상적이었던 건 흰 외벽을 온통 뒤덮고 있는 붉은 담쟁이덩굴이었습니다. 그런데, 그거 아세요? 담쟁이는 낙엽이 없답니다. 잎이 떨어지려면 떨켜가 생겨야 하거든요. 잎자루와 가지가 붙어 있는 부분에 생기는 떨켜는 수분이 증발하는 것과, 해로운 미생물이 침입해 들어오는 것을 막아준대요. 그 이층집에서 나는 낙엽 한번 쓸지 않고 가을을 보냈습니다.

한집에 사는 우리 셋의 관계는, 뭐랄까, 적당한 거리가 있어서 나쁘지 않았습니다. 공부를 좋아하는 사람답게 남편은 이층의 서재에 머무르는 시간이 많았고, 안젤라 역시 학교에서 돌아오면 자기 방에 콕 박혀 나오지 않았습니다. 나는 해안도로를 드라이브하는 대신 거실 창가의 흔들의자에 앉아 대바늘 뜨개질을 하거나 요리를 했습니다. 조용한 성격의 전형적인 동양계 주부. 이웃들이, 나에 대해 그렇게 증언하지 않던가요? 경험이 별로 없기도 했지만 사실 난 썩 능숙한 하우스 와이프는 못 되었어요. 하지만 못한다고 그저 손놓고만 있으면, 발전이란 영원히 없지요. 겨울이 되자 나는 제법 깔끔하게 집 안을 정리할 수 있게 되었고 남편 입에 맞는 음식 몇 가지쯤은 뚝딱 만들어낼 줄도 알게 되었습니다. 아무리 노력해도 안 된다는 말은 핑계에 지나지 않아요. 인간은 무엇이든 이룰 수 있는 위대한 존재입니다.

남편이 특히 좋아하는 닭 오븐 구이를 할 때는 언제나 토막 내어 진공 포장된 재료를 골랐습니다. 생닭의 배를 칼로 직접 가르는 일은 내겐 너무 잔인하니까요. 그런데, 내가 한 음식들을, 안젤라는 입에 대지도 않았습니다. 대신 패스트푸드나 테이크아웃 중국 음식을 사다 제 방에서 혼자 먹곤 하는 눈치였어요. 그애의 거절은 언제나 공손했습니다.

고마워요. 그러나 지금은 배가 불러서요.

언젠가 한번은 그애가 제 몫의 카레라이스 접시를 무시하고 식탁에서 일어섰습니다. 자라나는 아이들이 잘못된 행동을 하는 것은 부모의 훈육 방식에 문제가 있다는 얘기 아닌가요? 나는 남편 쪽을 쳐다보았습니다. 그는 내 시선을 피하려는지 고개를 숙인 채 밥을 먹고 있었지요. 나는 큰 소리로 말했습니다.

여보, 우리 안젤라가 너무 버릇이 없는 것 같지 않아요? 아빠가 야단 좀 쳐주세요.

그때, 안젤라가 짓던 표정을 잊을 수 없군요. 그애는 맑고 투명한 아이입니다. 그리고 아직 어리지요. 시간이 지나 진짜 어른이 되면 그애도 알게 될 겁니다. 분노나 모멸감 따위의 감정은 제 안으로 꾹 참고 삭여야 한다는 걸, 제 마음을 어설프게 표출하는 건 때론 저 자신에게 치명적인 맹독이 될 수도 있다는 걸, 열다섯 살 여자아이는 언제쯤에나 깨닫게 될까요.

이제, 그 일에 대해 얘기할 차례군요. 그렇죠? 당신들이 나를 부른 건 결국 그 이유 때문일 테니 말이에요. 그런데 유감스럽게도 그 일이라면, 난 별로 아는 게 없습니다. 나는 사건의 목격자가 아니라 현장을 최초로 발견한 사람에 지나지 않으니까요. 그날. 토요일 오후군요. 그날 나는 쇼핑을 하기 위해 시내로 외출했어요. 우선 가정용 소품을 파는 가게에 들어가 이층 화장실의 변기 덮개를 샀습니다. 한 집의 주부는 온갖 자질구레한 것들까지 다 챙겨야 한답니다. 변기 덮개는 딸아이가 주로 사용할 것이므로 화사한 인디언 핑크로 선택했지요. 나를 위해서는 호주산 순모 뜨개실을 몇 꾸러미 사고, 남편이 좋아하는 토막 낸 닭과 감자도 샀습니다. 그러니까 그날, 나의 행적은 시간이 찍힌 영수증이 증명해줄 겁니다. 그러고는 차에 올라타려는데 거짓말인 듯 함박눈이 펑펑 쏟아지기 시작하더군요. 윈도브러시를 열심히 작동했지만 두꺼운 커튼 자락처럼 흰 눈은 앞유리창에 자꾸자꾸 쌓여갔습니다.

나는 겨우 집 앞에 도착해서 차를 세우고, 열쇠로 문을 열었습니다. 집 안은 적막했습니다. 공중을 부유하는 먼지 소리조차 들리지 않았지요. 나는 비닐에 싸인 변기 덮개를 들고 이층 계단을 올라갔습니다. 그런데 안젤라의 방문이 활짝 열려 있더군요. 그건 아주 드문 일이었어요. 안젤라는, 껍질 속의 애벌레처럼 늘 제 방 안에 파묻혀 있는 아이였으니까요. 안젤라는, 그 애는, 방바닥에 주저앉아 있었습니다. 전혀 움직이지 않았어요. 내가 이름을 불러도 나를 돌아보지 못했지요. 그애는 어떤 커다란, 제 작은 몸이 감당할 수 없을 정도의 충격을 받은 것 같았습니다. 안젤라의 망연한 눈빛 너머 나는 침대와, 그 침대 위에 펼쳐진 광경을 보았습니다. 그곳에는 그애의 아버지가 사지를 벌린 채 누워 있었습니다. 벌거벗은 가슴 한복판에서 샘처럼 콸콸 솟구친 피는, 새하얀 목면 시트를 온통 붉게 적셨더군요. 나는 조용히 계단을 내려와 전화기의 버튼을 눌렀습니다. 오 분 뒤 경광등을 켠 앰뷸런스와 경찰차가 동시에 도착했지요. 내가 아는 건 그게 전붑니다. 그후의 일들은 당신이 나보다 훨씬 더 잘 알고 있을 테고요.

그런데 나의 세번째 남편은 죽었나요? 저런…… 어른 남자의 심장을 정확히 겨냥하기엔 안젤라의 힘이 조금 부족했나 봅니다. 하긴, 어쩌면 식물인간으로 만드는 일이 더 처참한 복수일지도 모르지요. 앞으로 그애는 어떻게 되나요? 그렇군요. 십대 여자아이들만 모아놓은 교도소라. 잘 상상이 안 되긴 하지만, 견습 수녀원이나 공립 여자 고등학교의 기숙사 같은 곳은 아니라면 좋겠네요. 면회가 허용된다 해도 안젤라는 아마 내가 찾아가는 걸 별로 반가워하지 않을 겁니다. 사건이 있던 날 아침, 나에게 사소한 꾸중을 들었거든요. 아니, 별것 아니었어요. 내 손으로 컵에 따른 우유마저 마시지 않으려는 그애와 약간의 실랑이를 벌인 것뿐이니까. 어쩌다 보니 그애의 멜빵 치마 위로 우유가 좀 쏟아졌지요. 그 즈음 그애의 신경이 예민하다는 걸 알고는 있었지만, 그 차가운 아이가 갑자기 엉엉 울음을 터뜨려버릴 줄은 몰랐습니다. 그런 식의 치기 어린 도발을 나는 혐오합니다.

멍청하게 징징거리지 마라. 하나도 귀엽지 않다. 네 아빠가 그러는데, 넌 그 순간에도 어린아이처럼 흐느끼며 남자에게 매달린다지?

그애에게 한 말은 그게 다였습니다. 맹세해도 좋아요. 언제나 그랬듯 나에겐 아무런 악의도 없었습니다. 살의 따위는 더더군다나. 나는 벌레 한 마리 눌러 죽이지 못하는 성품입니다.

이젠 돌아가도 되나요? 글쎄요. 일단은 언덕 위의 하얀 집으로 가야겠지요. 뜨겁게 데운 코코아를 마신 다음 한숨 푹 자고 싶습니다. 잠에서 깨면 무얼 할지는 그때 가서 생각할래요. 세상엔 설명할 수 없는 일들이 아주 많답니다. 하물며 내일 일어날 일을 지금 어떻게 알 수 있겠어요. 그렇지 않은가요? 어디에 있든 나는 점점 더 강해지고 아름다워질 겁니다. 운명이 주는 어떤 시련에도 굴복하지 않겠어요. 그러니 내 두서없는 진술을 듣고 있는 당신. 당신도 부디, 어디서든 살아남으시고, 언제나 행복하세요. 진정한 행복이란 결국 마음먹기 나름이랍니다. 마음의 순수한 소리에 귀 기울이다 보면 언젠가는 당신만의 파랑새를 발견할 수 있을지도 모르잖아요.

 어느새 밖이 많이 어두워졌네요. 이제 정말 가봐도 되겠지요? 한밤중에 여자 혼자 빈집의 문을 따고 들어가는 건 퍽 위험하고 또 쓸쓸한 일이니까, 그러니까, 말이에요.

20th, Jan. 2002. 참고인: 이경옥, Kyoung-ok, Lee
〔『문학생산』, 2002년 여름호〕

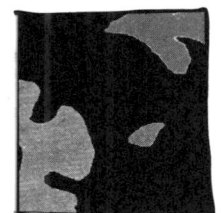

무궁화

무궁화

그녀의 틈새.

눈을 감으면 그녀의 냄새를 맡을 수 있다. 어린 꽃잎에 번성하는 목화진딧물의 냄새, 갓 말린 바다 냄새, 처녀 양의 젖으로 만든 치즈 냄새, 혀끝이 열리고 온몸이 아리아리해지는 냄새, 태초의 냄새. 세상의 모든 냄새.

너의, 너 자신의 냄새.

1

너는 전화기의 단축 버튼을 누른다. 그녀의 집 전화는 자동응답기로, 휴대폰은 음성사서함으로 연결된다. 수화기를 내려놓고 잠시 숨을 고른다. 텔레비전을 켠다. 아침 뉴스가 시작되고 있다. 오늘의 헤드라인 뉴스는 승객을 가득 태운 여객기가 아프리카 대륙 어딘가를 날아가다 레이더로부터 홀연 사라져버렸다는 것이다. 현지 특파원은 테러의 가능성을 배제할 수 없다고 조심스레 말한다. 중동 평화 협상이 또다시 결렬되었고, 북유럽을 순방중인 대통령 부처는 오늘 오후 스웨덴 왕실을 방문할 것이다. 기상 캐스터는 저녁쯤에 눈이나 비가 내릴 확률이 반반이라고 전망한다. 어린 남자아이의 교통사고 소식이나 일가족 실종 사건에 대해서는 아무도 전해주지 않는다. 너는 텔레비전을 끈다. 날이 밝았지만 블라인드를 올리지 않는다. 그녀와 연락이 끊긴 며칠 동안에도 어김없이 해가 떴다 지고, 스물네 시간씩의 하루가 반복된다는 사실이 믿어지지 않는다. 이제 메일을 확인해야 한다.

컴퓨터가 부팅되는 소리를 들으며 너는 냉장고를 연다. 차가운 곰팡내가 확 밀려든다. 냉동칸의 얼음 조각을 되는 대로 집어 유리컵에 넣고 찬물을 쏟아 붓는다. 한 손으로 물잔을 감아쥐고, 또 한 손으로 인터넷 익스플로러를 클릭한다.

보낸 편지 1통.

상대방이 수신하지 않은 편지 1통.

그것은 사흘 전에 네가 그녀에게 보낸 편지다. 간밤에도, 그녀는 메일함을 열어보지 않았다.

제목: 괜찮은 거야?

괜찮은 거야라니. 마치 말기 암 환자를 위로하기 위한 전언처럼 무기력하다. 그 어휘를 선택했던 순간의 막막함이 되살아나서 너는 그만 눈을 감아버린다. 삼 일 동안 아무것도 변하지 않았다. 삼 일 전의 그녀가 연락이 없었던 것처럼, 아직도 그녀는 부재중이다. 꼬리뼈를 타고 오르는 찌르르한 통증을 느끼며 너는 메일 창을 닫는다. 그녀는 지금 인터넷도 전화도 할 수 없는 곳에 있다. 틀림없다. 그런 곳에 있는 게 아니라면 왜, 그녀가 너에게 전화를 하지도 않고, 전화를 받지도 않고, 이메일을 읽지도 않는단 말인가. 너는 타이레놀 두 알을 입에 넣고 천천히 얼음물을 삼킨다. 선뜩한 냉기가 목구멍 깊은 곳까지 좌악 퍼진다. 생리가 시작되면서 너의 혀에 오돌토돌한 혓바늘이 돋고 신경은 더욱 곤두섰다.

어젯밤에 너는 그녀의 아파트에 다녀왔다. 태양아파트 1동을 지키는 늙수그레한 경비는 202호가 며칠째 비어 있는 것 같다고 말했다. 세 명의 식구들이 각각 외출하는 것만 보았을 뿐 귀가하는 모습은 보지 못했고, 며칠분의 우유와 신문이 문가에 쌓여 있으며, 세탁 대금을 받으러 온 청년은 그냥 돌아갔다고 했다.

여행이라도 간 게지, 뭐. 어디 우리한테 일일이 말하고 다니나.

경비실 입구를 돌아서는 네 무릎이 푹 꺾였다. 너는 건너편의 놀이터에 서서 그녀가 사는 건물을 한참 동안 올려다보았다. 외벽의 페인트가 듬성듬성 벗겨진 복도형 아파트, 크고 작은 세 개의 방과 수세식 변기가 칸칸마다 똑같은 배치로 놓여 있고, 주민들은 혼인 신고와 출생 신고와 사망 신고를 거르지 않으며 살아간다. 그녀와, 그녀의 남편과, 그들의 아이가 사는 집은 이 층이었다. 그녀가 정확하게 알려준 적은 없지만 너는 언제부터

인가 저절로 그것을 알고 있었다. 얼음이 녹아 물이 되듯 자연스레 알게 된 것은 그것만이 아니다. 그녀는 완두콩이 든 밥을 좋아하고, 가락국수나 우동같이 밀가루로 만든 음식은 잘 먹지 않는다. 애인 사이란 그런 것이다. 굳이 입 밖에 내어 설명하지 않아도 서로에 관해 누구보다 잘 아는 관계. 그런 그녀가 너 모르게 여행을, 더구나 가족 여행을 떠났을 가능성은 절대로 없다고 너는 확신한다.

너는 물컵 안에 손가락을 집어넣는다. 숨을 멈추고, 아랫도리를 들쑤시는 진통을 견딘다. 써늘한 얼음의 감촉을 지문 끝으로 녹인다. 이제 곧 알약이 용해되어 혈관을 타고 흘러 퍼지면 이 따위 고통은 금세 잦아들 것이다. 거짓말처럼 다 괜찮아질 것이다. 얼음물 속에서, 너의 손끝은 서서히 마비돼가고 있다.

2

여성 동성애자 사이트의 정기 모임에 참석한 것은 일 년 전이다. 예정에 없던 일이었다. 몇 개월 동안 너는 그 인터넷 사이트의 게시판을 훑어보기만 했을 뿐, 글을 올린 적도 없었고 오프라인 모임에 참여하겠다는 생각은 해보지도 않았다. '이반'들이 자주 모이는 바bar나 클럽도, 전에 사귀던 애인을 따라 두어 번 가보았을 뿐이다. 그러나 게시판에서 읽은 정기 모임의 시간이 가까워올수록 기묘하게도 마음 한구석이 조여들기 시작했다. 눈으로는 모니터 속의 포토샵 화면을 좇고 있었지만 집중이 되지 않았다. 연말의 토요일 저녁, 지하철 안은 사람들로 가득했다. 신촌행 열차에 실려가는 동안에도 너는 지금 네가 왜 그리로 가고 있는 것인지 스스로를 납득시킬 수 없었다. 그곳에 가지 않았다면 너는 그녀라는 사람의 존재조차 알지 못했을 것이다.

그녀는 쉽게 나이를 가늠하기 힘든 얼굴을 가졌다. 귀를 드러내는 짧은 헤어스타일과 말간 피부는 해사한 소년 같아 뵈기도 했고, 활짝 웃을 때 드러나는 진분홍색 잇몸은 과년한 처녀의 그것 같기도 했다. 앞 머리칼은 톡 튀어나온 이마를 절반쯤 가리고 있었고 희고 마른 얼굴과 작은 몸피가 아이보리빛 터틀넥 스웨터 속에 마치 강보에 싸인 아가처럼 돌돌 말려 있었다. 그래, 그녀는 교회 앞에 버려진 갓난아기 같았다. 너는 첫눈에 그녀가 마음에 들었다. 누군가에게 매혹된다는 것은, 네게는 말로 설명할 수 없는 감정이다. 그동안 네가 사랑한 그녀들에게는, 그리고 보면, 어딘지 일관된 분위기가 있다. 십여 년 전, 네가 처음으로 사랑한 사람도 작고 하얗고 가느다란 여자아이였다.

네가 다닌 화실의 많은 여학생들이 너를 좋아했다. 여고생치고는 키가 큰 데다 은테 안경을 쓰고 쇼트커트를 하고 다녔기 때문일 것이다. 너의 사물함에는 철자법이 틀린 편지들과 유리병에 담긴 종이학, 심지어 스프링 노트 한 권을 빼곡히 채운 누군가의 한 달 일기가 들어 있기도 했다. 언니, 내일이 지혜 생일인데요. 언니 글씨를 선물하고 싶어요. 카드 한 장만 써주세요. 그애가 처음 말을 붙이기 전에 너는 이미 그애의 이름을 알고 있었다. 선이. 1학년 중에 제일 작은 아이, 83-1번 버스를 타고 다닌다는 것, 너에게 꽃무늬 엽서를 보낸 적이 있는 지혜와 단짝이라는 것, 4B 연필을 잡을 때마다 투명한 손등에 하늘색 실핏줄이 도드라지곤 한다는 것을 모두 알고 있었다. 너는 이젤 앞에 앉아 있었고, 그애는 서 있었다. 고개를 살짝 돌리기만 한다면 너의 이마가 그애의 흉곽에 닿을 듯한 자세였다. 선이가 미리 준비한 카드를 너에게 건넸다. 작은 손이었다. 그 끝에 장미 꽃잎을 한 겹씩 펼쳐놓은 듯 오밀조밀한 손톱들이 매달려 있었다. 열일곱번째 맞는 생일을 축하한다, 라고 쓰는 동안 너는 떨리는 볼펜대를 몇 번이나 고쳐 쥐었다.

 그날 밤, 너는 처음으로 마스터베이션을 했다. 언젠가 읽은 하이틴 로맨스에서처럼, 상상 속에서 너는 사막의 왕자가 되었다. 창밖으로 휘잉휘잉 모래바람이 불고 있었다. 침상에 누운 너에게 차도르로 얼굴을 가린 어린 시녀가 다가왔다. 자그마하고 희디흰, 맨발이었다. 너의 입술이 여자아이의 새끼발톱을 스쳤다. 활처럼 몸을 구부리고 두 무릎을 세게 옥죄자, 윗입술과 아랫입술 사이에서 보드라운 꽃잎들이 짓이겨졌다. 너는 어금니를 물고 신음 소리도 뱉어내지 않았다. 멀리서 색색의 불빛들이 명멸했다. 다음날 아침 쿰쿰한 냄새가 피어오르는 젖은 속옷을 욕실 세면대에 비벼 빨면서 너는 이대로, 세상 밖으로 사라져버렸으면 좋겠다고 생각했다.

선이가 무구하고 새까만 눈동자를 깜빡이며 인사할 때조차 너는 공연히 얼굴이 홧홧해져 시선을 다른 데 돌리곤 하는 날이 이어졌다. 너는 여자 대학의 응용미술 계열에 지원했다. 합격과 불합격. 경우의 수는 두 가지뿐이었다. 대학생이 되거나 재수생이 되거나, 또는 계속 화실에 다니거나 더 이상 다닐 필요가 없게 되거나. 실기 시험장에서 데생 과제로 출품된 줄리앙의 옆모습을 스케치하던 한 찰나, 너는 문득 그 얼굴 위로 길고 날카로운 직선 한 줄을 내리그어버리고 싶다는 팽팽한 충동을 느꼈다. 아무 일 없다는 듯 완성된 줄리앙을 제출하고 돌아오는 길, 첫눈이 흩날렸다. 너는 허공 아래 입을 벌리고 목구멍에 와 닿는 싸늘한 눈송이의 감촉을 오래오래 느끼고 있었다.

사이트의 운영자가 인사말을 하는 동안 옆 테이블에 앉은 그녀의 시선이 어딘가 먼 곳을 향하고 있음을 너는 놓치지 않았다. 그녀도 이유를 모르는 채 이곳에 와 앉아 있는 게 아닐까. 왠지 그럴 것 같았다. 처음 참석한 사람들을 소개하는 순서가 되자, 너와 그녀, 그리고 몇 명의 다른 여자들이 자리에서 일으켜졌다. 긴 머리칼을 모두 초록색으로 물들인 여자가 먼저 자기소개를 했다. 내가 그린베레예요. 여기저기서 오오, 하는 탄성이 들려왔다. 너도 그 아이디로 씌어진 글들을 기억하고 있었다. 정치적 레즈비언으로, 가족들에게 이미 커밍아웃을 했으며 이 땅의 진정한 성적 소수자 연대를 실현하기 위해 열심히 투쟁하겠다는 내용이었다. 커밍아웃. 스스로의 성적 정체성을 밝히는 일. 매운 음식을 좋아하는 식성이나 하루에 담배 반 갑씩을 피우다 끊었다는 소소한 기호에 대해 굳이 제 입으로 떠들고 다닐 이유가 없는 것처럼, 너는 묻지도 않은 사람들에게 자신의 취향을 시시콜콜 이야기하는 일이 막막하게 느껴졌다. 각기 재혼한 상대와 살고 있는 부모가 너에 대해 알게 되면 어떤 반응을 보일까 궁금하기는 했다. 왜 결혼하지 않느냐고, 혹시 부모의 이혼 때문에 상처를 받았던 건 아니냐고 죄책감 섞인 목소리로 물어오는 일은 더 이상 없을까. 알 수 없었다.

곧 사람들에게 너를 소개해야 할 차례가 돌아왔다. 너는 좌중에 가벼운 눈인사를 하고 자리에 앉았다. 뒤를 이어 아이보리빛 스웨터의 그녀도 짧은 목례를 하고 의자에 앉았다. 너는 그녀의 옆모습을 살짝 돌아보았다. 그녀도 네 쪽을 보고 있었다. 눈이 마주치자 그녀가 먼저 어렴풋이 웃는 것 같기도 했다.

결혼을 한 건, 눈에 띄지 않기 위해서야.

며칠 후 처음으로 단둘이 만났을 때까지 너는 그녀가 기혼자라는 걸 몰랐다.

너무 두려웠어. 내가, 작은 여자아이의 몸에 갇힌 남자라고 생각했으니까. 누가 눈치챈다면, 옷장 속의 나프탈렌을 삼켜버릴 셈이었어.

너는 말할 때마다 오물오물 움직이는 그 작은 입술을 바라보았다. 너는 이미 그녀를 사랑하게 되었다.

3

그녀의 휴대폰은 신호음 한 번 울리지 않고 곧장 음성사서함으로 넘어간다. 너는 단호히 3번을 누른다. 그녀의 사서함을 확인하면 실낱같은 단서라도 얻을 수 있을지 모른다.

비밀번호 네자리를 눌러주세요.

먼저 1218을 눌러본다. 12월 18일은 그녀와 네가 처음 만난 날이며, 너의 음성사서함 비밀번호이기도 하다.

잘못 눌렀습니다. 비밀번호 네자리를 눌러주세요.

그녀의 생일, 너의 생일, 그녀의 집 전화번호 뒷자리, 너의 집 전화번호 뒷자리…… 모두모두 그녀가 지정한 숫자가 아니다. 너는 암호를 풀지 못한 채 수화기를 내려놓는다. 컴퓨터를 켜려다 그만둔다. 메일은 삼십 분 전에 확인했다. 그녀가 그사이에 메일박스를 확인했을 리는 없어 보인다. 아니다. 삼십 분은 충분히 긴 시간 같기도 하다. 너는 갈피를 잡지 못한다. 그녀의 부재는 예고 없이 내린 폭설처럼 네 영혼을 지극한 혼돈으로 덮어버렸다. 실체를 알 수 없는 악(惡)의 무수한 가능성들 때문에 너는 한없이 불안하고 절박하다.

일단 하나의 가능성이 있다. 그녀의 아들, 유치원에 다니는 그녀의 아들은 땅바닥에 꼬물거리는 개미들을 보기 위해 고개를 수그리고 걸어다닌다고 했다. 너는 아파트 단지에서도 서행하지 않는 택시들과, 공공연히 낮술을 걸치고 운전대를 잡기도 한다는 덤프트럭 운전사들을 떠올린다. 또 하나의 가능성이 있다. 그녀의 어머니, 몇 년 새에 자궁 적출 수술과 허리 디스크 수술을 받은 그녀의 어머니는 얼마 전부터 부쩍 속이 쓰리다는 하소연을 한다고 했다. 언젠가 티브이에서 본 병든 위(胃)의 사진이 너의 뇌리에 선명하다. 동전만 한 종양 덩어리들이 뭉게뭉게 뭉쳐 있던, 축 늘어진 주머니. 무명 소복을 입은 여자들의 검은 머리칼 위로 잿빛 비둘기 무리가 푸드득 날아오른다. 너는 손바닥으로 얼굴을 가린다. 아니다, 아니다. 너는 발작적으로 고개를 흔든다. 세상이 무너졌다 해도 너에게 이렇게 연락을 두절시킬 그녀가 아니다.

세상 어느 누구보다 널 사랑해.

귓가에 속살대던 그녀의 목소리가 아직도 생생하다. 나긋하고 연한 그 입술이 닿기라도 한 것처럼 너의 귓불에 오소소 잘디잔 소름이 돋는다. 너는 그녀를 믿는다. 믿는다. 믿는다. 그녀의 '세상 어느 누구' 속에는 자식도, 부모도 들어 있을 것이다. 그녀가 식구보다 너를 더 사랑한다는 것과, 그녀와 연락이 끊긴 지 나흘이 넘어가고 있다는 것 사이에 무슨 관련이 있는지 설명할 수는 없지만 마음이 조금 누그러지는 것 같기도 하다. 심지어 발설하면 안 되는 비밀을 간직한 사람처럼 살짝 은밀한 기분이 들기도 한다. 괜찮다. 아직은 견딜 만하다고 너는 되뇐다. 너의 그녀, 사랑하는 그녀가 무사하기만 하다면, 그렇다면 된다.

벽시계가 자정을 알린다. 너는 전화기를 바라보던 눈길을 거

뒤들인다. 또 하루가 지나가고 있다. 밤이 느른히 깊어간다. 모로 누운 블라인드의 칸과 칸 사이 그 얇은 틈새 너머, 창밖은 캄캄하다. 겨울이 깊으면 봄이 오고 어둠이 깊으면 빛이 온다. 곧 시간이 흐르고 동쪽 하늘 끝부터 희붐하게 동이 터올 것이다. 너는 침대 위에 반듯하게 눕는다. 아랫도리로부터 생리혈이 왈칵왈칵 게워져 나오고 있다. 실내복 원피스를 배꼽까지 걷어 올리고 한 손을 팬티 속으로 집어넣는다. 생리대와 맨살 사이에 펼쳐진 네 손바닥, 그 위로 뭉클한 핏덩어리들이 쏟아져내린다. 따뜻하다. 꿈속에서 너는 창문 너머 펼쳐진 수만 송이 장미들을 보았다. 바람결에 하르르 몸을 떠는 선홍빛 꽃이파리들.

4

블라인드 걷힌 유리창 너머 하늘은 갓 빨아 널은 이불 홑청처럼 펄럭이고 있었다. 봄이었다. 투명한 햇빛이 그녀와 너의 벗은 어깨 위로 쏟아져내렸다. 가느스름한 실눈을 뜨고 누워 너는 조용히 이어지는 그녀의 얘기를 들었다.

이슬이 비칠 때까지 엄마는 우동 국물을 끓이고 있었대. 저녁이 되면 한 떼의 여자아이들이 몰려올 테니까. 근처에 섬유공장이 있었거든.

너는 그녀가 세상에 나오기 직전의 시간을 떠올려보았다. 나무판자로 바람을 막은 두어 평짜리 간이식당, 무럭무럭 흰 김을 뿜어내는 커다란 양은솥, 더러운 행주를 손에 쥐고 탁자를 훔치는 만삭의 임산부. 어쩐지 눈물이 날 것만 같아서 너는 그녀의 동그마한 어깨뼈를 자꾸만 만지작거렸다. 섬유공장이 있는 소도시 읍내의 간이식당이라니, 그녀가 아니었다면 상상조차 해보지 못할 공간이었다. 그녀가 살아온 날들의 대부분은 너로서는 경험한 적 없는 것들이었다. 너는 서울에서 태어나 줄곧 살아왔다. 지하철 사호선, 한밤의 텅 빈 테헤란로, 비 오는 날의 국립현대미술관. 네가 좋아한다고 규정해놓은 것들의 목록이었다. 그녀는 열아홉 살에 처음 서울행 기차를 탔다.

그땐 거길 떠나고 싶은 마음뿐이었어. 하긴 누군들 안 그렇겠어? 돈도 못 벌어오면서 목청껏 허풍만 떠는 아버지와, 대못을 삼킨 것처럼 늘 퉁명스런 어머니를 가지고 있다면. 읍내 새마을금고의 여직원이 되거나, 삼교대를 하는 섬유공장의 미숙련공이 되는 것밖엔 다른 길이 없다면.

너의 부모는 일찌감치 이혼했지만, 하나뿐인 딸에게 경제적으로나 정서적으로 무책임하지 않으려 노력했다. 중학교 때부터 미술 교습을 받았으므로 산업디자인과와 시각디자인과를 놓고 망설인 것 말고는 진로 선택 때문에 특별히 고민을 한 적도 없었다. 그녀는 팔 년째 누군가의 아내로 살아왔다. 너는 남자와의 결혼 생활을 한순간도 꿈꿔보지 않았다. 너는 이유를 알 수 없는 슬픔을 억누르면서 그녀를 가만히 안아주었다.

잔잔하게 반짝이는 햇살 속에서 너와 그녀는 천천히 사랑을 나누었다.

　네가 그녀의 틈새를 향해 입김을 불자, 그녀도 너의 틈새에 따뜻한 숨을 후욱, 불어넣어주었다. 너와 그녀의 몸은 거꾸로, 부드럽게 얽혀 있었다. 그녀의 손가락이 너의 한가운데를 조심스레 헤적이며 들어오는 것이 느껴졌다. 너는 그녀의 살갗과 살갗 사이를 검지로 살살 간질였다. 그곳은 미궁도, 심연도 아니었다. 너와 그녀의 놀이터였다. 낮고 평화로운 신음이 그녀의 젖가슴을 관통하여 너의 허벅지로, 서로의 몸 구석구석으로 퍼졌다. 너는 입술을 오므리고, 까슬까슬한 음모(陰毛)에 턱을 비비댔다. 너는 그녀가 서서히 부풀어오르고 있다는 걸 안다. 미끄러운 몸 안으로 혀를 넣으면 그 안에 또 하나의 몸이 열리고 새 몸의 문을 열 때마다 그녀의 생생한 비명이 너에게 스며들었다. 높다랗게 솟구쳐 가장자리로 흘러넘치는 입맞춤.

　그녀에게서는 시큼하고, 쌉싸름하고, 달착지근한 맛이 났다. 네 것과 같은 그런 맛.

5

　공중변소 옆에는 왜, 벌레 먹은 분홍 꽃들이 피어 있을까.
　화장실로 걸어 들어가다 말고 그녀가 혼잣말처럼 중얼거렸다.
　나라꽃이라 그래. 하수구와 공중화장실은 국가에서 관리하니까.

저 꽃에선 어쩐지 지린내가 나는 것 같아.

국립공원의 화장실은 깨끗하지도 지저분하지도 않았다. 바지와 속옷을 한꺼번에 내리며 쪼그려 앉으려는 찰나, 쪼르르르 물 떨어지는 소리가 또렷하게 들려왔다. 얇은 베니어 벽 하나를 사이에 두고, 바로 옆에서, 그녀가 너와 똑같이 흰 엉덩이를 까고 오줌을 누고 있었다. 너는 호흡을 멈추고 아랫배의 억눌린 근육을 확 풀었다. 오랫동안 참아온 쾌감이 콸콸 몸 밖으로 흘러넘쳤다. 그것은 둔중하고도 날카로운 감각이었다. 너와 그녀는 손을 맞잡고 밖으로 나왔다. 땡볕이 내리쬐었다. 창공을 향해 병든 꽃잎 조각을 벌리고 선 나무들을 지나 월정사 입구까지 걸어가는 동안 꼭 잡은 두 손은 땀으로 축축해졌다. 뜨듯한 습기 속에서 그녀와 너의 손금이 핏물처럼 서로에게 스며들어 섞여졌을지도 몰랐다.

오대산행은 갑작스러운 것이었다. 그 즈음 너와 그녀의 관계는 첫번째 위기를 맞고 있었다. 그녀는 시간을 자유롭게 쓸 수 없었다. 유치원 종일반과 태권도 학원에 다니는 아이가 돌아오는 오후 다섯시까지 그녀는 집에 가야만 했다. 또한 아주 특별한 경우가 아니라면 남편이 출근하지 않는 휴일에는 혼자 외출하기 어려웠다. 밀린 집안일을 해야 해, 라는 말의 숨은 뜻을 그녀도 너도 잘 알고 있었다. 평일 오전에 만나 저녁이 되기 전에 헤어지고, 주말과 휴일을 떨어져 보내는 연인은 흔하지 않을 터였다. 가끔은 조조 영화를 보고 중국 식당의 런치세트를 먹는 식의 데이트를 하기도 했지만 대개는 아이를 유치원 차에 태워 보낸 그녀가 너의 집으로 오곤 했다. 함께 아침 겸 점심을 먹은 뒤 네가 작업을 하는 동안 그녀는 침대에 누워 음악을 듣거나 만화책을 보았다. 문득 고개를 들면 사랑하는 사람의 등이 바로 앞에 있다는 사실이 참 행복하다고 그녀가 말했을 때, 너는 흑백 사진의 프레임처럼 이 순간이 유폐되기를 간절히 바랐다. 그러나 시간은 너무 빨리 지났다. 네시가 넘어서면 너는 벽시계를 흘낏대는 그녀의 모습을 훔쳐봐야 했다. 차라리 그녀가 없었다면 혼자 있는 주말 밤을 두려워할 필요는 없었을 것이다. 너는 그녀의 결혼 생활을 네가 불입하는 연금보험과 비슷한 것으로 생각해보려 애썼지만 잘 되지 않았다. 너의 불만은 점점 커져가고 있었다.

전나무들이 빽빽한 숲을 지나자 월정사 경내가 나타났다. 그녀가 짧은 예불을 올리는 동안 너는 구층 석탑의 둘레를 더디게 돌았다. 고려 시대에 세워진 탑에는 시간의 더께를 몸으로 증거하듯 가뭇가뭇한 돌이끼가 자욱이 끼어 있었다. 너는 손바닥을 펴서 돌탑을 가만가만 쓰다듬어주었다. 멀리서 풀벌레 우는 소리가 이명처럼 들려왔다.

그녀에게 헤어지자고 말해버린 건 금요일 오후였다. 네시 십오분. 그녀는 브래지어의 호크를 채우고 있었다.

남자랑 자는 건 어떤 느낌이니?

그녀가 네 쪽을 획 돌아보았다. 눈동자가 희미하게 흔들리는 것 같기도 했다.

정말 궁금해서 물어보는 거야. 넌 잘 알 것 같아서.

그녀가 쉰 목소리로 대꾸했다.

모르겠어. 기억나지 않아.

내가 그 말을 믿을 것 같아? 넌, 오늘도 이렇게 기어 들어가는데?

네시 십팔분. 그녀는 원피스 단추를 채우는 동작을 그만두지 않았다.

수없이 말했잖아. 섹스를 하지 않는 부부는 아주 많아.

오호, 그래, 이제 알겠다. 그래서 네가 날 찾아오는 거구나, 그것 때문에! 섹스 때문에!

그녀는 핸드백을 집어들었다. 네시 이십분, 그녀의 아이가 학원을 출발할 시간이었다. 그녀의 뒤통수를 향해 너는 새된 소리를 질렀다.

다시는 오지 마.

그때는 몰랐다. 사흘 후에 이렇게 꼬박 이틀을 그녀와 오롯이 지내게 될 줄은. 오늘 아침 여느 때처럼 그녀는 열쇠로 너의 집 문을 열고 들어왔다. 노란 륙색을 메고 감색 반바지를 입은 그녀는 여름 캠프에 가는 보이 스카우트 대원 같았다.

우리, 여행 가자.

너는 사흘간의 혹독히 춥던 여름이 끝났음을 깨달았다. 함께 있을 수 있다면 그곳이 어디든, 강이든 산이든, 설악산이든 오대산이든 상관없었다.

조금 더 올라가면 적멸보궁이 있다는데 가볼래?

어느새 그녀가 등 뒤에 다가와 있다. 너는 진심을 담아 고개를 저었다.

아니. 어디 가서 꼭 껴안고 싶다.

처음 찾아간 곳에는 MOTEL 에덴장이라는 간판이 붙어 있다. 너와 그녀는 검푸르게 선팅된 유리문을 밀고 안으로 들어갔다. 바닥에는 더러운 붉은 카펫이 깔려 있고 사람 키를 넘는 큰 화분들이 실내 여기저기 놓여 있었다. 도수 낮은 조명이 모든 것을 어둑하게 가라앉혔다. 카운터에 앉은 젊은 남자가 너와 그녀를 바라보며 말했다.

이따 밤에 오세요.

너는 한 번에 알아듣지 못하고 그녀의 얼굴을 돌아보았다.

주무시고 가실 거잖아요. 지금은 '대실'만 되니까 이따 밤에 오시라구요.

너는 그녀와 나눌 공간을 얻지 못하고, 유리문을 밀고 밖으로 나왔다. 한낮의 태양이 아찔하게 타오르고 있었다.

6

너는 그녀의 사진 앞에 서 있다. 채도 낮은 폴라로이드 사진 속에서 그녀의 눈빛은 너를 통과하여 허공을 보고 있다. 너의 피사체가 되었던 그 순간, 그녀의 눈꺼풀이 살짝 떨리던 그 순간, 그녀가 무슨 생각을 하고 있었는지 너는 결코 알 수 없을 것이다. 너의 가슴은 먹먹해지고 눈앞이 흐려져온다.

사진을 찍은 것은 그녀가 사라진 바로 그날이었다. 평소와 다른 것은 아무것도 없었다. 너와 그녀는 그전에도 종종 즉석 사진을 찍곤 했다. 폴라로이드 카메라 말고 다른 사진기는 사용한 적이 없다. 필름이 현상되는 한 시간도 기다리지 못할 만큼, 늘 무엇이 그렇게 절박했던 것일까. 자동 타이머를 맞춰놓은 채 둘이 꼭 껴안고 찍은 사진들을 현상소에 맡길 수는 없었다. 그날, 그녀에게서는 어떤 사소한 징후도 발견되지 않았다. 저녁을 먹은 뒤에 둘이서 맥주 한 병을 나눠 마셨고, 너는 불쑥 폴라로이드 카메라를 꺼내어 그녀에게 렌즈를 들이댔다. 그녀는 아무 말 없이 조금 작게 웃었다. 특별히 구도를 잡지도 않고 너는 그녀의 얼굴을 향해 셔터를 눌렀다. 툭, 무연하게 인화지가 뽑혀 나왔다. 온통 암흑뿐인 사진의 모서리를 잡고 가만히 흔들자, 노을이 번지듯 차차 환해지면서 이내 그녀의 얼굴 윤곽이 드러났다.

어쩐지 나 같지 않아.

그녀가 말했지만 너는, 그럼 네가 더 예쁜 줄 알았니, 라고 장난스럽게 대꾸했다. 너는 그녀의 사진을 냉장고 한가운데에 붙여놓았다. 맥주를 다 마시자, 그녀가 자리에서 일어났다.

이제, 가야겠다.

그것이 그녀의 마지막 말이었다. 여느 때와 똑같았다. 그녀는 네 집에 들어섰을 때 메고 온 숄더백을 오른쪽 어깨에 걸쳤다. 너는 현관에 서서 그녀를 배웅했다. 그녀가 검정색 구두에 발을 꿰었다. 그녀의 스웨이드 구두 앞 코에 새끼손톱만 한 허연 얼룩이 져 있었다. 내 신발을 신고 가, 그렇게 말하려는데 그녀가 벌써 문을 열고 있었다. 어차피 내일 아침이면 다시 만날 것이었다. 내일은 그녀의 가느스름한 발목을 든든히 감싸주는 부츠를 사주어야겠다고 생각했다. 그러나 내일은, 아직도 오지 않았다. 목구멍 깊은 곳으로부터 뜨겁고 단단한 돌멩이가 치받쳐 오르는 것 같다.

너의 생리대에는 이제 희미한 연갈색 얼룩도 묻어 나오지 않는다. 한껏 부풀어오른 자궁 점막이 떨어져내리고 그 벗겨진 자리에 보드레한 막이 새로 돋을 채비를 할 동안까지도 너는 그녀가 어디 있는지 알아내지 못했다. 일주일 동안 너는 한 장의 일러스트도 그리지 못했다. 영어 교재 삽화의 마감 날짜도 지키지 못했다. 출판사는 너와의 계약을 파기할 것이다. 당연하다. 계약이란 그런 것이다. 한쪽에서 일방적으로 약속을 어기면, 다른 한쪽에서 응분의 조치를 취한다. 그녀와 너는 영원한 사랑을 약속했으나, 어떤 계약도 맺지 않았다. 그녀가 어디에 있든 너에게 알릴 의무는 애초부터 없었다.
너는 망연히 베개 위에 엎드린다. 그녀가 뒤통수를 뉘고 네 뒷모습을 바라보던 베개. 너는 꽃무늬 베갯잇에 코를 대고 공기를 들이마셔본다. 너는 그녀의 냄새를 맡고 싶다. 이 공간 어딘가에 남아 있을 그녀의 냄새. 젖은 틈새에서 풍겨나던 그 비릿하고 지리고 들큼한 체취가 그리워 숨이 막힌다. 너는 베개에,

시트에, 이불에, 코를 박고 정신없이 킁킁댄다. 너의 베개와 시트와 이불에는 식물성 세제의 풋내만 어렴풋할 뿐 그녀의 냄새는 남아 있지 않다. 너는 불현듯 팬티 안으로 손가락을 밀어넣는다. 물기 하나 없이 메마른 너의 질(膣)은, 그러나 너를 깊숙이 받아들여주지 않는다. 너의 방에서는 그녀의 아무런 자취도 발견되지 않는다.

그녀의 진액은 어디로 날아간 것일까. 도대체 그녀는 어디로 가버린 것일까. 너를 여기 남겨두고, 남편과 아이와 함께? 그녀가 감쪽같이 사라졌다면 그것은 너와 함께여야 한다. 그렇지 않은가. 비밀을 공유한 것은 그녀와 너였으므로, 너희는 두 장짜리 비밀 편지처럼 함께 접혀 단단히 밀봉되어야 했다.

너는 결연하게 몸을 일으킨다. 너는 지금 그녀의 집으로 갈 것이다. 초인종을 누르고 인터폰을 하고 그래도 응답이 없다면 열쇠수리공을 불러 자물통을 뜯으리라. 경비원이 제지한다면 온 힘을 다해 그를 막으리라. 어른과 아이의 신발이 오종종히 늘어선 현관을 지나 마루를 가로질러 안방 문을 열면 그곳에 그녀의 경대와 옷장과 베개가 있을 것이다. 급하게 휘갈겨쓴, 네게 남긴 메모가 있을 것이다. 네 마음은 참을 수 없이 갈급해진다. 코트에 팔을 꿰다 말고 너는 갑자기 얼어붙는다.

그녀의 집은 정말 비어 있는 것일까.

저절로 다리 힘이 풀린다. 남편. 그녀의 남편이 너의 존재를 알았다면, 그렇다면. 너는 그 자리에 주저앉는다. 아내에게 애인이 있으며, 그 애인이 여자라는 것을 알게 된 남자는 무엇을

할 수 있을까. 추궁하고 분노하는 것 말고는. 짐승처럼 소리 지르고 가재도구를 부숴버리는 것 말고는. 손에 잡히는 것을 닥치는 대로 던져버리는 것 말고는. 남자는 프라이팬을, 식탁을, 가족사진을, 아이의 킥보드를, 아이를, 그리고 그녀를 높이 들어 힘껏 내동댕이친다. 그녀의 목덜미. 남자의 손아귀에 질질 끌려가는 그녀의 목덜미가 파르라니 질려 있다. 쾅 소리를 내며 안방 문이 닫힌다.

태양아파트 1동 202호. 그녀와, 그녀의 남편과, 그들의 아이의 집.

심장이 터져버릴 것만 같은데 너는 손가락 마디 하나 꼼짝할 수 없다. 어디선가 피어오른 한줄기 시취(屍臭)가 너의 속눈썹 끝에 고요히 닿는다. 세상의 것이 아닌 그 냄새.

7

폴라로이드 카메라를 다리 사이로 가져간다.

툭, 금방 세상 밖으로 빠져나온 필름은 새카맣다. 그 빳빳한 종이를 너는 오래도록 들여다본다. 검은 기척이 차츰차츰 지워지고 피사체의 모습이 뚜렷이 드러나도록. 모로 누운 연갈색 거웃들과 그 속에 돋아난 작고 붉은 살덩어리들, 너의 극지(極地). 공중변소 앞의 꽃나무처럼 무심히 시든 그것을 너는 냉장고 한가운데, 그녀의 얼굴 옆에 붙인다.

냉장고의 문을 열자, 차가운 빛이 이마 위로 확 쏟아진다. 진창 같은 환한 틈새. 그곳에 너는 없다. 꿈에서 느릿느릿 깨어난다.　　　　　　　　　〔『문학사상』, 2002년 6월호〕

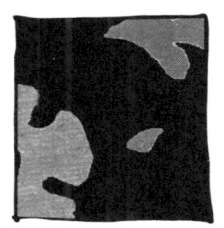

홈
드라마

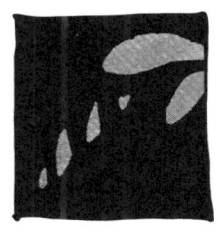

홈드라마

등장인물

　남자: 김재호, 회사원, 730503-10258××, 서울시 성동구 옥수동 강변하이츠 101동 140×호.
　여자: 박수진, 회사원, 750910-20661××, 서울시 동작구 사당동 현대아파트 215동 50×호.

프롤로그

　어느 날 속옷을 갈아입던 여자는 사타구니 안쪽에 발긋발긋 피어난 작은 사마귀들을 발견했다. 거의 같은 시간, 샤워를 하던 남자도 제 고환에 돋아난 닭 볏 모양의 낯선 돌기들을 의아

한 눈빛으로 들여다보고 있었다.

발단

몇 개월 전 그들은 결혼을 결정했다. 매우 자연스러운 일이었다. 그들은 햇수로 오 년째 연인 관계를 유지해오고 있었다. 남자가 서른 살, 여자가 스물여덟 살, 이른바 결혼 적령기였다. 출신 대학의 레벨이나 가정 환경, 부모의 사회 경제적 위치 또한 서로 엇비슷했으니 한쪽이 기우는 혼사도 아니었다. 그와 그녀의 결혼이 성사되지 않을 이유는 세상 어디에도 없어 보였다.

특별한 프러포즈는 없었다. 청혼 반지를 아이스크림 속에 숨겨두었다가 여자의 입 안에서 발견되도록 하는 따위의 해프닝을 계획하기에 남자는 너무 바빴다. 그는 입사 이 년차의 대기업 평사원이었다. 평일엔 하루 종일 사무실에 앉아 있어야 했고 주말엔 밀린 잠을 자야 했다. 부서 회식이나 입사 동기 모임 같은 곳에 꼬박꼬박 참석하여 새벽까지 술을 마시는 것은, 물론 업무의 연장이었다. 직장에 들어가면서부터 그는 피곤해 죽겠어, 라는 말을 입버릇처럼 달고 다녔다. 여자는 늘 불만이었다.

수진: 오빠는 왜 나만 보면 피곤하대? 술 마시고 놀러 다닐 때는 쌩쌩하면서…… 오빠 변한 거 알아? 이젠 내가 지겹다 이거야?

재호: 아이 씨, 또 시작이군. 피곤해 죽겠는데 이렇게 집 앞

까지 모시러 왔으면 됐지. 도대체 뭘 더 어떻게 떠받들어주길 바라는데? 너는 그렇게 할 일이 없냐? 쓸데없는 생각 좀 그만하고 뭔가 생산적인 고민을 해봐.

싸움의 패턴은 빤했다. 여자가 토라지면 남자는 이기죽댔다. 사실 만나서 갈 곳도 마땅치 않았다. 서울 시내의 웬만한 데이트 코스는 이미 지루했다. 남자가 자동차를 장만하고 처음 몇 번은 교외로 드라이브를 나가기도 했지만 주말 도로의 교통난을 반복해 겪은 뒤론 곧 시들해졌다. 가격 대비 가장 효율적이고 쾌적한 데이트 공간은 뭐니 뭐니 해도 모텔 방이었다. 일요일 오후엔 떡볶이나 과일 등속을 사들고 근처 모텔에 들어가곤 했다. 남자가 스포츠 중계방송을 보며 졸다 깨다 하는 사이 여자는 그 옆에 아무렇게나 엎드려 패션 잡지를 뒤적였다. 열에 서너 번 정도는 섹스를 하기도 했다. 대수로울 것도 없었다. 그들은 오 년째 사귀어온 연인이었다. 다음 단계는 정말이지 누가 봐도 결혼뿐이었다.

전개

재호: 아무래도, 해야겠어요.

저녁밥을 먹다 말고 불쑥 내뱉은 아들의 말에 부모는 별로 놀라는 기색도 아니었다.

재호 모: 왜, 그 집에서 서두르니?

재호 부: 왜 아냐? 해 바뀌면 스물아홉인데 딸 가진 부모 맘이 급하겠지.

아들만 둘을 둔 남자의 아버지는 느긋한 표정으로 흠흠, 헛기침을 했다. 여자의 집도 상황은 비슷했다.

수진: 엄마, 오빠가 봄쯤 하면 어떻겠냐는데?

수진 모: 봄? 왜, 그 집 아버지 정년퇴직 전에 보내버리려고 그러나?

수진 부: 거 왜 안 그렇겠어? 현역에 있을 때 큰일 치르고 싶은 게 월급쟁이들 맘이지.

아파트 상가에서 약국을 열고 있는 여자의 아버지는 알 만하다는 얼굴로 고개를 주억거렸다. 어머니들의 관심은 보다 현실적인 데 있었다. 아들 여자친구의 조건과 며느릿감의 조건은 엄연히 달랐다. 딸 남자친구의 조건과 사윗감의 조건이 같을 수 없는 것과 비슷한 이치였다.

남자의 어머니는 장래 며느릿감의 면면에 대해 새삼 곰곰이 따져보기 시작했는데 특별히 남 앞에 내세울 만한 장점이 발견되지 않았으므로 이내 섭섭해졌다. 자그마한 체격이나 오종종한 이목구비는 그렇다 쳐도, 어쩌다 마주칠 때 별말 없이 목례나 할 뿐 사근사근하게 감겨오는 애교가 없는 점이 불만스러웠다. 비서라는 직업도 시답잖았다. 공무원이나 교사처럼 안정적이지도 않았고 뾰족하게 돈을 많이 벌어올 성싶지도 않았다. 바야흐로 남녀가 평등한 시절이었다. 어떻게 키운 아들인데. 제 아들 혼자 뼈 빠지게 처자식을 부양하는 광경을 상상하자니 입

맛이 썼다. 그렇다고 결혼 반대를 전격 표방하고 나서자니 아무래도 명분이 부족했다. 하긴 내 욕심 차리자고 남의 딸자식 인생을 끈 떨어진 갓으로 만들 순 없지. 남자의 어머니는 결국 자신처럼 선량하며 배려 깊은 시어머니는 다시없으리라는 결론에 도달했다. 처음부터 다잡아야 해! 남자 어머니는 두 주먹을 불끈 쥐었다.

여자 어머니 역시 장래 사윗감이 전적으로 미더운 건 아니었다. 이건 아무리 헤아려봐도 도무지 뭐 하나 비범한 구석이 없는 거였다. 주변에 하나둘씩 혼사가 늘어가고 있었다. 어릴 적부터 공부를 지지리 못해 부모 속깨나 태우던 옆집 딸내미는 일찌감치 의대생을 꽉 잡아 단숨에 의사 사모가 돼버렸다. 인생 대역전이란 바로 이럴 때 쓰는 말인지도 몰랐다. 아무리 시대가 바뀌었다 해도 적당한 앙혼(仰婚)이 여자에게 흉될 리 만무했다. 세상 물정 모르고 착해빠진 딸이 제 성정대로 연애도 너무 소박하게 했다는 미련을 떨쳐버리기 어려웠다. 그렇다고 사윗감이 인물이 훤한가, 붙임성이 있나, 결정적으로 장남이 아니기를 한가. 헤아려보면 폭 한숨이 나왔다. 그냥 저냥 평범한 게 제일이지, 뭐. 남들 앞에서 그렇게 말하고 돌아서면서 여자의 어머니는 결연히 읊조리지 않을 수 없었다. 어디 귀한 우리 딸 눈에 눈물나게만 해봐라!

마침내 양가 부모 회동이 추진되었다. 여자는 자주 들르는 인터넷 여성 전용 사이트의 결혼 준비 게시판에 자문을 구했다.

'처음이라 떨려요. 어떤 음식이 좋을까요? 경험 있는 분들 대답 주세요.' 답글의 내용은 대개 비슷했다. '상견례엔 코스 요리가 좋답니다. 얘기가 끊기고 썰렁해질 때마다 새 음식이 나오니까 분위기 전환이 되지요. 계산은 남자 측에서 한다는 건 물론 알고 계시겠죠? 저희는 시아버지가 그냥 나가버리는 바람에 무지 당황했답니다. 아, 이 결혼 그때 관뒀어야 하는 건데.'

여러 의견을 취합하여 장소는 강남의 고급 한정식집으로 정해졌다. 주말 저녁이면 엔간한 중상류층 가정의 상견례가 예닐곱 팀씩 이루어진다는 곳이었다. 남자와 남자 부모가 오 분 늦게 도착하자 여자와 여자 부모가 일제히 기립했다. 과장된 수인사를 나눈 뒤 그들은 남북 적십자 회담 실무 협의진처럼 직사각형 테이블에 마주 앉았다. 남자의 아버지가 주문을 하는 동안 어머니들은 재빠르게 서로를 탐색했다. 남자 어머니의 좁다란 양미간과 살짝 치켜 올라간 눈꼬리, 여자 어머니의 불그죽죽한 루주 색과 알 굵은 루비 반지가 각기 상대편의 심기를 건드렸다. 대화는 주로 아버지들을 중심으로 이루어졌다. 오십대 중반의 가장들은 정치 현안과 종교, 의약 분업이나 대기업 퇴직 연령 단축처럼 상대방이 민감해할 화제는 교묘히 피해 가면서도 꽤 매끄럽게 대화를 이어나가 만만찮은 사회생활의 관록을 과시했다. 남자와 여자는 부모의 별책 부록처럼 얌전한 자세로 앉아 어른들 말씀을 경청했다. 분위기는 예상보다 부드러웠다. 어색한 침묵이 흐르는 순간에는 과연 종업원이 새로운 음식 접시를 들고 들어와 공기를 빠르게 바꿔주었다. 반주 몇 잔을 받아

마신 남자의 얼굴이 벌그름히 달아올랐다. 여자는 조신한 처녀답게 술잔을 입술에 가져다 대기만 했다. 후식이 나올 때까지 정작 오늘의 본론에 대해서는 아무도 입을 떼지 않았다.

재호 부: 아무것도 필요 없어요. 다 허례허식이죠. 수진이 너는 숟가락 두 개만 들고 와라.

중간에 한 번, 남자의 아버지가 호기롭게 큰소리쳤지만 남자의 어머니조차 당황한 기색을 감추지 못하였으니 가족회의를 거치지 않은 즉흥적 발언임이 명백하였다. 수정과 잔을 내려놓고 여자는 건너편의 남자를 향해 찡긋 눈짓을 했다. 남자는 학예회에 나선 유치원생처럼 또박또박 말했다.

재호: 날은, 언제로, 잡을까요?

남자 어머니가 아들의 무릎을 슬쩍 꼬집었다.

재호 모: 어머 얘는. 우물가에서 숭늉 찾네.

여자 어머니가 교양 있는 목소리로 거들었다.

수진 모: 그러게 말이에요. 요즘 젊은 애들은 다 늦게 가고 싶어한다는데.

남자 어머니가 손사래를 쳤다.

재호 모: 아유, 그래도 여자는 너무 늦으면 힘들죠. 출산도 그렇고.

여자 어머니가 바로 되받아쳤다.

수진 모: 요즘 뭐 많이들 낳나요? 완전히 준비가 된 다음에 가져야 태아한테도 더 좋다더라구요.

재호 모: ……

남자 어머니가 노골적으로 인상을 찌푸렸다. 덩달아 여자의 얼굴빛도 노래졌다. 여자 아버지가 부랴부랴 뒷수습에 나섰다.

수진 부: 어이구, 재호가 우리 수진이 얼른 데려가고 싶은가 보다. 날이야 여기서 잡는 게 아니라 좋은 데 가서 받는 거지, 허허.

하하 호호, 모두들 최대한 자연스러운 톤으로 따라 웃었다. 첫 상견례는 그렇게 무사히 끝났다.

위기

(1) 날짜

서울 시내에서 둘째가라면 서러울 만큼 용하다는 역술인은 둘의 궁합이 팔십오 점은 된다고 말했다.

역술인: 순간적인 번뇌, 갈등은 있는데 노력으로 극복이 돼. 젊어서 큰 실수만 안 하고 사십 넘어가면 어쨌든 해로할 사이야.

생리 휴가를 앞당겨 회사를 땡땡이치고는 아침나절부터 세 시간을 기다린 뒤에야 가까스로 점쟁이의 실물을 알현할 수 있었던 여자는 비로소 마음을 놓았다. 그가 점지해준 날은 춘삼월의 두번째 수요일이었다. 이 소식을 들은 남자는 즉각 어이없다는 반응을 보였다.

재호: 말이 되냐. 그때가 얼마나 바쁜데. 금요일도 아니고 수

요일에 결혼한다고 위에다 어떻게 말해. 나 못 해.

수진: 못 해? 말 다했어? 평생에 단 한 번밖에 없는 결혼인데 지금 그깟 회사 땜에 못 한다는 거야?

재호: 아이 씨, 누가 결혼을 안 하겠대? 너 사람 말, 꼬투리 좀 잡지 마. 결혼하고 싶으면 얼른 다시 가서 주말로 잡아와.

제 할 말만 다하고 남자는 전화를 끊어버렸다. 액정 화면에 여자의 이름이 연신 깜박거렸다. 회사 건물 전체가 금연 구역이었다. 담배 대신, 달달한 자판기 커피를 마지막 한 방울까지 목구멍에 털어넣은 다음 남자는 핸드폰의 배터리를 뺐다. 파워 게임에서 권력을 획득하고 지키려면 우선 자기 감정을 통제할 줄 알아야 했다. 잘잘못이 불분명한 다툼에선 무조건 먼저 잠적하는 쪽이 이긴다. 지가 별수 있어. 똥줄 타게 단축 다이얼 누르다가 음성 메시지 몇 개 남기겠지. 오늘 밤까지 연락 안 되면 별별 상상 다 하겠지. 내일 이 시간쯤 슬며시 전화 받아주면 그것만으로도 감지덕지 바로 꼬리 내리게 돼 있다구. 휘파람을 불며 오줌을 누다 말고 남자는 불현듯 스스로가 좀 한심하게 느껴졌다. 벌써 서른이었다. 이렇듯 사사로운 일에 신경 쓰고 에너지를 낭비할 나이가 아니었다. 그래서 결혼하는 거지, 뭐. 혼잣말처럼 중얼거리며 남자는 바지 지퍼를 추어올렸다.

(2) 장소

장안에서 둘째가라면 서러울 역술인이 내놓은 대안은 2월의 마지막 토요일이었다. 대신 반드시 오후 한시에 식을 올려야 한다고 잘라 말했다. 토요일 오후 한시! 대한민국 전체 결혼식의 절반 이상이 치러지는 시간이라고 봐도 무방했다. 식장 잡기가 수월할 리 없다는 대화를 나누다 말고 남자와 여자는 그들이 결혼식 장소에 대해 심각한 견해 차이를 가지고 있다는 것을 알게 되었다. 남자의 의견은 평범했다.

 재호: 아무 데나 그 시간에 자리 있는 데서 하면 되지.

 여자가 가차 없이 반론을 제기했다.

 수진: 어떻게 아무 데서나 해? 일생에 딱 한 번 하는 결혼인데. 난 그렇게는 못 해!

 재호: 그럼 어디서 하겠다는 거야?

 수진: 호텔!

 재호: 뭐? 호오테엘?

 남자의 눈동자가 튀어나올 듯 커졌다. 여자가 한발 주춤 물러섰다.

 수진: 아니, 내 말은 꼭 그러자는 게 아니라, 어쨌든 붕어빵처럼 똑같이 찍어내는 예식장은 싫다는 거야. 오빤 여자한테 결혼식이 얼마나 중요한 의민지 정말 모를 거야. 호텔이 안 되면 난 차라리 야외 결혼으로 할래.

 장래 희망이 미스코리아이던 유치원생 시절부터 여자는 웨딩드레스 입은 자신의 모습을 상상해왔다. 가짜 크리스털로 만든 샹들리에가 번쩍이고 울긋불긋 색동 카펫이 깔린 동네 사거리 예식장을 일생일대 가장 소중한 순간의 백그라운드로 추억하고 싶지는 않았다. 그 비슷한 생각을 하는 신부의 숫자가 꽤 되는

지, 다행히 '회관'이라는 형태의 결혼식장이 성업중이었다. 남자가 졸업한 대학의 동문회관에서도 웨딩 홀을 운영하고 있었다. 최대 1,000명을 수용하는 웅장하고 격조 높은 시설로 호텔급 특수 조명과 음향 시설을 완비하여 축제 분위기를 한껏 고조시켜드린다는 업체 측의 설명을 반복하지 않더라도, 대학 동문회관은 양가의 재력이 극명하게 드러나지 않는, 그럭저럭 얌전하면서도 무난한 선택이라 할 수 있었다. 크림색 톤으로 그럴싸하게 꾸민 홀과는 달리 간이 탕비실처럼 협소한 규모의 신부 대기실이 마음에 걸렸지만 여자는 아쉬운 마음을 애써 떨치고 계약서에 사인했다.

(3) 피로연

해파리냉채와 삼색전이 포함된 갈비탕 코스는 일인분에 만팔천 원, 뷔페 코스는 이만이천 원, 안심 스테이크와 양송이 수프가 나오는 양식 코스는 이만오천 원이었다.

재호 부: 어른들은 뜨뜻한 국물을 먹어야 제대로 대접받는 줄 안다.

남자의 아버지는 갈비탕을 주장했다. 개중 제일 저렴한 식단이라는 것을 굳이 강조하지는 않았다.

수진 모: 요새 누가 탕을 하니. 남들 보기 깔끔한 걸로 해.

양식을 지지하고 나선 것은 여자의 어머니였다. 남자와 여자는 전령사로서의 임무에 지나치게 충실했다.

재호: 수진이네 집에서는 양식으로 하자는데요?

수진: 오빠네 집에서는 갈비탕으로 하자는데요?

재호 모: 여자 쪽에서 참 말도 많구먼. 아, 그렇게 쓸 돈이 많으니 뭘 얼마나 잘해 오려는지.

수진 모: 하나를 보면 열을 안다고. 원 쪼잔하기는. 아, 그냥 서로 알아서 하자고 해.

각자 밥상머리에서 한 담화이니만치 양가 부모들은 당연히 오프 더 레코드를 전제로 하였겠으나 남자와 여자는 너무나 순수했다.

수진: 오빠네 집에서는 여자 쪽이 무조건 남자 쪽 따르는 거라 그랬다는데요.

재호: 수진이네 집에서는 우리 쪽 갈비탕, 그쪽 스테이크 서로 따로 했으면 한다는데요.

수진 모: 보자 보자 했더니 누굴 보자기로 아나!

재호 모: 가만가만 봐줬더니 누굴 가마니로 아나!

완전 무결한 순수란 때론 죄악이라는 것을, 남자와 여자는 그제야 깨달았다. 이골이 났다는 듯 웨딩 홀 매니저가 중재자로 나섰다.

매니저: 이런 경우에는 보통 뷔페로 결정하시죠. 하객 선호도도 뷔페가 단연 일위입니다.

신랑 신부 측 피로연 모두 뷔페로 통일되었다.

(4) 예단

수진: 어머님. 저희 엄마가요. 어머님께서 생각하고 계신, 그

정도를, 말씀해주셨으면 하거든요.'

여자는 경어체에 유의하며 조심스레 말했다. 남자 어머니 앞에만 서면 여자는 왠지 모를 주눅이 들곤 했다. 안 그래도 좁은 이마를 한껏 추켜올리며 남자 어머니가 대답했다.

재호 모: 참 난처하구나. 한 번도 구체적으로 생각을 안 해봐서 말이야. 가서, 어머니께 말씀드려라. 너무 신경 쓰지 말고 기본만 하시라고. 기본만.

기본이 어느 정도인지 감을 잡기 위하여 여자는 다시 인터넷 여성 전용 사이트의 결혼 준비 게시판을 방문했다. '님들, 요즘 예단의 기본은 얼만가요? 참, 참고로 제 애인은 연봉 2,500의 회사원입니다.' 답글이 폭주했다. '신랑이 '사'자가 아니라면 현금 500이면 된답니다. 시부모님 드릴 은수저 세트, 이불 세트, 반상기 세트, 찻잔 세트 등등 현물로 꼭 해야 되는 게 있으니까 현찰은 그 정도면 돼요. 500 보내면 한 200 돌려받죠.' '요즘 시세를 잘 모르시네요. 1000 가면 300 아니면 500 오는 게 주류예요. 시댁이 웬만큼 사는 집이면 나중에 두고 두고 말 들어요. 쓸 때 좀더 쓰는 게 장기적으로 유리하다는 걸 잊지 마세요.' '님, 어디 하자 있으세요? 예단은 구시대의 풍습입니다. 지금까지 키워주신 부모님께 감사하면서 당당하게 몸만 가세요.' '어디 별나라에서 왔나? 저분 말 듣지 말아요. 그 결혼 파토나요. 살아보면 알겠지만 결혼은 진짜진짜 현실이걸랑요.'

여자는 그 중 가장 추천 수가 높은 충고를 따르기로 했다.

'서두르지 마세요. 남자가 집 얻는 거 보고 그 다음에 예단

홈드라마 **159**

액수 결정해도 늦지 않답니다.'

(5) 집

신혼집, 이름만으로도 황홀한.

서울 경기 일원의 높디높은 전셋값은 새삼스러운 것이 아니었다. 남자는 장남이었다. 남자의 아버지는 흰 앞치마를 입고 방글거리는 일일 연속극 속 며느리들에게 판타지를 품고 있었다. 직장 생활 이 년차, 남자의 수중에는 이제 막 붓기 시작한 주택 청약 통장과 할부 기간이 삼십 개월 남은 소형 자동차, 그리고 카드 빚 약간이 있을 뿐이었다. 남자가 제 의사를 활발히 개진하기에는 애초부터 무리가 있는 구도였다.

재호 모: 다 너희들 잘되라고 그러는 거지. 아버지가 괜히 같이 살자고 하시겠니.

재호: ……

사실 조금만 헤아려본다면 부모와 함께 사는 것이 남자 자신에게 여러모로 이익이라는 것을 금방 알 수 있었다. 맞벌이가 필수인 시대였다. 지금도 애인의 일거수일투족에 신경을 쏟으며 어제 누굴 만났느냐, 술 많이 먹지 마라, 카드 긁지 마라, 잔소리를 해대는 여자친구가 전업 주부가 되어 집에서 하루 종일 자신만을 기다린다고 생각하면 와락 짜증이 밀려왔다. 바가지 긁는 아줌마와 살고 싶은 마음은 추호도 없었다. 아이가 태어나면 엄마가 맡아서 키워주실 테고 생활비에 쪼들릴 일도 없을 터였다. 이따금 신선한 기분을 느끼고 싶어지면 지금처럼 러브호텔을 이용하면 될 것이고, 더욱이 몇 년 안에 동생이 장가가고 나면 45평 아파트는 자연스레 남자의 몫으로 굳어질 터였다. 이쯤에까지 생각이 미치자 하해와 같은 부모의 사랑에 눈시울이 뜨거워질 지경이었다.

문제는 여자였다. 여자는 신혼집이 확정되지 않은 데 대해 심히 조바심을 내고 있었다.

수진: 집 얘기 아직도 없으셔? 금방 백화점 세일인데 몇 평인지 알아야 나도 대강 예산을 세울 거 아냐.

자장면 그릇 속에 눈길을 박은 채로 남자가 고백했다.

재호: 수진아, 사랑한다.

수진: 왜 그래, 느닷없이.

그들은 오 년째 사귀어온 연인이었다. 불길한 예감에 여자는 남자를 빤히 쳐다보았다.

수진: 왜, 왜? 우리보고 대출 받으래? 못 해주신대?

결정적인 순간에는 잠시 뜸을 들여야 한다는 것을 남자는 알고 있었다.

재호: ……내가 고민 많이 했는데 말이야. 너도 알다시피 내가 장남이잖냐.

여자의 동공이 튀어나올 듯 커졌다.

수진: 그래서?

재호: ……아무래도 우리가 모시고 사는 게 도리일 거 같다.

여자가 꿈꿔온 결혼 생활은 또래 집단 평균의 그것과 크게 다를 바 없었다. 흰 프릴이 달린 커튼, 앙증맞은 이인용 식탁, 32

인치 완전 평면 텔레비전, 세피아 톤으로 현상한 결혼 액자. 그리고 자유! 귀가 걱정 없이 심야 영화를 관람할 자유, 부모에게 둘러댈 필요 없이 사랑하는 사람과 여행 갈 자유, 국에 밥을 말아먹든 밥에 국을 말아먹든 아무에게도 간섭받지 않을 자유. 결혼에 대한 여자의 소박한 기대는 진정으로 그게 다였다. 그런데 남자는 지금 여자의 꿈을 와장창 박살내는 발언을 저토록 무신경하게 툭 뱉어내고 만 것이다. 그러고도 모자라 먹던 자장면을 입 안에 마저 처넣고 있는 것이다. 여자의 절망과 분노는 깊디깊었다. 여자의 음성은 바들바들 떨리고 목덜미엔 푸르스름한 핏줄이 섰다.

수진: 오빠가, 오빠가 어떻게 나한테 이럴 수 있어.

여자가 이렇게까지 히스테릭하게 나올 줄 몰랐던 남자는 엉겁결에 목청을 높였다.

재호: 야, 내가 뭐 어쨌다고 그래?

수진: 그걸 몰라서 물어? 어떻게…… 어떻게…… 같이 살자는 말이 나올 수가 있어?

재호: 에이 씨, 너 좀 심하다. 우리 부모님이 무슨 전염병 환자냐.

남자의 입술에 춘장 찌꺼기가 묻어 번들거렸다. 풍선을 빼앗긴 일곱 살짜리 아이처럼 여자가 갑자기 울음을 터뜨렸다.

절정

　수진: 일단 우리 엄마 아빠한테는 비밀로 하겠어. 우리 엄마 저혈압 있는 거 알지?

　마지막 말을 남긴 채 여자는 차에서 내렸다. 제법 호소력 있는 목소리였다. 남자는 신경질적으로 핸드폰을 집어들었다.

　재호: 야, 나와라. 오늘 형님이 쏜다.

　친구 1: 나쁜 놈. 평소에는 코빼기도 안 보이던 놈이 장가갈 때 되니까 인맥 관리하냐. 오늘은 마누라 어디 갔냐?

　재호: 나올 거야, 안 나올 거야? 오늘 한번 망가지자니까.

　친구 1: 그럼 어디 단란한 데 가는 거냐.

　재호: 기분이다. 형이 오늘 북창동 한번 쏜닷.

　친구 1: 너 이 새끼, 나중에 뿜빠이하자 그러면 죽어!

　그날 밤 그들은 사나이답게 완전히 망가졌다. 약속대로 일차, 이차, 삼차의 계산대에서는 모조리 남자의 신용카드가 쓰였다.

　한편 여자는 친구를 불러내는 데 실패했다.

　수진: 뭐 해?

　친구 2: 뭐 하긴, 오빠랑 있지. 왜, 너는 너네 오빠 안 만났어?

　수진: 으응.

　친구 2: 싸웠구나. 결혼 앞두고 다들 그렇대. 언제 오빠들이랑 넷이 한번 만나자.

수진: 응, 그러자.

여자는 가볍게 한숨을 쉬고 전화를 끊었다. 곧이어 첫사랑의 전화번호를 누른 것은, 거절당하지 않을 누군가가 필요했기 때문이었다.

수진: 여보세요.

첫사랑: ……수진이구나.

첫사랑은 여자의 이름을 삼 초 만에 불러주었다. 여자는 울컥 목이 메었다. 그날 밤 그들은 상견례도, 예단도, 아파트도 개입하지 않아 순진무구했던 옛 시절을 추억하며 외롭지 않은 밤을 보냈다.

남자와 여자 사이의 연락이 두절된 지 열흘이 넘어가고 있었다. 전에 없던 일이었다. 디데이까지 석 달이 좀 넘게 남아 있을 뿐이었다. 여자는 무표정한 얼굴로 집을 나섰다가 무표정한 얼굴로 늦게 귀가하곤 했다. 어떤 날엔 맥주 냄새를 풍기며 들어오기도 했다. 드레스는 흰색으로 할까 아이보리로 할까 밥솥은 압력이 좋을까 보온이 좋을까, 입만 열면 재잘거리던 소리도 쏙 들어가버렸다. 여자의 어머니는 무언가 일이 틀어지고 있음을 직감했다.

수진 모: 왜애, 둘이 싸웠니?

수진: 엄마 그리고 아빠. 죄송해요.

기어 들어가는 음성이었다. 여자의 부모는 입을 벌리고서 서로의 얼굴을 마주 보았다.

수진: 우리, 헤어졌어요.

여자의 어머니가 뒷목을 잡고 주저앉았다. 상황은 새로운 국면으로 돌입했다. 남자가 긴급 소환되었다. 현관을 들어서는 남자는 약간 살이 마른 듯 초췌해 보였다. 그 와중에 손에는 홍삼 선물 세트를 들고 있었다. 겸연쩍게도 여자는 조금 안심이 되었다. 여자의 아버지는 핵심으로 바로 진입했다.

수진 부: 자식 많이 낳아 기르는 세상도 아니고 나는 딸이나 아들이나 똑같이 키워왔네.

재호: 죄송합니다.

수진 부: 좋은 게 좋은 거 아니겠나. 어찌 되었든 둘이 같이 살 집인데 우리 쪽에서도 얼마큼 생각하고 있다고 전해드리게.

재호: 면목이 없습니다, 아버님.

남자의 아버지는 처음에는 짐짓 불쾌한 기색을 드러내었으나 피차 부모 된 입장에서 상대편의 자식 사랑을 받아들이기로 결정했다. 사태는 극적 타결을 보았다. 남자 아버지는 흔연히 신도시 열아홉 평 아파트의 전세비 오분의 삼을 내놓았다. 오분의 일은 여자 아버지가 보탰고 나머지는 남자의 이름으로 가계 대출을 받았다.

전세 계약서에 도장을 찍던 날, 남자와 여자는 두 손을 꼭 맞잡고 자신들이 신혼을 보낼 아파트 단지를 거닐었다. 겨우 두 달간 참 많은 일을 겪었다. 사랑이 아니라면 못 해낼 일이었다. 그들은 거친 풍파를 함께 극복해낸 장한 연인이었다. 신혼집은 111동에 있었다. 111동 외벽에는 분홍색 비둘기가 한 마리, 날

아갈 듯 그려져 있었다. 남자와 여자는 고개를 한껏 빼고 13층을 올려다보았다. 고만고만한 창문들 사이에서, 1305호가 어디인지 가늠키는 어려웠다.

결말

웨딩 카는 남자의 친구가 준비했다. 뜨거운 북창동의 밤을 불살랐던 그 친구였다.
친구 1: 우리 외삼촌한테 빌려온 거야. 죽이지?
와이퍼에 흰 장갑을 씌우고 오색 풍선을 매단 대형 세단의 뒷좌석에서 남자와 여자는 김밥을 먹었다.
친구 2: 지금 이거라도 안 먹어놓으면 이따 저녁때까지 쫄쫄 굶는다.
김밥을 사온 여자의 친구가 생색을 냈다. 여자는 루주가 지워질까 봐 조심조심 밥알을 씹었다. 남자가 생수 병에 빨대를 꽂아 건네주었다.
수진: 지연아, 나 눈 화장 너무 진하지? 아무래도 되게 이상한 거 같아.
여자는 메이크업이 불만이었다. 미장원을 나오면서부터 눈 화장에 대해 벌써 다섯번째 묻고 있었다.
재호: 야, 예뻐, 예뻐. 호박에 줄 긋는다고 수박 되냐.
여자가 남자를 째려보았다. 뽀얗게 파우더를 바르고 연갈색

립글로스로 입술을 칠한 남자의 얼굴을 보자 쿡, 웃음이 났다.

수진: 호호, 오빠, 연극배우 같아.

재호: 아이 씨, 뭐야. 쪽팔리게. 영화배우면 또 몰라도.

남자가 밉지 않게 인상을 구겼다. 집 문제가 해결되고 나서도 소소한 트러블들은 계속 있었다. 이를테면 결혼 반지의 중량, 한복의 디자인, 신혼집의 도배 장판 비용 같은 것들. 말 그대로 능선을 굽이굽이 넘어 여기까지 왔다. 이렇게 힘든 줄 몰랐으니 시작했지, 두 번은 절대 못 해. 남자와 여자는 저마다 친구들을 상대로 하소연하곤 했다. 그래도 할 수 있냐, 남들도 다 그렇게 사는걸, 숙제 끝났다고 생각해. 그런 위로를 받으면 한결 기분이 나아졌다.

드디어 식이 시작되었다.

사회자: 바쁘신 중에도 참석해주신 하객 여러분께 진심으로 감사드리며, 지금부터 신랑 김재호 군과 신부 박수진 양의 결혼식을 거행하겠습니다. 예식에 앞서 양가 어머님들께서 화촉을 밝혀주시겠습니다.

옥색 한복을 입은 남자 어머니와 살구색 한복을 입은 여자 어머니가 나란히 손을 잡고 입장하여 단 위의 촛대에 불을 밝혔다. 주례는 전직 국회의원이며 야당의 모 지구당 위원장인 인사가 맡았다. 남자 아버지의 고향에서 제일 성공한 사람이었다. 신부를 데리고 입장하던 여자 아버지가 너무 빠른 걸음으로 걸었기 때문에 객석에서 잔잔한 웃음 소리가 터졌다. 주례는 성혼 선언문을 낭독한 다음, 두 사람은 이제 한 배를 탔다는 요지의 고전적인 주례사를 했다.

  그토록 바라던 시간이 왔어요. 모든 사람의 축복에 사랑의 서약을 하고 있죠. 세월이 흘러서 병들고 지칠 때 지금처럼 내 곁에서 서로 위로해줄 수 있나요. 함께 걸어가야 할 수많은 시간 앞에서 우리들의 약속은 언제나 변함없다는 것을 믿나요.

  축가를 듣는 신부의 뺨 위에 투명한 눈물 한 방울이 도르르 굴러 떨어졌다. 여자의 어머니도 손수건으로 눈물을 찍어냈다. 따뜻하고도 아름다운 장면이었다. 하객들이 짝짝짝, 힘껏 박수를 쳤다.

에필로그

  학명 콘딜로마, 속명 곤지름. 성 접촉에 의한 바이러스성 질환. 사마귀 모양의 작은 돌기들이 성기 주변에 열꽃처럼 확 피어난다. 여자를 진찰한 산부인과 의사와 남자를 진찰한 비뇨기과 의사는 똑같은 병명을 댔다. 금방 허니문을 떠나야 했으므로 남자와 여자는 성실히, 그리고 묵묵히 치료를 받았다. 영원히 혼자 간직할 비밀 하나쯤은 괜찮을 것 같기도 했다. 신혼여행은 태국의 휴양지로 다녀왔다. 양가의 아버지들을 위해서는 가오리 가죽으로 만든 지갑을, 어머니들 선물로는 벌꿀과 진주크림을 샀다. 신혼집은 둘이 살기에 알맞았다. 알 수 없는 곳으로부터 가끔 윤이 나는 흑갈색 바퀴벌레 떼가 스멀스멀 기어 나오기도 했으나 해충 약을 뿌리면 곧, 사라졌다.

〔『작가세계』, 2003년 봄호〕

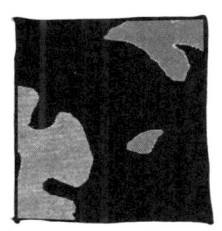

신식 키친

신식 키친

뱀

　다큐멘터리 채널 속의 여자는 커다란 비단뱀을 온몸에 친친 감고 있다. 뱀은 반드르르 윤기가 흐르는 연초록빛 몸뚱이를 가졌다. 뱀이 여자의 어깻죽지에 대가리를 걸치고 나른하게 입을 비틀 적마다 양귀비꽃처럼 새빨간 혓바닥이 날름 드러났다 사라진다. 화면 속의 여자는, 한 가닥씩 땋아올린 단단한 똬리 모양의 머리를 가로저으며 말한다.
　삼십 년 동안 함께 살아왔어요. 이젠 한몸이 되어버린걸요.
　자막으로 번역된 이방(異邦)의 언어를 읽지 않고 그녀는 리모컨의 넥스트 버튼을 누른다.

덴마크식 다이어트

아침—삶은 달걀 1개, 자몽 1개, 블랙커피.

점심—삶은 달걀 2개, 자몽 1개, 토스트 1장, 블랙커피.

저녁—등심 200그램, 토마토 1개, 오이 1/2개, 블랙커피.

주의 사항: 덴마크식 다이어트 식단의 모든 요리에는 절대 소금을 넣어서는 안 된다. 소금은 몸이 수분을 흡수하기 쉬운 상태로 만들어 붓는 원인이 되기 때문이다. 커피에는 아무것도 넣지 말아야 한다. 블랙커피는 칼로리가 0일뿐더러 이뇨 작용까지 하여 다이어트에 도움이 된다. 배가 고파 참을 수 없을 때는 연한 블랙커피 한 잔으로 빈속을 달래는 것도 좋은 방법이다.

할리 퀸

오늘 빌려갈 책들을 계산대 테이블 위에 올려놓는다. 『마지막 정열』과 『지중해에서 만난 남자』.

고객 번호가 어떻게 되시죠?

하관이 빠른, 처음 보는 얼굴의 남자다. 늘 카운터에 앉아 있던 아르바이트생 여자아이는 어디로 간 것일까. 그 아이는 핸드폰 문자 메시지를 보내거나 신간 소녀 잡지의 연예 가십난을 읽느라 바빠 단골손님의 도서 대여 기록 같은 데에 관심을 가질 여력은 없어 보였다.

전에 빌려 가셨던 건데요.

그녀는 입꼬리를 이지러뜨리며 애매한 표정을 짓는다.『마지막 정열』은 세번째,『지중해에서 만난 남자』는 두번째였다.『마지막 정열』의 주인공 제니퍼는 여행사 직원이고,『지중해에서 만난 남자』의 안젤라는 가정교사다. 제니퍼는 이집트 귀족 카산과 결혼하고, 안젤라는 그리스 선박 재벌 제롬의 아이를 갖는다. 도서 대여 기록을 조금만 꼼꼼히 살펴본다면 그녀가 이미 가게 안에 진열된 모든 로맨스 소설을 한 번 이상 빌린 적이 있다는 사실을 알게 될 것이다. 할리 퀸 로맨스 신간은 열흘에 한 권씩 출간되고, 그녀는 하루 한 권씩의 소설을 읽는다. 카운터의 남자는 그녀의 얼굴을 흘끗 올려다본 다음 굼뜬 동작으로 바코드를 찍어 건네준다. 그녀는 문고판 사이즈의 할리 퀸 두 권을 가방 속에 쑤셔넣는다.

아파트 지하상가의 슈퍼마켓 안은 저녁거리를 사러 나온 주부들로 가득하다. 쇼핑 카트의 바퀴를 똑바로 밀고 앞으로 전진하기 어려울 정도다. 통로를 가로막고 어정대는 계집아이, 나 몰라라 애도 팽개친 채 과일 고르기에 여념 없는 젊은 여자, 아무리 작은 틈이라도 무조건 밀고 들어오면 된다고 믿어 의심치 않는 늙은 여자, 그 불쾌한 엉덩이, 엉덩이들. 그녀는 이내 카트를 포기하고 군데군데 칠이 까진 샛노란 장바구니를 집어든다.

미나리는 표면에 자디잔 물방울을 머금고 있다. 국물이 맹렬한 기세로 끓어오를 때, 냄비의 뚜껑을 열고 깨끗하게 손질한

미나리를 넣으면 그가 좋아하는 생선매운탕이 완성된다. 칼칼한 냄새가 그녀의 빈속을 알싸하게 자극한다. 육류 코너로 자리를 옮긴다. 유리 쇼윈도 안의 생고기들을 바라보다 집어든 것은 통째 진공 포장된 생닭이다. 야들하고 투명한 껍질 아래로 분홍빛 살이 어른어른 비치고 있다. 그 한가운데로 벼린 칼날을 스윽, 밀어넣은 다음 뼈와 뼈 사이 연골을 찾아내어 가볍게 내리치는 상상을 한다. 파삭하고 고소한 육질이 입 안 가득 퍼지는 것 같다. 저지방 요구르트 여섯 개들이 한 팩의 값을 지불하고 나서 그녀는 그곳을 나온다.

아파트 상가에서 집까지 가는 지름길은 어린이 놀이터를 가로지르는 것이다. 십이월답게 제법 쌀쌀한 날씨인데도 놀이터 벤치에는 아이들을 데리고 나온 여자들 여럿이 모여 앉아 있다. 그녀는 놀이터를 건너지 않고 빙 도는 길을 선택한다. 아파트 건물과 건물 사이 하늘에는 실핏줄이 터진 것처럼 노을이 벌긋벌긋 번져가고 있다. 문을 열자마자 쓴 약 같은 담배 냄새가 훅 끼쳐온다. 그녀는 반사적으로 현관 바닥을 내려다본다. 아무것도 없다. 안창 위에 우레탄 깔창을 덧대어 키가 커 보이도록 만든 그의 구두는 보이지 않는다. 현관 옆 작은방은 꼭 닫힌 채다. 방문을 여는 그녀의 손이 조금, 떨린다. 갈색 하이 팩 의자와 나무 책상, 그 위의 낡은 컴퓨터까지, 방 안의 풍경은 그대로다. 그녀는 아무도 듣지 않을 한숨을 길게 내쉬고 화장실로 들어간다. 얼룩 무늬 타일을 밟고 서서 오래도록 손을 씻는다. 익숙한 허기가 가만가만 복받쳐오른다.

금기

생맥주 500cc―185Kcal, 자장면 1그릇―660Kcal, 쌀과자 1봉지―810Kcal, 단팥빵 1개―349Kcal, 바나나 1개―112Kcal, 사발면 1개―447Kcal, 치즈버거 1개―476Kcal.

혀

저녁 시간, 예고도 없이 그가 집에 머무르는 것은 드문 일이었다. 가을이 시작될 무렵이었다. 그녀가 초저녁에 퇴근했을 때 어쩐 일인지 그가 식탁 의자에 오도카니 앉아 있었다. 그녀는 부랴부랴 쌀을 안치고 찌개거리를 준비했다.

나 곧 가게 될 것 같아.

한소끔 끓어오르는 국물을 숟가락으로 떠 막 입술에 대던 참이었다. 숟가락은 너무 뜨거웠고 그녀는 순간적으로 혀를 뎄다. 그는 등을 보인 자세로 식탁 의자에 앉아 있었다. 그녀가 서 있는 가스레인지 앞에서는 그의 뒷모습만 보였다. 코발트빛 셔츠에 감싸인 그의 왜소한 어깨뼈는 꼼짝도 하지 않았다. 방금 덴 혀끝이 알알해져왔다. 그녀는 그의 뒷모습에서 황급히 시선을 뗐다. 냄비 밑바닥에서부터 부그르르 거품이 소용돌이치며 끓어 넘치고 있었다. 그녀는 짐짓 태연한 손놀림으로 가스 밸브를 잠그고, 나무 도마 위에 두부를 올려놓고 각지게 자르기 시작했다. 모든 것은 제자리에 놓여 있는데, 빨간 플라스틱 손잡이가 달린 부엌칼, 도마 바닥에 밴 김치 국물 자국까지도 그대로인데 네모반듯하게 썰어도 두부는 자꾸만 뭉그러졌다. 눈 높이에 난 작은 창 너머 핏빛 해가 느릿느릿 이울어가고 있었다. 곧 땅거미가 지고 안개처럼 어둠이 창가로 스며들었다. 건너 동(棟)의 거실마다 하나, 둘, 형광등 불빛이 켜지는 모습을 바라보며 그녀는 한없이 천천히 칼을 놀렸다.

찌개 냄비를 들어 식탁 위에 옮겼을 때 그는 이미 나가버리고 난 뒤였다. 전기 밥솥을 열자, 얼굴로 화악 뜨거운 김이 올라왔다. 아무도 지나가지 않은 눈밭처럼 새하얀 쌀밥을 공기 가득 퍼 담았다. 느리게 팔을 들어 숟가락을 입으로 가져갔다. 포근포근하고 뜨듯한 느낌이 입 안 가득 퍼졌다. 어금니로 찬찬히 씹어보았다. 폭신한 밥 알갱이들이 잇새에서 이겨지는 맛은 달큼하고 애틋했다. 덴 혓바닥에 돋아난 상처가 밥알들 틈에 보드랍게 파묻혔다. 숟가락질이 점점 빨라졌다. 순식간에 밥공기의 바닥이 보였다. 마취한 듯 위(胃)에는 아무 감각도 없었다. 숟가락을 놓자 등뼈와 어깻죽지가 혼곤해지고 온몸에 맥이 풀려왔다.

그날 이후에도, 크게 달라진 일은 없었다. 그는 여전히 늦은 밤 열쇠로 문을 열고 들어와 작은방으로 들어갔다. 그녀는 언제나처럼 일곱시에 일어나 마을버스와 지하철을 갈아타고 구청에 출근했으며, 간유리 칸막이 뒤에 앉아 여권 증지를 팔았다. 날이 추워질수록 어디론가 떠나는 사람들이 늘어나는지 여권 민원과는 붐볐고, 지폐를 스티커 모양의 영수증으로 바꾸어주는 그녀의 손가락도 쉴 틈이 없었다. 대체로 무난한 나날이었다. 다만 혀를 덴 뒤 그녀는 종일 배가 고팠다.

닭을 먹기 좋은 크기로 토막 친 다음 칼칼한 청양 고춧가루로 양념을 하고 다시마 우린 물을 부어 자작자작 끓여낸 닭도리탕, 피눈물처럼 아릿아릿 연한 육즙이 스며 있는 비프스테이크, 한 입 베어 물 때마다 쫀득한 모차렐라 치즈가 길게 늘어지는 이태리식 피자까지. 그 맛이 떠오르는 순간 침샘에 타액이 솟구치고, 걷잡을 수 없는 조바심이 가슴으로부터 전신으로, 손가락 끝마디와 발뒤꿈치까지 퍼져갔다. 만원권 지폐를 세는 동안에도, 민원인에게 거스름돈을 건네는 동안에도 그녀는 극심한 헛헛증에 시달렸다. 퇴근길마다 먹을거리들을 잔뜩 사서 허둥지둥 집에 돌아와서야 제가 사온 것들이 냉동 돈가스, 애호박, 그릴용 화이트 소시지, 일회용 카레 소스 따위의 서로 섞일 수 없는 재료라는 사실을 깨닫곤 했다. 그녀는 별 아랑곳없이 화이트 소시지에 카레 소스를 끼얹어 아귀아귀 입속으로 처넣었다. 가을이 그렇게 깊어갔다.

일상

목욕—100Kcal, 진공청소기 돌리기—82Kcal, 다림질하기—76Kcal, 화장하기—57Kcal, 앉아서 사무 보기—50Kcal.

신식 키친 **179**

마늘

드시는 건 아주 쉬워요. 물이나 저지방 우유 한 컵에 분말 한 스푼씩을 타서 그대로 마시면 되죠.

중년의 여자 약사는 분유통 크기의 플라스틱 용기 세 개를 꺼내 테이블 위에 나란히 늘어놓는다. 그녀는 그 거침없는 손동작과 기름한 손가락을 훔쳐본다.

몇 살이시죠?

서른.

약사는 표정도 바꾸지 않고 그녀의 신상을 성실히 기록한다. 볼펜을 잡은 손에 힘을 줄 때마다 손등 위로 파란 실핏줄들이 불거진다. 그녀는, 제 오른쪽 손바닥으로 왼쪽 손등을 감싼다. 누룩처럼 부풀어오른 살덩어리에서는 정맥을 짚어낼 수 없을 것이다.

지금 몸무게가 얼마지요?

그녀는 고개를 들지 않는다. 다 이해한다는 듯, 어색한 침묵을 밀어내며 약사가 조근조근 설명한다.

어쨌든 과체중은 위험해요. 미용적인 목적도 중요하지만 심각한 비만이 되면 합병증도 올 수 있거든요. 내부 장기나 혈관에까지 지방이 쌓인다고 생각해봐요. 심장이나 대동맥 주변에 지방이 쌓이면 고혈압, 뇌졸중 같은 혈액 순환계 질환에 쉽게 노출되지요.

눈꽃처럼 지방이 점점이 박힌 차돌박이를 떠올린다. 지금 제 몸의 어느 한 면을 절단하면 눈부시게 하얀 지방 꽃들이 피어 있을까. 약사의 나직한 목소리가 대형 약국 안에 울려 퍼진다. 그녀는 여전히 고개를 숙이고 약사의 가느다란 팔목에서 시선을 떼지 않는다.

그것뿐이 아니에요. 비만은 대사성 호르몬 장애를 가져오고, 그에 따른 자궁 이상이 불임의 한 원인이 될 수 있어요. 일단 체중을 줄이셔야 임신 가능성이 높아지고 건강한 아기를 낳을 수 있는 몸이 되는 거예요.

자궁 안에도 기름 덩어리들이 켜켜이 쌓여 있을까. 그녀는 아랫입술을 깨문다.

무엇보다 본인의 노력과 의지가 제일 중요해요. 하루에 두 끼 이상 이 제품을 드시는 일이 고통스러우실 수도 있어요. 그렇지만 좋은 날을 위해서 참으셔야죠. 웅녀도 마늘만 먹고 참았잖아요.

자신의 비유가 썩 마음에 들었는지 약사는 볼그족족한 잇몸을 드러내고 웃는다. 그녀는 의료 보험이 되지 않는 약값을 지불하고, 쇼핑백에 담긴 플라스틱 통을 받아든다. 밖으로 나오자 짧고 푸진 초겨울 햇살이 이마 위로 무참히 쏟아진다. 그녀에게 할애된 점심 시간은 아직 삼십 분이나 남았다. 그녀는 구청 반대쪽을 향해 걷는다.

이은경씨는 오늘도 안 먹을 거야?

또 다이어트하는구나? 젊을 땐 모르지만 늙으면 몸 상한다니까.

그러게. 배도 안 고픈가 봐. 나중에 봐라. 위장에 빵꾸 나지.

그녀는 구청 식당에서는 밥을 먹지 않는다. 열두시가 되면 청록색 제복을 입은 공익근무요원들이 구내식당 밖까지 길게 줄을 선다. 긴소매를 척척 감아올리고 땀내를 풍기며 밥을 먹는 그들 곁에서는 도저히 음식을 먹을 수 없다. 젊은 여직원들은 무심한 척 저희들끼리 깔깔대며, 그들의 옹골찬 팔 근육을 힐끔거리곤 했다. 그러나 뚱뚱한 여자가 젓가락으로 나물 반찬을 깔짝거린다면 모두의 웃음거리가 될 것이 분명하다는 게 그녀의 생각이었다.

그녀는 횡단보도 앞에 발을 멈춘다. 일제히 앞만 보고 서서 신호를 기다리던 사람들이 보행 신호가 들어오자 일사불란하게 길을 건너기 시작한다. 그녀도 그 틈에 섞여 재게 움직이려 애쓴다. 길 건너에는 버거킹이 있다. 잠시 망설이다가 그녀는 치즈가 들어가지 않은 햄버거와 감자튀김, 콜라로 구성된 세트 메뉴를 주문한다. 주문대의 아르바이트생이 음료수를 뽑는 동안 마음이 흔들린다. 치즈 한 장의 추가 요금은 사백 원이다.

쟁반을 들고 이층 계단을 오른다. 화장실 옆 구석에 자리를 잡는다. 햄버거를 싸고 있는 코팅 포장지 위로 따뜻한 기운이 전해진다. 그녀는 햄버거를 한입 베어 문다. 손에 묻은 튀김 기름까지 쪽쪽 빨아먹고 난 다음에야 한쪽 의자에 놓여 있는 쇼핑백이 눈에 들어온다. 초콜릿 색 플라스틱 통을 꺼내 뚜껑을 돌려본다. 코코아 가루 같은 밤색 분말이 가득 들어 있다. 초콜릿 색깔 가루를 한 숟가락 떠서 삼분의 일쯤 남은 콜라 컵에 넣고 빨대로 젓는다. 아무리 휘저어도 밤색 입자들이 뭉근히 가라앉지 않고 콜라 위로 둥둥 뜬다. 조심스레 한 모금 마셔본다. 들큼하면서도 뒷맛이 비릿하다. 다른 어떤 음식도 먹지 않고 웅녀처럼 견딘다. 거기까지 생각하자 참을 수 없을 만큼 격렬한 허기가 느껴진다. 그녀는 숨을 멈추고 초콜릿 맛 콜라를 벌컥벌컥 들이켠다. 금세 토기(吐氣)가 온다. 버거킹 여자 화장실의 양변기 안에 얼굴을 박고 그녀는 속엣것을 말끔히 게워낸다.

바비 Barbie

1957년 미국 TOY FAIR에서 태어난 바비 인형은 이제 전 세계 소녀들의 가장 친한 친구가 되었습니다. 우리의 바비는 세계 소녀들이 당당하고 아름다운 여성으로 성장할 수 있도록 꿈과 희망을 불어넣어줍니다.

열쇠

캄캄한 어둠 속으로 초인종 소리가 울려 퍼진다. 그녀는 바로 눈을 뜨지 못하고 소파 쿠션에 이마를 비빈다. 누군가 쿵쿵 밟고 걸어가는 것처럼 관자놀이가 쑤신다. 초인종 소리는 아직 끊어지지 않고 있다. 한 손으로 이마를 짚으며 간신히 몸을 일으켜 세운다. 몸보다 먼저 발이 휘척휘척 벨소리를 향해 걷는다. 현관 바닥에 쓸리는 맨 발이 선뜩하다. 손잡이를 비틀어 문을 연다. 문 앞에는, 그러나 아무도 없다. 검푸른 새벽이다. 코끝으로 시린 냉기가 느껴진다. 그녀는 고개를 좌우로 돌리며 긴 복도를 둘러본다. 세 집 건너 문 앞에 서 있는 남자가 눈에 들어온다. 남자는 벽에 이마를 붙인 듯 다가서서 손바닥으로 초인종 위를 짚고 있다. 술을 먹었을 것이다. 그는 열쇠를 놓고 다니는 사람이 아니다. 그녀는 힘껏 문을 닫는다.

걸쇠를 올리며 세 집 건너 902호 여자의 얼굴을 떠올려본다. 쉽게 생각나지 않는다. 대단지 아파트. 이 동네 여자들은 다 똑같이 생겼다. 목선까지 내려오는 스트레이트 파마 머리를 하나로 동여매거나 뒤통수를 둥글게 부풀려 올린 커트를 하고 다닌다. 초인종 소리는 곧 끊긴다. 그녀는 손가락으로 긴 앞 머리칼을 쓸어 넘긴다. 하품이 저절로 비어져 나온다. 그제야 온 집 안에 불을 켜두었다는 걸 깨닫는다. 시계의 큰바늘과 작은바늘이 4자(字) 근처에서 엇비스듬히 겹쳐 있다. 『지중해에서 온 남자』는 소파 아래 마룻바닥에 아무렇게나 떨어져 있다. 잠깐 주저하다 스위치를 내려 불을 끈다.

　방으로 들어가, 시트를 젖히고 침대에 눕는다. 이불을 정수리께까지 덮어쓴다. 새 날이 밝아오고 있다. 그와 함께 살기 시작한 뒤 이런 일은 처음이다. 그는 신사동의 와인 바에서 대리 주차 일을 했다. CLK나 SLK 같은 이름을 그녀는 그에게서 처음 들었다. 프랑스산 와인과 치즈를 먹으러 오는 사람들을 위해 차를 대어주고, 천 원씩의 서비스 요금을 받는 일. 그저 그러려니 할 뿐 그것이 어떤 일인지 그녀는 잘 몰랐다. 그는 우리나라에서 만들어진 차뿐 아니라 외제 차 대부분을 다 몰아보았다고 했다. 미국 차와 독일 차는 엔진 소리부터 다르다고, 미국 차는 덩치만 클 뿐 밟아도 잘 안 나간다고 덧붙이기도 하였다.

　그녀는 엄지손가락을 입 안으로 쑥, 밀어넣는다. 그의 성기가 몸 안을 파고들어오는 것처럼 말랑하고 따뜻하다. 입술을 동그랗게 오므려 손가락을 쭉쭉 빨아본다. 그녀는 한 번도 그의 성기에, 혹은 손가락에조차 입술을 대어본 적이 없다. 그녀는 오렌지 맛 막대사탕처럼 엄지손가락을 핥으며 베개에 얼굴을 파묻는다. 마취약처럼 아련하게 그의 체취가 맡아진다. 그의 벗은 몸은 희고 앙상하다. 전에 다른 남자의 벗은 몸을 본 일은 없으나, 그의 근육과 골격이 유난히 작고 말랐다는 사실은 그녀도 알고 있다. 처음 나란히 섰을 때 그의 키는 그녀의 눈썹 가에 닿았다. 그녀는 무릎을 살짝 굽혔다. 여권과 근무 4년 만이었다. 그는, 그녀에게 데이트 신청을 한 첫번째 민원인이었다. 첫 데이트 내내 그가 자신을 너무 큰 여자라고 생각할까 봐 그녀는 옹송그린 어깨를 펴지 못했다. 그는 잘생긴 남자는 아니었다. 역삼각형의 두상은 몸에 비해 지나치게 컸고, 빈약한 상체에 비해 다리는 짧고 뭉툭해서 어딘가 전체적인 비례가 맞지 않아 보였다.

눈 밑에 점이 있으면 슬픈 일이 많이 생긴다는데, 그거 빼지 그래요.

그녀도 잊고 있었던, 얼굴 살에 파묻힌 왼 눈가의 깨알만 한 점에 대해 남자가 일깨워주었을 때 그녀는 하마터면 눈물을 흘릴 뻔했다. 그가 블라우스 속으로 손을 넣어 젖가슴을 처음 만지던 날을 생생히 기억한다. 접힌 뱃살이 그의 손에 닿을까 봐 한사코 앞섶을 여몄으나, 그는 고집스럽게 차츰차츰 그녀 품을 파고들어왔다. 그녀의 맨살을 쓰다듬던 그 축축한 손바닥, 미세한 손금의 움직임. 뚱뚱하고 거무튀튀한 그녀의 몸피 위에서 숨을 몰아쉬며 파르르 떠는 그의 가느다란 어깨뼈를, 그녀는 눈 속에 담아두었다. 이 땅을 떠나는 것은 그의 오랜 꿈이었다. 하나뿐인 그의 누나가 캐나다, 빅토리아에 살고 있다고 했다.

그곳에서 자동차 정비소를 내게 될 거야. 거기 사람들은 오후 세시까지밖에 일하지 않아. 저녁에는 대학에서 컴퓨터 사이언스를 공부할 거야.

그가 자동차 정비 기술을 가지고 있다는 말은 듣지 못했다. 그러나 그녀는 고개를 끄덕여주었다. 다만 굵고 녹슨 못으로 긁힌 듯 마음 한구석이 쓰라리고 아팠을 뿐. 그와 함께 살기 시작한 지 일 년이 지났지만 그의 여권은 아직도 작은방 컴퓨터가 놓인 책상 서랍 속에 보관되어 있다. 그녀는 돌연히 이불을 걷고 일어난다. 어두운 집 안을 가로질러 찬장을 열고, 손에 잡히는 대로 라면 봉지들을 집어든다. 가장 큰 사이즈의 냄비를 꺼낸다. 넓고 우묵한 전골 냄비다. 싱크대 수도꼭지를 틀어, 냄비의 삼분의 이 지점까지 물을 받는다. 냄비를 가스 레인지에 올리고 불을 켠다. 새파란 불꽃이 활활 인다. 불의 세기를 조절하지 않는다. 강력한 화력은 곧, 삼중으로 설계된 내열 냄비 바닥을 뜨겁게 달굴 것이다. 물이 끓기 시작한다. 유리 뚜껑을 통해 퐁퐁 솟아오르는 투명한 기포들이 보인다. 라면 봉지에서 면을 꺼내어 끓는 물 속에 하나씩 집어넣는다. 한 개, 두 개, 세 개. 그녀가 꺼낸 라면은 모두 세 개다. 세 개의 라면 스프를 뜯어 냄비 안에 차례로 흩뿌린다. 유리 뚜껑을 덮는다. 유리 뚜껑 안쪽으로 희뿌연 거품이 뭉글뭉글 일어난다.

 수저통은 싱크대에 붙어 있다. 그의 젓가락 윗부분엔 남색 용(龍)이, 그녀의 젓가락엔 적색 호랑이가 그려져 있다. 그녀는 용 무늬의 젓가락을 빼낸다. 냄비를 식탁 위에 옮기고, 젓가락 가득 라면 사리를 휘말아 입속에 처넣는다. 씹지도 않고 또 한 움큼의 면발을 집어넣는다. 라면 줄기들과 함께, 짭조름한 콧물이 식도를 타고 흘러 내려간다. 젓가락질을 멈추지 않는다. 냄비 손잡이를 들고 국물까지 들이켠다. 냄비 바닥이 드러난다. 스프 찌꺼기가 여러 군데 뭉쳐 있다. 익숙한 역기가 치밀어오른다. 젓가락을 내동댕이치고 화장실로 달려간다. 변기 뚜껑을 열고 구역질을 한다. 꽉 찬 그대로, 팽팽한 위장이 목구멍 밖으로 쏟아져 나올 것 같다. 입술 밖으로 라면 사리 대신 길고 흰 침만 끝없이 흘러나온다. 끊어지지도 않은 면발들은 깊디깊은 목구멍 안으로 사라져버렸다.

포도 다이어트

아침에 일어나 생수 한 잔을 마시고 식사로 포도를 천천히 씹어 먹는다.

점심, 저녁 모두 포도와 물만 먹는다.

이때 중요한 점은 포도를 깨끗이 씻어 껍질과 씨까지 먹는다는 것이다. 껍질과 씨 속에 들어 있는 섬유질이 장의 운동을 도와 변비를 막고 포만감을 더해주기 때문이다. 이 다이어트를 하는 동안 포도와 물 외에는 절대로 입에 대어서는 안 된다. 포도는 과일 중에서도 칼로리가 높고 특히 과일에 있는 당은 설탕보다 체내에서 더 지방으로 변하기 쉽기 때문에 만약 포도와 다른 식사를 같이 병행한다면 오히려 살이 찐다는 점을 유의해야만 한다.

번지

판타코스트에 가려고 해요.

흘끗 고개를 든다. 유리 창구 앞에 서 있는 것은 열예닐곱이 되었을까 한 어린 여자애다. 그녀의 눈 높이는 그 아이의 가느스름한 목선에 맞춰져 있다. 마감 시간이 얼마 남지 않아 실내는 한산하다. 그녀는 오후 다섯시의 권태가 묻어나도록 한마디 한마디 힘주어 대답한다.

여권을 새로 만드시는 건가요?

판타코스트에는 공항이 없어요. 그래서 비행기를 타지 못하지요.

기이하게도, 예의 바르게 느껴질 정도로 담담한 말투다. 소녀가 말할 때마다 머리칼이 단정하게 흔들리고 밤꽃 향이 풍겨난다. 그녀는 등허리까지 내려오는 제 긴 머리다발을 두 손으로 묶어 쥔다. 드라이어를 대지 않은 머리칼이 손바닥 안에서 부스스하게 흩어진다.

저쪽에서 여권 발급 신청서를 작성한 다음에 여기서 돈을 내시는 거예요.

그녀의 두꺼운 입술에서 나온 목소리는 쇳가루처럼 거칠고, 무력하다.

판타코스트에는 세계에서 처음 만들어진 번지점프대가 있어요. 발밑은 바다. 남태평양이지요. 옛날 원주민들은 칡나무 줄기를 발목에 묶고 아래로 뛰어내렸대요. 자신의 용기를 시험하기 위해서. 몸이 거꾸로 떨어지며, 바닷물이 이마를 스칠 때까지 소리도 지르지 않았대요.

그녀는 망연히 소녀를 올려다본다. 보얗고 발그레한 두 뺨.

그곳에서 돌아오면 내 이마에서도 뚝뚝 투명한 물방울들이 떨어질까요?

엉겁결에 그녀는 고개를 끄덕인다. 아뜩해진 정신을 차리자, 눈앞에는 아무도 없다.

사고

방문 앞에서 숨을 고른다. 그를 깨우고 싶지는 않다. 둥근 손잡이를 조용히 돌린다. 방문을 열자마자, 채 삭지 않은 술 냄새가 확 끼친다. 그는 맨바닥에 모로 누워 있다. 그는 꼭 옆으로 누워야만 잠이 들곤 한다. 스웨터와 바지를 벗지도 않고, 베개만 베고 잠들어 있다. 그녀는 뒤꿈치를 들고 방 안으로 들어선다. 그의 곁에 쪼그리고 앉아, 잠든 얼굴을 들여다본다. 갓 태어난 아가처럼 앳되고 말갛다. 잠결에 울었던 것일까. 꼭 감긴 그의 속눈썹 아래, 두 뺨이 질척하게 젖어 있는 것 같다. 그녀는 손을 뻗어 그의 얼굴께로 가져간다. 굵은 손가락들이 그의 살갗에 닿지 못하고 허공에서 주춤댄다. 허물처럼 내동댕이쳐진 담요를 끌어당겨 그의 어깨를 감싸주고서, 방을 나온다.

헐렁한 실내복 원피스를 벗고 화장대 거울 앞에 선다. 유방은 몰락한 왕의 무덤처럼 거대하고 황폐하다. 검게 착색된 젖꼭지, 삼각 팬티의 밴드 바깥으로 불룩하게 비어져 나온 허리 살, 생명을 품어본 적 없는 늘어진 뱃구레까지. 눈 한번 깜빡이지 않고 그녀는 제 몸을 본다. 어떤 슬픔이나 비애도 없이. 일요일 오전, 종교가 있는 사람들은 주일 예배를 준비하고 가족이 있는 사람들은 아침 식사를 나눌 시간이다. 그녀는 아무것도 할 일이 없다.

품이 넉넉한 바바리코트를 걸치고 집을 나선다. 오래 걸으면 콧등이 얼얼해질 만한 날씨다. 바람이 불 때마다 은행나무의 빈 가지가 휘잉 흔들리고 그녀의 긴 머리칼도 휘날린다. 손가락 마디에 힘을 빼고 느슨한 포즈로 앞 머리칼을 쓸어 넘겨본다. 드러난 이마 위를 싸늘한 바람이 스치고 간다. 아파트 단지의 정문을 향해 걸으면서 코트의 깃을 세운다. 단지 앞 이면 도로는 한산하다. 작은 사거리에는 마을버스 정류장이 있고 오십 미터 위에는 택시 승강장이 있다. 그녀는 느리게 걷는다. 그때, 반대쪽에서 킥보드를 타고 오던 아이 하나가 속도를 줄이지 못하고 그녀의 무릎에 정면으로 부딪힌다. 순간 그녀는 그 자리에 주저앉는다. 킥보드에서 떨어진 아이는 보도블록 바닥에 엎어져 있다. 그녀는 바닥을 짚으며 엉거주춤 일어선다. 무릎뼈가 시큰거린다. 한 손으로, 아이를 일으켜 세운다. 초등학교 저학년으로 보이는 사내아이는 우와앙, 울음을 터뜨린다. 어떻게 해야 좋을지 몰라 그녀는 어정쩡하게 서 있다. 아이의 작은 어깨를 감아 안고 달래주어야 할지도 모른다. 베이비 로션 냄새 향기로운 귓불에 입술을 대고 말해주어야 할지도 모른다. 괜찮아, 애야, 너는 아무것도 잘못하지 않았단다, 이건 그저 사고란다, 네 여린 무르팍과 팔꿈치의 생채기는 곧 아문단다, 정말로, 아무것도 아니란다. 아이는 내팽개쳐진 킥보드를 가리키며 더욱 섧게 운다. 그녀는 뒤돌아 달리기 시작한다. 치렁한 앞머리가 눈가로 마구 쏟아져 내린다. 숨이 차고, 시야가 흐리다.

　승강기에서 내려 긴 복도를 걸어 들어가 마침내 905호의 문 앞에 도착한다. 파리똥이 말라붙은 것처럼 드문드문 칠이 뜯긴 현관문을 마주 보고 선다. 벽에 붙은 초인종을 길게 누른다. 안에서는 아무런 기척도 없다. 다시 한 번 힘껏 벨을 눌러봐도 아무도 나오지 않는다. 그녀의 집은, 그녀에게 문을 열어주지 않는다. 그녀는 눈을 감는다. 이마를 벽에 기댄다. 이마로 초인종을 짚은 채 옆집 문이 열렸다 닫히는 소리를 듣는다. 옆집 여자는 제 남편에게, 옆집 여자가 술을 먹었나 봐, 라고 말할지도 모른다. 열쇠로 문을 열고 안으로 들어선다. 그의 구두는 보이지 않는다. 그의 방문은 활짝 열어젖혀져 있고 그녀가 덮어준 주황색 담요는 단정하게 개어져 있다.

현대식 주방

　주방은 과거에 가사 노동을 위한 공간이었으나 최근에는 가족의 편안한 휴식과 대화 등 가족 생활 중심의 적극적인 서비스 공간이 되었습니다. 최근에는 빌트인Built-in 시스템, 즉 가전기기를 주방 가구에 내장시키는 형태에 대한 여성들의 선호도가 증가하고 있습니다. 사용자의 신체 조건과 동선에 맞게 설계하고 주방 관련 전자 제품들을 빌트인시킨 주방이 인기를 끌고 있는 이유는, 세련된 디자인과 기능성을 겸비, 쾌적하면서도 개성 있는 나만의 주방을 꾸미고자 하는 현대 주부들의 고감각 실용주의가 분출되고 있기 때문입니다.

고급스럽고 세련된 초현대식 시스템 키친에서 주방 살균기와 혼합식 정수 시스템, 그리고 주방 바닥의 천연 대리석 시공과 음이온 공기 청정 시스템까지 갖춘 혁신적인 설계로 기능성과 편리성을 만끽하시고 아름다운 가족의 꿈을 만들어가시기 바랍니다.

여권

새 여권의 카키색 종이 커버가 마음에 든다. 아무리 여러 나라를 돌아다닌다고 해도 쉽게 찢어지거나 때가 탈 것 같지 않아 보인다. 앞장을 펼치자 두둑하게 살이 오른 여자의 얼굴이 한눈에 들어온다. 천연한 컬러 사진 속에서, 입술을 꼭 다문 살진 여자가 어딘가 먼 곳을 응시하고 있다. 낯익은 그 표정을 보면서 그녀는 설명할 수 없는 이질감을 느낀다. 카메라 셔터가 눌러질 때, 그곳에 있던 것은 누구였을까. 그녀는 자신이 영원히 알지 못할 한순간을 떠올린다. 손가락 끝으로, 평평한 이마와 홑꺼풀 눈, 누룩처럼 부풀어오른 볼따구니를 차분히 쓸어본다. 한글 성명 이 은 경. 본 여권 소지인은 아무 지장 없이 통행할 수 있음. 낭떠러지의 번지점프대, 그 아래 드넓게 펼쳐진 바다, 이마에서 무수히 솟구치는 물의 기포들, 명징한 소리를 내며 하르르하르르 얼굴로 쏟아지는. 그곳에 가면 제니퍼나 안젤라로 이름을 바꿀 수 있을지도, 그럴지도 모르겠다.

나비

　인부는 두 명이다. 그들이 입고 온 점퍼의 등판에 '익스프레스'라는 글자가 선명하다. 남자 하나가 비닐 테이프로 사방을 둘러막은 상자를 안고 방을 나온다. 오늘 그들이 옮겨야 하는 짐은 종이상자 네댓 개와 컴퓨터 책상뿐이다. 마지막 종이 상자를 든 남자가 문을 나서는 기척이 느껴지지만 그녀는 그들이 이제부터 짐을 부리러 가야 하는 곳이 어디인지 묻지 않는다. 꼼짝도 하지 않고 그녀가 응시하는 것은 텔레비전 화면이다.
　다큐멘터리 채널 속의 배추흰나비. 나비는 얇디얇은 날개를 가졌다. 연초록빛 나무 잎사귀를 솟구쳐 올라 햇빛 쨍쨍한 하늘을 퉁겨낼 적마다 투명한 앞날개의 검은 반점이 물방울처럼 도드라졌다 사라진다. 그녀는 천천히 거실 창가로 가 선다. 저 멀리 그의 짐을 실은 일 톤 용달차가 사라져가는 모습이 보인다. 심호흡을 한다. 하나, 두울, 세엣. 발아래가 아득하다. 등을 꼿꼿이 곧추세우고 겨드랑이 위로 두 팔을 쳐든다.

　나비처럼 고요하게 그녀가 난다.

〔『작가』, 2002년 겨울호〕

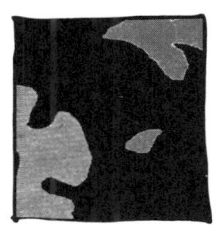

이십세기
모단
걸 신 김연실전

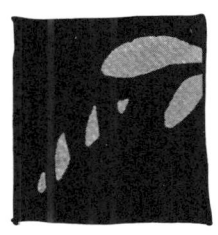

이십세기 모단걸
─신 김연실전(新金姸實傳)

 이것은 우리나라 최초의 모단걸에 대한 이야기입니다.
 '모던modern 걸girl,' 근대 혹은 현대의 소녀. 송곳굽 높은 구두에 연분홍 비단 양산, 제비 꼬리 눈썹에 각테 안경을 쓰고 경성 거리 한복판을 유유히 산책하는 신여성이 떠오르십니까? 그러나 우리의 모단걸은 그것과는 좀 다릅니다. 개화기 신여성들이 모두 다 모단걸이었다면, 그랬다면 지금 이 세상은 어떻게 되었을까요.
 모단은 '모단(毛斷)'인지도 모르고 '모단(母斷)'인지도 모릅니다. 아니 어쩌면 '못된'일지도 모르겠습니다. 실제로 이십세기 초의 선구적 모단걸 김연실 양은 위의 삼박자를 두루 갖춘 아주 특별한 여성이었습니다. 오죽하면 몇 편의 명작 소설들이 서로 그녀를 모델로 삼았다고 주장했겠습니까.
 자 이제, 그녀에 관한 또 하나의 새로운 이야기가 시작됩니다.

*

출생(出生)

　연실의 고향은 평양이었다.
　연실의 어미 박씨는 기생조합 출신이었다. 그녀는 본디 평안북도 산골 소박한 농부의 딸로 태어났으나 열두어 살 무렵 서북 지방에 대홍수가 일어났을 때 부모 형제를 모두 잃고 혈혈단신 평양까지 흘러들어와 어찌어찌하다 보니 평양 기생조합 학예부, 일명 평양 기생학교의 동기(童妓)가 된 여인이었다. 고초 끝에 기생학교 수업을 마치고 기녀 명부에 이름을 올렸으나 하필이면 남달리 감수성이 예민하고 자의식이 강한 성정을 타고난 까닭에 노류장화(路柳墻花), 아무나 꺾을 수 있는 꽃과 다름없는 기방 생활에 쉽게 마음을 붙이지 못하고 방황하였다. 술상머리에 앉아서도 여간해선 방긋방긋 눈웃음을 치는 법이 없었고, 누군가 농(弄)을 던지거나 손을 더듬으며 괜한 수작을 부릴 때조차 외로 꼰 고개를 쳐드는 법이 없었다. 그녀의 이러한 태도는, 동료 기생들에게는 '별것도 아닌 주제에 꼴값 떠는' 노골적 경원의 대상이었던 반면 뭇 난봉꾼들에게는 가히 신선한 충격으로 다가왔다. 튕기는 기생이라니! 새치름한 인상의 얼굴과 왜소한 맵시 또한 '수줍은 기생'으로서의 그녀의 역설적 정체성을 가일층 강화해주는 요소가 아닐 수 없었다. 이러한 사정으로, 데뷔하고 얼마 지나지 않아 꽤 여럿의 구애자가 그녀 주위에 모여들게 되었는데 그 중 가장 열렬한 정성을 바쳤던 이가 바로 김영찰이었다.

김영찰은 말하자면 신흥 부자의 자식이었다. 당시 서북은 상대적으로 빠르게 개명(開明)되고 있었다. 홍경래의 난 이후 심화된 중앙 정부를 향한 불신, 덜 공고한 편인 계급 의식, 유난히 실리에 밝은 지역 정서 등은 기독교도의 급격한 증가, 무역업을 중심으로 한 상권의 발달 등 새로운 시대 조류와 맞물려 평양 시내의 공기를 나날이 활기차고 자유롭게 변화시켜가고 있었다. 원래 감영의 군정(軍丁) 출신으로 군수물자 납품을 통해 돈푼깨나 벌게 된 김영찰의 부친 역시 치부(致富)를 당당한 것으로 여기는 평양식 신(新)인간형의 전형이었다. 자수성가한 인물의 자녀 양육 방식은 대개 두 가지로 나뉜다. 지나치게 엄격하거나 지나치게 관대하거나. 자식의 청이라면 밤하늘 달이라도 따다 줄 만한 아버지를 가진 김영찰은 매사 자신만만하고 호방한 성격의 젊은이로 자랐다. 즉 물불 가릴 줄 모르는 하룻강아지라는 말이었는데, 어쨌든 그는 하룻강아지 특유의 저돌적 추진력으로 기생 박씨의 마음을 집중 공략하는 데 젊음의 방장혈기를 아낌없이 바치었다.

김영찰이 감영의 최이방, 대동상회의 황부자 같은 막강한 경쟁자들을 제치고 박씨의 간택을 받을 수 있었던 티장의 무기는 사실 민적법(民籍法)이었다고 해야 옳을 것이다. 그 즈음 막 정비되기 시작한 민적법에 따르면 한 명의 남자는 한 명의 여자만을 처(妻)로 등재할 수 있었다. 고래(古來)로 처첩의 구별은 언제나 엄연하였으니 새삼스러울 일이 무에 있느냐고 반문한다면 천만에 말씀. 어려서 결혼한 김영찰의 본처가 불행인지 다행인지 후사도 남기지 않고 일찌감치 세상을 떠버렸으므로, 따라서 공식 문서화되어야 할 그의 본처 자리는 현재 상황 공석(空席)으로 남아 있었던 것이다.

"우리 아버지는 염려할 것도 없다. 내가 콱 죽어버린다고 하면 꼼짝도 못한다."

굳은 다짐을 받은 연후에야 박씨는 삼백예순 날 하냥 내리깔기만 했던 고개를 쳐들고 김영찰의 눈을 지그시 바라보아주었다. 이슥한 밤이었다. 그와 그녀의 연령, 갓 스물이었다.

이런 유의 사연이 대개 그렇듯 살림을 차린 지 몇 개월이 지나도록 남자는 본가 방문을 차일피일 미루기만 했다. 최신 유행을 따라 예배당에서 서양식으로 올려주마던 결혼식 애기도 꺼내지 않았다. 박씨의 불안은 하루하루 더해갔다. 기방 동료들은 의뭉스런 년이 여우짓으로 애송이를 덥석 물었으니 어디 얼마나 잘 사는지 두고 보자며 뱁새눈을 흘기고 있지, 태중의 아이는 밤낮도 없이 유난한 발길질을 뻥뻥 쳐대지, 서방이란 작자는 사나흘에 한 번꼴로 얼굴이나 휙 비치고 가지, 마음을 안정시킬 건더기라곤 도무지 없는 것이었다.

"도대체 어쩔 셈이우? 이 몸이랑 아기랑 같이 콱 죽어버린 담에야 민적에 올려줄 작정이우?"

"아, 고년 참 성질도 급하네. 하늘하늘 코스모슨 줄 알았더니 감쪽같이 속았구먼."

　우여곡절 끝에 산달이 되어서야 만경대만큼 둥글게 부풀어 오른 배를 안고 평양군 융덕면 김영찰의 본가에 입성한 박씨. 그러나 대문을 들어서는 그녀를 보자마자 그대로 쿵 쓰러져 혼절해버린 여인이 있었으니, 석 달 전 이미 민적에 등재된 김영찰의 공식적 아내 오씨였다. 모든 것이 명확해졌다. 방탕한 부잣집 도령의 소실이 되고 만 제 운명을 벼락처럼 깨닫는 순간, 박씨 역시 그 자리에 조용히 쓰러졌다. 긴 진통이 시작되었다. 생살을 가리가리 찢는 고통 속에서 미친 듯 비명을 지르면서도 그녀는 최후의 희망 한 가닥만은 놓지 않았다. 아들! 김씨 가문의 첫 손(孫)이었다. 밤톨만 한 불알이면 되었다. 그것만이 어미의 가련한 처지를 구원해줄 유일한 대안이었다. 아들, 아들! 바라고 또 바라는 사이 이틀 밤낮이 흐르고 마침내 갓난아기가 우렁찬 첫울음을 터트리자 산모는 그만 까무룩 정신을 잃고 말았다.

　이것이 곧, 우리의 주인공 연실의 탄생 전모(全貌)다.

입지(立志)

　아기는 무럭무럭 잘도 자랐다. 출중한 미모의 소유자가 될 만한 바탕은 아니었어도 뽀얀 피부와 동글납작한 이목구비가 그럭저럭 귀엽다는 인상을 주는, 방긋방긋 잘 웃는 아이였다.

"우리 연실이는 열 아들 몫을 할 거다. 그렇고말고. 우리 딸은 엄마처럼 안 살 거다. 암, 그렇고말고."

연실이 네 발로 기기 시작했을 때부터 엄마 박씨는 입버릇처럼 말하였다. 불과 네댓 개월 차이로 태어난, 딸의 이복 남동생을 다분히 의식한 발언이었다. 유난히 총기 있고 말도 빠른 연실이었다. 엄마는 자신이 아는 모든 지식, 한글과 아라비아 숫자의 가감승제까지 어린 딸에게 가르쳤다. 어미 주둥이 속 모이를 쏙쏙 빼먹는 아기 제비처럼 연실은 또 그것을 맛있게 받아 배웠다. 말복 날 무지개떡보다 쉽게 상하는 것이 사내 마음이라 했던가. 연실네 두 모녀가 어린 계집종 하나를 데리고 사는 집에 김영찰이 찾아오는 일은 점점 월례 행사가 되어갔다. 모처럼 찾아와도 손님처럼 데면데면 굴다가 생활비만 꺼내놓고 한시바삐 사라졌다. 아비가 왔다고 방싯방싯 웃는 딸애의 얼굴을 들여다보며 무심한 척 한마디 툭 던지기도 했다.

"참 이상하지, 왜 내 새끼가 최이방을 닮았을까."

나날이 풍채가 좋아지다 못해 개기름이 좔좔 흐르는 아버지를 볼 때마다 연실은, 왜 엄마는 하루가 다르게 버짐이 피고 깡말라가는 것인지 알 듯 모를 듯하였다. 운명의 날은 예고도 없이 찾아왔다. 경술년(庚戌年). 온 산하가 진분홍빛 진달래로 뒤덮인 봄 낮이었다. 풀기 없이 보드라운 봄 햇살 아래 여섯 살 연실은 마루에 누워 곤한 잠이 들었다. 부신 햇빛이 이마에 닿았을까. 잠결에 설핏 눈을 떴을 때, 엄마를 보았다. 엄마는 다 간 물끄러미 저를 내려다보고 있었다. 연실은 안심하며 다시 잠속으로 빠져들었다. 완전히 눈을 떴을 때는 캄캄한 밤이었다. 머리맡에는 꼬깃꼬깃 접힌 종이 한 장이 놓여 있었다. 누렇게 콧물 눈물이 말라붙어 알아보기도 힘든 종이 속 글자들을 연실은 또박또박 커다랗게 읽고 또 읽었다.

'이 못난 어미를 죽었다고 생각해라.'

옆집 떠꺼머리 머슴 놈과 배가 맞아 도망갔다는 설, 기방 시절부터 좋아 지내던 기둥서방을 따라 경성서 살림을 차렸다는 설, 속세를 떠나 비구니가 되었다는 설 등등 미확인된 가설들이 평양 거리에 분분하였으나 진실은 오직 하나, 박씨가 흔적 없이 사라졌다는 것뿐이었다. 하긴, 진실이 무엇인지 끝내 밝힐 필요도 없었던 김영찰은 시원하다는 표정을 노골적으로 드러내며 꽃나무를 화분갈이하듯 연실을 제 집 뒷방에 옮겨다 놓았다. 박씨의 부재에 관한 갖가지 풍문은, 일본이 결국 조선의 국권을 피탈해버리고야 말았다는 비보가 전해지면서 흐지부지 사그라졌다.

아버지의 집에는 적모(嫡母) 오씨와 아들 형제가 살고 있었다. 오씨는 연실을 시집조카 대하듯 했다. 친아들들에게 깍듯하게 누나라 부르도록 시켰고 장난으로라도 한데 어울려 놀지 못하게 했다. 아버지는 정실과 측실의 소생에 차별을 두지 않고 공평하게 무심했다. 그의 마음은 가정의 울타리 너머에 닿아 있었다.

"대장부 나이 이립(而立)에 세월이 하 수상하여 관직에 나설 수 없으니 이 아니 통탄할 일이런가."

이것이 무위도식을 위한 변(辯)이었거니와 그는 근처 권번(券番)에서 개중 음전한 기생을 끼고 앉아 어수선한 정국에 대해 비분강개하는 것으로 재야인사로서의 소임을 다하는 사람이었다. 이러한 사정이고 보니, 연실은 고아와 마찬가지로 홀로 자랐다.

연실이 학교에 다니게 된 것은 실로 우연이었다. 신학문을 배우지 않고는 행세할 수 없는 시대가 되어가고 있었다. 당시의 학령(學齡)은 열 살 이상 열일고여덟까지도 적용되었다. 장남 용근이 열 살이 되자 부모는 서둘러 보통학교에 입학시켰지만 동갑내기 연실에게는 아무 관심도 없었다. 하루는 학교에서 돌아온 용근이 셈본 책을 들고 밥상머리에 앉아 징징거렸다.

"어머니. 이 숙제 좀 봐주시오. 사(四)에 육(六)을 더하면 십(十)인데, 칠(七)을 더하면 뭔지 모르겠시요."

일자무식인 오씨는 짐짓 된장 두루치기에만 코를 박으며 대꾸했다.

"네가 공부 시간에 꾀를 피우니 그렇지. 그러게 훈장님 말씀을 잘 들어야 할 거 아니냐."

이때 어깨너머로 용근의 책을 들여다보던 연실이 말했다.

"사에 칠을 더하면, 십일이야."

용근의 눈이 휘둥그레졌다.

"십일?"

"그래. 열을 세고 하나가 남잖아. 그러니 십과 일이지."

"누님은 그걸 어떻게 알우?"

마침 귀가한 김영찰이 이 광경을 보고 감탄해 마지않았다.

"제 어미가 유난히 명민하더니 역시 다르구먼."

뜬금없이 첫사랑에 대한 회한에라도 젖은 듯한 남편의 목소리를 듣자 부아가 치민 오씨가 냉큼 말을 받았다.

"역시 피는 못 속이는구먼. 술값 계산엔 이골이 났을 테니."

연실은 아랫입술을 지그시 깨물었다. 생모에 관한 화제만 나오면 꼼짝없이 고개를 숙이고 마는 연실이었다.

"계집애들이 다니는 학교에 넣어야겠어."

"맘대로 하시구려. 기생학교라고 소문이 자자하니 아주 딱 어울립니다그려."

연실의 귀가 쫑긋해졌다. 기생학교라면 이미 알고 있는 이름이었다. 얼마 전 아래채의 비(婢)들이 저희끼리 떠드는 얘기를 들었기 때문이다.

"거기 가면 공짜로 공부를 가르쳐준대."

"아서라. 기생집 딸이 아니고서야 어디 남정네와 마주앉아 공부를 배우니. 남사스럽게."

아들을 앞 다투어 신식 학교에 보내는 것으로 진보적 성향을 과시하던 평양 시민들이었지만, 딸을 학교에 보내는 일은 아직도 흔치 않았다. 과년한 딸을 밖에 내놓으면 몸을 망치기 십상이며 그렇다면 곧 가문의 순수 혈통이 더럽혀지리라고 지나친 상상력을 발휘해버린 것이다. 관습은 어느 시대에나 저 편한 곳에서만 홀로 엄격하였다. 황실 엄비(嚴妃)의 하명을 받아 애국 청년 지사가 설립했던 여학교가 기생 양성소일 까닭은 없었으나, 연실은 일단 집을 떠날 수만 있다면 기생 양성소든 광대 학교든 상관없다고 생각하였다. 연실은 다음날 새벽닭이 울기도 전에 자리에서 일어났다.

"학교 다녀오겠습니다."

코고는 소리가 쌍(雙)으로 들리는 안방 문 창호지에 대고 크게 소리 지른 연후에 집을 나섰다. 물어 물어 찾아간 학교는 스무 칸 남짓한 한옥이었다. 예닐곱 살짜리 코흘리개에서부터 스무 살에 가까운 노처녀까지 댕기머리 늘어뜨린 여학생들이 한 교실에 모여 앉아 수업을 받았고, 교사들은 월사금을 받기는커녕 학교에 나와준 것만으로도 고마워했다. 조선어와 한문, 영어, 산술을 중요하게 배웠고 기초 일본어와 역사, 세계 지리, 오르간과 가창도 배웠다. 태생이 영특하고 어릴 적부터 공부를 좋아하던 연실이었다. 그런 그녀가 하나를 배우면 둘을 아는 똑똑한 학생이 된 것은 말할 나위도 없었다. 연실은 세상에 이보다 더 재미있는 일은 다시없으리라 확신하며 즐겁게 공부했다. 그녀의 표정은 하루가 다르게 환해지고 밝아졌다. 해 안 드는 북향 방에 종일 인형처럼 앉아 있던 그 소녀는, 어느새 사라졌다. 이 년 뒤, 졸업식에서 우등상을 받은 연실은 학생 대표로 연단에 섰다.

"여러분, 우리는 혜택받은 사람들입니다. 조선 천지에 무지몽매한 우리 동포들을, 여러분, 누가 깨우치겠습니까. 우리가 한마음으로 노력하여 그들을 계몽하여야 합니다. 우리 겨레, 우리 조선을 위해, 그렇지 않습니까아, 여러부운!"

연설이 끝나자 청중들은 모두 넋이 나가 제대로 박수도 치지 못했다고 전해지는바, 그 절반은 뜨거운 감동에 목이 메었기 때문이요, 그 절반은 연실의 우렁찬 목청에 잠시 귀가 먹먹해졌기 때문이라고 한다. 김영찰의 장녀 겸 서녀가 천하의 맹렬 소녀라는 소문은 삽시간에 퍼졌다.

"어허, 어찌 이런 맹랑하며 남부끄런 일이 다 있는가, 쩌업. 그 계집애를 학교에 보낸 게 누구야? 임자, 당신이야?"

"아니. 막말로 내가 걔 친어미요, 친아비요? 영감이 등 떠밀어 보내놓고서는 왜 나한테 그러시우?"

때 아닌 부부 싸움을 벌이던 양주(兩主)는 종당엔 의기를 투합하였다.

"방법은 하나요. 얼른 치워버립시다."

그러나 연실은 진작에 미래 항로에 대한 투철한 계획을 세워놓고 있었으니, 그것은 바로 일본 유학이었다. 아아! 일본, 그 이중적 이름. 그곳으로 나아가 직접 부딪쳐보리라, 얻을 것을 얻고 배울 것을 배워 우리 조선의 앞날에 환한 등불이 되리라. 창대한 장래 계획에 '혼인'은 고려의 대상조차 되지 못하였다.

유학(留學)

저 멀리 육지가 보였다. 시모노세키 항이었다. 부관연락선(釜關連絡船) 갑판에 선 연실의 가슴은 세차게 고동쳤다. 연실은 어깨를 활짝 펴고 온몸으로 바닷바람을 들이마셨다. 눈치 빠른 갈매기도 끼룩끼룩 장단 맞춰 울었다. 열혈여아(熱血女兒) 연실이 마침내 현해탄을 건너 혈혈단신 일본 땅에 입성하는 순간이었다. 십육 세, 인생의 정수, 청춘의 고갱이가 아닐 수 없었다. 그때 연실은 상수리나무 가지에서 저절로 툭, 떨어지는 햇도토리만치 야물찬 사람이 되리라 스스로 믿어 의심치 않았다. 노력만 한다면 반드시 쨍하고 해 뜰 날 돌아오리라 믿어 의심치 않았다.

동경해 마지않던 동경 생활이 시작되었다. 무엇보다 연실이 놀란 것은 조선 출신 동경 유학생의 숫자가 퍽 많다는 사실이었다. 바야흐로 경성 유학에 이어 일본 유학을 다녀와야 신지식인 구실을 할 수 있는 시대인가 보았다. 조선 청년들이 새까만 학생 망토를 박쥐처럼 휘날리며 시부야 거리를 활보하는 풍경은 더 이상 낯선 것이 아니었다. 그렇다 해도 여자 유학생이란 아직까지 드문 존재였던 만큼, 새로운 여학생이 도착하면 발 빠른 소문이 며칠 내로 유학생 사회에 쫙 퍼지곤 하였다.

이름: 김연실, K여자전문학교 신입생, 나이: 16세, 고향: 평양, 인물: 중상(中上), 집안: 양반은 아니나 나름대로 재력가, 특기 사항: 부친 사후 상당한 유산 상속 예상됨.

정작 연실은 홀로 바빴다. 조선 땅에서 둘째가라면 서러우리만큼 자존심 센 그녀였거니와, 일어로 진행되는 수업을 다 알아듣지 못한다는 것은 지극히 괴로운 일이었다. 밤낮으로 절치부심 고민하는 연실에게 기숙사 동료가 책 한 권을 건네주며 말했다.

"긴상, 책을 보면 어학 실력이 저절로 는답니다."

공교롭기도 하여라, 그것은 입센의 희곡 『인형의 집』을 일본어 소설로 옮긴 것이었다. 공부 삼아 몇 장 들추어보던 연실은 곧 식음을 전폐하고 그 속에 폭 빠지었다. 이틀 만에 고개를 들자 두 눈이 퀭하니 꺼져 있었지만 그 눈빛에서는 형형한 인광이 비쳐 나오는 듯했다. 책 안에 새로운 세상이 있을 수 있다는 것을 그녀는 처음 알았다. 문학이 사람을 이렇게 아프고 감동스럽게 할 수 있다는 것을 그녀는 처음 알았다. 그녀는 도서관에 꽂힌 세계 명작 소설들을 차례로 빌려 읽는 동시에 새 공책의 겉장에 또박또박 '습작 노오트'라고 명기함으로써 본격적인 문학도로서의 채비를 완료하였다. 그전까지는 신문물을 열심히 배워 장차 조선 여성의 동량이 되리라 막연히 꿈꾸었다면 시방은 더욱 생생한 소원이 그녀의 피를 뜨겁게 데웠다. 문학가, 조선 최초의 여성 문학가가 되리라, 붓으로써 조선에 광명을 주리라! 연실은 두 주먹을 불끈 쥐고 부르르 떨기까지 하였던 것이다.

그 즈음 동경에는 조선 유학생들 모임이 여러 개에 달했던바, 하루는 그 중 문학청년들의 회합에서 연실을 초대하는 일이 있었다. 그녀의 습작 소설이 『동경 유학생』이라는 잡지에 실린 것을 기화로 문학소녀의 미모를 확인코자 하는 주최 측의 의도가 명백하였으나, 우리의 연실은 한길을 가는 동지들을 만나게 된다는 순수한 희망에 부풀어 참석을 결정하였다. 모임 장소는 한 전문학교의 음악실이었다. 입구에 들어서던 연실은 적이 당황하지 않을 수 없었다. 교실을 가득 메운 것은 모두 시커먼 남학생들뿐이었던 것이다. 수십 개의 눈동자가 일제히 자신을 주목하자 연실은 그저 얼떨떨하였다. 그녀는 이때껏 남자들과 교분을 가진 적이 한 번도 없었을뿐더러 이복동생 이외의 또래 남학생과는 제대로 말을 나눠본 적도 없다는 것을 깨달았다.

"여러분, 드디어 우리 조선 문단의 신성(新星) 김연실 양께서 왕림하셨습니다. 자, 다 같이 뜨거운 동포애로 환영해줍시다."

찐빵처럼 포동포동한 남학생이 제안했다.

"그럽시다, 우오오."

환호도 휘파람도 아닌 괴상한 소리를 질러대는 남학생도 있었고, 멋쩍은 듯 연실과 눈을 맞추지도 못하고 열심히 박수만 따라 치는 남학생도 있었다. 그때, 맨 뒤 구석에 한껏 거만한 포즈로 앉아, 돌아가는 꼴이 가소롭다는 표정을 짓고자 애쓰는 남성이 있었으니, 그 이름 맹호덕(孟浩德)이었다.

"자, 다들 자유롭게 발언하십시다."

"제게 좋은 제안이 있는데, 우리 모임원들끼리 동인지를 만드는 것이 어떻겠습니까?"

"그거 괜찮은 아이디업니다. 서로의 시와 소설을 게재하고 돌아가며 평도 해주고 또 저명한 선생님의 말씀도 듣고."

"에잇, 한심한 사람들 같으니라구. 기껏 그런 생각들이나 하고 있단 말이오. 요즘 고국은 어떤 지경인데……"

"아니, 고국이 어떤 지경인지 몰라서 이런단 말이오? 그러나 일에는 차선과 차후가 있지 않아요? 우리는 먼저 선각자 된 도리로서 문학을 공부하고 교양을 쌓은 연후에 돌아가 구국 운동을 해야지요."

"허허, 그거 해괴한 논리로세. 아무리 문학이 증하기로서니 구국이 먼저지 어떻게 문학 공부가 먼저요?"

"아니, 그럼 맹호덕 군은 이 일본 땅에 왜 와서 앉아 있는 거요? 당장에 짐 싸들고 고향에 돌아가 계몽 운동부터 하시지 않고."

"뭐요? 돌아갈 사람은 내가 아니라 부모가 땅 팔아 부쳐준 돈으로 요정에나 들락거리는 시러베아들 놈이오."

육각형의 얼굴 검은 남학생과, 무테 안경의 기생오라비 같은 남학생의 논쟁이 점입가경으로 치닫고 있었다. 연실이 듣자니, 둘 다 일견 맞는 말이로되 마땅한 대안을 낼 만한 논의가 아니었다. 연실이 손을 들고 그들의 말싸움에 끼어들려는 찰나, 뒤에서 삘삘 땀을 흘리고 있던 찐빵 군(君)이 느닷없는 제안을 하는 것이 아닌가.

"자자, 분위기도 바꿀 겸 우리 조선의 꽃 연실양에게 피아노 한 곡조 부탁합시다."

"그럽시다, 우오오."

피아노? 여학교 때 오르간을 배운 적이 있을 뿐 음악 전공생도 아니거니와 낯모르는 청중 앞에 나서 연주를 한다는 것은 상상도 못 해본 일이었다. 더구나 이렇게 후끈 달아오른 분위기에서 난데없이 피아노를 치라니. 울며 겨자 먹기로 건반 앞에 앉기는 하였으나 가슴 저 밑바닥으로부터 부끄러움 같기도 하고 수치심 같기도 한 야릇한 느낌이 솟구쳐 올라서 연실은 「소녀의 기도」를 몇 군데나 틀리었다. 회합이 끝나고 서둘러 기숙사에 돌아가려는 연실의 옷소매를 남학생 몇이 반 강제로 이끌었다.

"홍일점이 빠지시면 무슨 재미로 놀라굽쇼. 숙녀 분은 안전하게 모셔다 드릴 터이니 한잔하러 가십시다."

"그럽시다, 우오오."

그리하여 연실은 또 얼결에 선술집까지 따라가게 되었다. 게거품을 물고 떠들어대는 그들의 주제란 불란서 문단의 퇴폐파 시인에서부터 노서아의 유명한 사회주의 사상가에 이르기까지 종횡을 가로지르긴 하였으나 중구난방 무계통에 가까운 것이었다.

"오오, 숙녀 분이 어떻게 그런 생각까지."

연실이 무슨 말만 할라치면 다들 주의를 집중하는 척하였으나 곧 다음과 같은 질문을 던져 그녀를 당황케 하였다.

"그런데 연실씨는 트레머리는 하지 않으시나요? 댕기머리를 고수하시는 것은 민족주의에 경도되어 있다는 의민가 봐요?"

슬슬 내가 여기 왜 앉아 있을까란 생각이 들기 시작하였던 바, 받아놓은 술잔만 만지작거리고 있는 연실의 옆에 아까 그 사내 맹호덕이 다가왔다. 그는 대번 비아냥거리는 투로 입을 열었다.

"참 세월 좋아졌소. 십 년 전만 같아도 꿈에서도 못 볼 꼴들이 다 많으니."

"그게 무슨 말씀이지요?"

"그저 그렇다는 뜻이오. 참 예전만 같으면 여염집 규수가 사내들 술시중 들었다가는 곧 은장도 한칼감이었는데."

연실의 얼굴이 하얘졌다.

"지금 날더러 하는 말씀인가요?"

"흠흠."

그는 짐짓 다른 곳으로 시선을 돌렸다.

"말해보셔요. 지금 그게 나 들으라 한 겐가요?"

"누가 뭐랬소? 괜히 앙탈 부리지 마시고, 여기 잔이나 채워주시오."

사내가 술잔을 눈앞에 디밀었다. 꾹 눌러 참고 있던 연실의 분노가 필경 폭발하고야 말았다.

"뭐 이런 경우가 다 있소? 사람을 불러다 놓고 희롱해도 유만부동이지 내가 기생이오? 댁의 마누라요? 나는 댁과 똑같이 조선 유학생의 한 사람으로 이 자리에 참석한 것뿐이오."

서릿발 같은 일성에, 주위가 고요해졌다. 침묵 손에서 구경꾼들의 눈 굴리는 소리와 침 넘어가는 소리만 간간이 들려왔다. 맹호덕의 얼굴이 붉으락푸르락해졌다.

"으흠, 내 보기에 연실씨는 아직 멀었소. 애송이에 지나지 않는단 말이오. 그깟 술잔조차 서로 채워주지 못하면서 무슨 남녀평등이오? 진정한 문학가라면 사상과 행동이 일치해야 하는 것 아니오? 인텔리 여자들이란 그저…… 쯔쯔."

도리어 큰소리를 치더니 두어 번 혀 차는 시늉까지 하고는 누가 뭐랄세라, 그 자리를 박차고 일어나 뒤도 안 돌아보고 내빼

버리는 것이었다. 연실은 기가 막히고 코가 막혀 허허, 웃을 뿐이었다.

사건(事件)

전형적인 연애소설에서처럼, 며칠 뒤 맹호덕이 연실을 찾아왔다. 기숙사 앞에 서 있는 호떡인지, 호덕인지를 보자 연실은 제 눈을 의심했다. 연애소설이라고는 『젊은 베르테르의 슬픔』밖에 읽은 적 없는 연실로서는 그 육각형의 시커먼 얼굴이 왜 자신을 찾아온 것인지 알 도리가 없었던 까닭이다. 그런데 어럽쇼, 그는 학생복 안주머니에 손을 넣어 꼬깃꼬깃 구겨진 꽃 한 송이를 꺼내 들더니 연실의 코앞에 쑥 들이미는 것이 아닌가. 연실은 놀라서 주위를 둘러보았다. 마침 기숙사 안으로 들어가던 동급생 몇이 그 광경을 보고 까르르 웃었다.

"어머, 긴상의 구애자(求愛者)인가 봐. 긴상은 좋겠네, 호호."

구애자! 사랑을 구하는 사람! 연실은 저도 모르게 빽 소리를 질렀다.

"나한테 왜 이러는 거예욧!"

기다렸다는 듯 맹호덕이 대답했다.

"잘 생각해보았소. 우리 정식으로 교제합시다. 내가 노력하여 연실씨의 부족함을 채우겠소."

점입가경이었다. 이런 뭣 같지도 않은 경우를 처음 당하는 연실은 어찌할 바를 몰라 꽃을 든 남자를 무시하고 기숙사 안으로 들어가버렸다. 다음날도, 그 다음날도 맹호덕은 어김없이 그 자리에서 연실을 기다리고 있었다. 그때마다 연실은 안면을 몰수하고 쌩하니 안으로 들어가버렸다. 그러기를 닷새째, 기숙사의 노처녀 B사감 선생이 연실을 호출하였다.

"긴상. 우리는 부모를 대신해 여학생들을 보호할 의무가 있어요. 여성이라면 마땅히 몸가짐을 바르게 해야지오. 이성 교제는 금물입니다."

"제가 무슨 교제를 하였다고 그러서요?"

"지금 오리발을 내미는 거예요? 매일같이 숙사 앞에 진을 치고 있는 인상 나쁜 남자는 뭐란 말예요?"

"그 사람은 같은 조선인일 뿐이어요. 저와 상관없는 사람이어요."

"같은 조선인인데 왜 상관이 없어요? 다 그 밥에 그 나물, 개밥에 도토리지. 몰려다니며 무슨 불온한 일을 꾸미려고. 괜히 우리 순진한 학생들에게 피해가 갈까 두려워요."

"선생님. 무슨 말씀을 그렇게 하셔요. 조선인이 뭘 어쨌다고."

"지금 내게 대드는 거예요? 어쨌든 얼른 저 조선인을 쫓아내요. 경고하겠는데, 저이가 한 번만 더 눈에 띄는 날엔 즉각 순사에게 연락하고 긴상은 퇴사 조치하겠어요!"

연실은 어쩔 수 없이 문밖의 맹호덕에게 다가갔다. 일단 그를 이곳에서 쫓아내는 게 급선무였다. 연실은 말없이 앞장서 걷기 시작했다. 이게 웬 쾌냐, 는 표정으로 맹호덕이 그녀를 따라붙었다.

"나라 망신시키지 말고 다시는 여기 오지 말아요."
"사랑이 시키는 일이니 어쩔 수 없소."
"글쎄, 나는 댁을 만날 마음이 없다니까요."
"그건 연실씨가 아직 인생의 참맛을 음미할 줄 몰라서 하는 소리요. 남녀가 사랑하는 것은 마음의 문제가 아니오, 운명의 문제이지."
"아, 그런 개 풀 뜯어먹는 소리는 난 모르겠고, 어쨌든 이제 제발 찾아오지 말아요."
"사내대장부가 한번 칼을 빼어들었는데 어떻게 멈추란 말이오."
"그건 댁의 사정이지 난 곤란해 죽을 지경이란 말예요."
"운명적 사랑에는 번뇌와 고난이 따르는 법이오."
"아이, 정말 미치겠네."

옥신각신 걷다 보니 어느새 해가 지고 둘은 근처 강둑에 다다라 있었다. 연실은 불현듯 사방이 지나치게 조용하고 어둡다는 사실을 깨달았다. 게다가 옆의 사내는 좀 전부터 말이 없고 불규칙한 숨소리를 뱉어내고 있지 않은가.

"그럼 내일부터는 안 찾아오는 걸로 알겠어요. 난 이만."

황급히 뒤돌아서는 연실의 어깨를, 맹호덕이 꽉 움켜쥐었다. 연실의 온몸에서 일제히 굵은 소름이 돋았다.

"이거 놔요!"

그러나 주위엔 개미 새끼 한 마리 없는 곳이었다. 맹호덕은 연실을 와락 제 품에 껴안으려 했다.

"연실씨. 연실씨. 우리 이대로 그냥 혼인해버립시다."

연실은 버둥버둥 팔다리를 내저으며 저항했다. 그러나 사내의 우악스런 손아귀를 벗어나기에는 역부족이었다. 맹호덕은 이제 숫제 막무가내로 연실의 통치마를 걷어 올리려 하고 있었다. 일촉즉발의 순간이었다. 그때.

"으아아악!"

덫에 걸린 승냥이의 처절한 비명 소리가 사방 천지에 울려 퍼졌다. 맹호덕이 사타구니를 감싸쥔 채 바닥에 나뒹굴고 있었다. 연실의 오른발이 사내의 급소를 정통으로 명중시켜버린 것이다. 연실은 뒤도 돌아보지 않고, 숨도 쉬지 않고 내달렸다. 아침에 곱게 빗은 댕기머리는 마구 흐트러져 바람에 날리고 두 뺨 가득 눈물이 흘러내렸지만 어쩌지 못했다. 그저 저 멀리 보이는 불빛을 향해 정신없이 달리고 또 달렸다. 꿈과 꿈 밖의 불분명한 경계를 안개처럼 타고 넘으며 질주하는 동안 그녀는 십 년 만에 처음, 집 나간 엄마의 이름을 간절히 외치고 또 외쳤다.

그날 이후 맹호덕은 기숙사 앞에 다시 나타나지 않았다. B사감이 연실을 호출하는 일도 다시 없었다. 아무 변화도 없는 나날이 이어졌다. 계절이 한 번 바뀌고 회합에 참석하라는 조선문학청년회의 서신 두 통과 잡지 『동경 유학생』이 한 권 배달되었으나 연실은 그것들을 뜯어보지도 않고 가만히 책상 서랍 속에 넣었다. 길거리에서 우연히 최명애를 만나기 전까지 연실은 장마철 푸른곰팡이처럼 왕성히 번식중인 그, 소문에 대하여 전혀 알지 못하였다. J여학교를 함께 다닌 명애를 일본서 만나기는 처음이었다. 서양 귀부인마냥 뒷머리를 맵시 있게 틀어올려 샛노란 리본까지 매단 명애를 연실은 한눈에 못 알아보았다. 웬 신사의 팔짱을 끼고 산보중이던 명애가 먼저 연실을 발견하고는 나풀나풀 나비걸음으로 뛰어왔다.

"얘. 넌 어쩜 고대로구나. 시부야 거리 한가운데서 몽당치마에 댕기머리라니. 호호. 유니크하고 에그조틱하다, 얘."

"으응. 넌 어째 많이 달라 보인다? 그래, 학업은 열심히 하고 있니?"

"학업? 호호. 그러엄. 연애 공부에 매진하느라 요즘 눈코 뜰 사이 없이 바쁘단다."

명애가 한쪽 눈을 찡끗하며 웃었다.

"하기는, 뭐 내가 바빠보았자 어디 너만 하겠니? 뒤집어씌우는 기술을 언제 나도 한번 가르쳐주려무나."

"응? 뒤집어씌우다니, 뭘?"

"계집애. 네가 사내들한테 어떻게 하는지 모르면 동경 유학생이 아닌걸. 동무끼리 무얼 새삼스레 시침을 떼니?"

기숙사에 돌아온 연실은 황급히 책상 서랍을 열었다. 거기에는 두어 달 전 도착한 잡지『동경 유학생』이 봉투에 담긴 채 얌전히 놓여 있었다.

실화(實話)

檄文

朝鮮 女 留學生에게 告하노라
——어느 방탕한 여학생에게 보내는 警告의 書

대저 우리 조선은 예(禮)를 숭상하고 도(道)를 수호하는 민족이요, 작금 시대가 아무리 변하여 옛적의 예와 도가 추락하였다 할지라도 무릇 인간이란 금수와는 다를진대 인간이 인간으로 난 이상 지켜 마땅할 이치가 엄연한 터. 그런데, 오호 통재라. 부모의 뼛골을 우리고 고혈을 짜내어 먼 이국에 유학차 온 것인가, 유랑차 온 것인가. 그대, 동경 K여전 재학생 김연○ 양!

자유 연애 사상과 여성 해방 사상과 방탕한 육체의 놀음을 구분하지 못하고, 학문 연구에 매진해야 할 청년 유학생들을 유혹하여 음행을 저지른다는 소문이 자자한바, 이를 확인한 결과 금년 모월 모 일 저녁 시내 서쪽 강변을 조선인 동포 모 군과 함께 거닐던 중 느닷없이 모 군의 품에 안기어 애정을 구걸할 제, 이미 고국에 처자가 있는 남아 모 군이 굳은 의지로 이를 거절하고 타이르려 하였으나 김연○ 양이 막무가내로 몸을 던져 한창 혈기에 왕성한 나이의 모 군이 더 이상 어쩌지 못하고 반강제로 정조를 허용당하고야 말았다는 사실이 밝혀졌다. 이에 당사자 모 군은 "뒤집어씌우는 데 당해낼 재간이 없었다. 애정 없는 육교(肉交)를 깊이 뉘우치고 있다"고 언급하였다. 계집이 사내를 치마로 뒤집어씌운다는 말의 숨은 뜻은 극히 저속하여 차마 지면을 통해 세세히 소개하기도 어려우니 이 아니 통탄할 일이런가!

　동향들의 말을 빌리자면, 문제의 김양은 무난한 가문 출신으로 알려져 있지마는 실상 화류계 여인의 소생으로, 일찍이 이를 속이고 정혼하려다 발각난 뒤 도피차 도일하였다 한다. 이는 우리로 하여금 음탕한 피라는 것이 과연 따로 있다는 유전 과학적 의문을 품게 하는 일이 아닐 수 없다.

　작금 모국의 장래가 바람 앞에 등잔불이요, 한 치 앞을 분간키 어려운 곤란의 시국임을 누구도 부인치 못하리라. 이천만 동포가 노예된 삶을 영위하는 이 마당에 우리 재동경 조선 유학생들은 안으로는 학문 발전에 힘쓰고 밖으로는 합동 단결하여 수렁에 빠진 조국을 한시바삐 구원토록 전력을 다 바치어야 하거늘 인간의 바른 도리도 지키지 못하고 말초적 쾌락 속에 육신을 내어맡긴다면 한민족의 희망찬 미래란 영원히 기약될 수 없는 것이리라.

　김연○ 양, 이에 우리는 그대를 준엄하게 꾸짖노라!

　성의 해방은 무엇이요, 여성 선각자의 책무는 또 무엇이란 말인가. 김양은 제 행실의 과오를 시인하고 하루속히 대오 각성하여 구국의 염을 불태우는 청년 유학생들을 더 이상 타락시키지 마시라. 또한 일부 학생들 중에도 섣불리 이를 모방하려는 징조가 보이는바 무엇이 가문의 수치이며 부모 명예의 폄훼인지를 깊이 자각하여 유념키 바란다. 좌표 없는 시대의 나침반 역을 자임하며 우리는 재동경 유학생의 도덕권 회복과, 나아가 민족 대단결을 재삼 촉구하노라!

아무 생각도 나지 않았다. 오로지 비분(悲憤)만이 온몸을 내리눌러 고르게 숨을 내쉬기 어려웠다. 연실은 후들거리는 걸음으로 맹호덕을 찾아갔다. 살아 있는 동안 다시는 만날 일 없으리라 의심치 않았던 인사였다. 연실의 낯을 보자마자 맹호덕은 지레 퍼렇게 질리었다.

"내가 그런 거 아니오. 진정 난 모르는 일이오. 동무에게 장난삼아 한 농담이 와전되어 그만……"

그 면상의 한복판을 향해 연실은 침을 퉤, 내뱉었다. 기숙사 다다미방에 돌아와 그대로 가부좌를 튼 연실이 마침내 몸을 일으켰을 때는 일곱 번의 낮과 일곱 번의 밤이 지난 후였다. 창밖에는 새하얀 벚꽃 잎들이 잔 바람결에 흩날리고 있었다. 새봄, 아침이었다. 체경(體鏡) 앞에 서서 연실은 길게 땋은 머리카락, 그 끝에 매달린 자줏빛 댕기를 홱 잡아당겼다. 생후 단 한 번도 손댄 적 없는 삼단 같은 머리채였다. 그녀는 손수 벼린 시퍼런 가위를 집어들고서 그 기다란 머리채를 앞으로 천천히 드리웠다. 처음 머리칼을 한 줌 쥐어 베어낼 때에는 낮은 한숨 소리조차 들리지 않을 만큼 사위(四圍)가 고즈넉하였으나, 점차로 사뭇 경쾌한 가위질 소리가 K여전 담벼락 너머 저 멀리 시부야 거리에까지 싹둑싹둑 울려 퍼지었다.

단발 후 그녀가 남긴 편지는 수신인이 따로 정해져 있지 않았다.

> 내 자신아, 얼마나 울었느냐. 얼마나 앓았느냐. 또 얼마나 힘써 싸웠느냐. 얼마나 상처를 받았느냐. 네 몸이 훌훌 다 벗고 나서는 날, 누가 너에게 더럽다는 말을 하랴.*

*

자, 선구적 모단걸 김연실 양의 이야기는 일단 여기까지입니다. 김연실 양의 마지막 서신이 『동경 유학생』 편집부로 보내졌다는 속설도 있지만, 기록으로는 남아 있지 않습니다. 후세 사람들이 그녀를 가리켜 '모단걸'이라 칭하는 것은 그녀가 이 나라 역사상 여성 단발의 비공식 제1호였기 때문인지도 모릅니다. '못된 걸'이라 발음하며 "못된 년은 결국 아무것도 못 되고 구걸(求乞)하는 팔자나 되는 거란다" 하고 교훈 삼는 사람들도 물론 있었습니다.

길을 떠난 그녀가 그뒤 어떻게 되었는지는 확실하지 않습니다. 입산 수도 끝에 한국 고백체 소설의 효시가 되었다는 설, 유부남과 연애하다 사생아를 낳았다는 설, 결국엔 행려병자가 되어 동경 시립 정신병원에서 생을 마감했다는 설 등등 미확인된 가설들이 조선 천지에 분분하였으나 진실은 오직 하나, 그녀가 흔적 없이 사라져버렸다는 것뿐. 모든 걸 끊고, 모질게 끊고, 먼 길을 떠났다는 것뿐이었습니다. 아무도 간 적 없는.

〔『현대문학』, 2002년 7월호〕

---

* 김명순, 「칠면조」, 『개벽』(1921. 12), p. 151.

해설

그녀들의 위장술, 로맨스의 정치학
— 새로운 여성 화법과 불온한 도발

이광호

1. 그녀들의 위장 혹은 음모

　정이현의 소설 속에는 '악한 여자'들이 살고 있다. 그들은 남편과 정부를 죽게 하고(「순수」「트렁크」), 부모를 상대로 가짜 납치극을 벌이며(「소녀 시대」), 남자 친구와 약혼자를 기만하고 (「낭만적 사랑과 사회」「홈 드라마」), 결혼한 여자와 위험한 동성애에 빠진다(「무궁화」). 그들은 공적인 도덕적 가치나 내면의 윤리학에 따르기보다는 욕망의 개인 전략에 따라 사고하고 행동한다. 그들은 남자 혹은 타인과의 관계 속에서 내적 진실성 따위의 가치에 매달리지 않는다. 그들은 로맨스, 결혼, 가족을 둘러싼 지배적인 상징 질서 안에서, 기만하고, 음모를 꾸미고, 위장함으로써, 개체의 삶을 보존하고 자기 욕망을 실현할 방법을 모색한다. 이런 측면에서 이들은 지독하게 '현실적인' 여자들이다. '개인이 처한 운명에 순응하는 수동적인 여자' 혹은 1990년대 여성소설에 등장했던 '내면에 침잠함으로써 사랑의 부재를 견디는 상처받은 여자'는 정이현의 소설에는 나오지 않는다.

이런 여자들을 '악녀Fatal Women'라고 부를 수 있을까? 가령 할리우드 영화를 비롯한 현대의 대중문화에는 폭력적이고 사악한 '악녀'의 캐릭터가 출몰한다.[1] 그런데 정이현 소설 속의 여성 캐릭터는 대중문화 속의 악녀들과 몇 가지 맥락에서 구별된다. 그녀들은 남자에게 직접적인 공포의 대상이 아니다. 그들의 '악녀-되기'는 그들의 폭력성으로 실현되는 것이 아니라, 그 탁월한 '위장술'에 의해 가능해진다. '살인'과 같은 범법 행위를 저지르기도 하지만, 대개 그녀들은 '위장된 순응'의 방식으로 이 세계에서 생존하고 복수한다. 체제가 요구하는 여성적 퍼소나를 연기(演技)함으로써 이들은 이 체제 안에서 자기 욕망을 실현할 전략을 짠다.

이런 여성적 위장 혹은 가장(假裝)의 문제는 여성성 자체의 비결정성과 관련된다.[2] '여성성'은 가정된 것이며, 일종의 사회

---

1) 문학과 영화 속의 폭력적인 여성이 재현되는 방식을 분석한 린다 하트Lynda Hart에 따르면, 이 현대적인 '악녀'들은 백인 중심 가부장제의 생산물이다. 그들은 남성들의 불안과 두려움의 '투사'된 존재이며, 이런 의미에서 현실을 지탱하는 상징질서의 연장이다. 그러나 동시에 이 표상은 남성 중심의 상징질서의 균열을 드러내주는 전복적 의미를 함유한다. 이들이 대개 매혹적인 백인 여성으로 묘사됨으로써(샤론 스톤을 보라!) 남성들의 공포와 욕망을 동시에 불러일으킨다는 점은, 악녀의 이중성과 그 역설적인 의미를 암시한다.(린다 하트, 강수영·공선희 옮김, 『악녀』, 인간사랑, 1999)

적으로 구성된 가면이다. '위장으로서의 여성성'은 '여성성'이 단순히 사회적으로 호명된 것이라는 수동성의 측면과 그 본질주의적 규정의 영역을 넘어서, 능동적인 여성적 전략의 의미를 가질 수 있다. 이런 위장술과 연결된 여성성은, '진정성'과 '인위성'의 구별을 자명한 것으로 절대화하는 가부장적 상징질서의 체계를 교란한다. 정이현 소설 속의 그녀들은 여성성의 위장적 측면과 불확정성을 불우와 숙명으로 받아들이기보다는, 그것을 '전략화'한다.

이것은 대중문화 속의 악녀 이미지가 남성 중심적인 상징질서의 부산물이며 동시에 그것의 '틈'인 것과는 다른 맥락에서 이해된다. 정이현의 여성 인물들은 남성들의 공포와 욕망의 대상화된 표상이 아니라, 한 여성작가에 의해 전략적으로 구성된 여성 캐릭터이다. 이 캐릭터는 좀더 의식적인 차원에서 로맨스, 결혼, 가족, 국가 등을 둘러싼 제도적 이데올로기에 균열을 만드는 존재이다. 중요한 것은 대중문화 속의 악녀들이 '남성적인 시선'의 구성물인 경우라면, 정이현 소설의 인물들은 여성

---

2) 이를테면 보드리야르는 '가부장제 체계를 극복하는 책략'으로 조앙 리비에르 Joan Riviere의 '가장 Masquerade으로서의 여성성'의 개념을 부각시킨 바 있다. 조앙 리비에르는 성공하고 지적인 전문직 여성의 사례를 연구하면서, 그들이 여성성을 '위장'함으로써 남성들이 뛰어난 여성에게 갖는 불안감과 복수심을 피할 수 있었다는 흥미로운 분석을 내놓았다. '여성성'은 일종의 위장으로서, 남성성의 소유를 감추고 또한 그녀가 그것을 소유했다고 발견될 때 예상되는 비난을 피하기 위하여 취해진 일종의 가면이다. 이와 연관하여 스피박 Spivak의 논리를 참고하면, 여성은 여러 가지 모습으로 탈바꿈할 수 있는(이를테면 '여성은 오르가슴을 '가장'할 수 있다'는 가설) 존재이다. 여성이 '현존을 전치(轉置)한다'는 명제는 이런 여성적 위장술과 관련되어 설명될 수 있을지도 모른다.

자신의 욕망이 빚어낸 캐릭터들이라는 점. 영화 속의 악녀들은 자신의 '시선'과 '언어'를 갖지 못하고 남근적 카메라에 의해 대상화되지만, 정이현 소설 속의 그녀들은 자신의 시선으로 세계를 해석하고 자신의 언어로 말하려 한다.

정이현의 소설들은 여성적 위장술과 그 위장의 무기로서의 자기 언술을 통해, 여성들의 내밀한 욕망을 드러낸다. 그의 일인칭 여성 화자들은 고백적인 화자가 아니라, 일종의 위장적인 화자의 얼굴로 채택된다. 이 위장술 혹은 메이크업 make-up은 언술의 이중적 전략에 의해 가능해진다. 그녀들은 이 사회와 체제 안에서 살기 위해 '여성성'을 '위장'하며, 작가는 그녀들의 '위장'을 위장적인 언술로 표현한다. 그래서 그녀들의 사회적 '위장'은 또 다른 층위의 진술의 '위장'을 내장하고 있다. 그녀들이 맨 얼굴을 드러낸 것처럼 보일 때에도, 그것은 일종의 복합적 위장술이다.

「순수」에는 세 번 결혼하고 그때마다 남편을 잃은 여자가 등장한다. 이 소설은 세번째 남편의 죽음 때문에 경찰의 조서를 받게 된 여자의 진술서의 형식을 띠고 있다. 소설의 본문이 경찰서라는 국가공권력이 집행되는 공간에서 자신을 '변호'하는 여성의 '위장적 진술'로 구성된다는 점은 이 소설의 핵심적인 문법적 장치이며, 정치적인 상징성을 갖는다. 이 일인칭 진술서에서 주인공은 남편들의 죽음에 관한 해명을 하고 있지만, 결과적으로 남편들의 죽음을 통해 그녀의 '경제적 독립'은 쉬워졌고, 그 남편들의 죽음에 그녀가 연루되어 있다는 것을 독자들은 눈치 챌 수 있다. 이 악녀의 위장술과 변명은 '단독자'로서의 여성이 자신의 욕망을 세계 속에 실현하고 생존하는 방식에 관하여 하나의 사례를 제공한다.

"첫번째 남편은 사고로 죽었어요"로 시작되는 진술에서 이 '독립적인 여자'는 매우 담담하고 천연덕스럽게 자신의 경험한 세 번의 결혼생활과 세 남편들의 죽음을 말한다. 이를테면 토목기사인 첫번째 남편의 교통사고 사망에 관한 연락을 받았을 때, 그녀는 출근을 위해 '화장'을 하고 있었다. "영안실을 찾아온 여고 동창생이, 립스틱이 좀 진하지 않느냐고 귀엣말로 하기 전에 나는 불타는 레드, 새빨간 빛깔의 루즈를 발랐다는 사실을 까맣게 잊어버리고 있었습니다. 여자 화장실의 더러운 거울 앞에 서서 나는 휴지를 몇 겹 접어, 밑을 닦듯 입가를 쓰윽 문질러 닦았습니다"라는 진술에서, 그녀가 '화장'하는 행위, 그리고 '화장'을 '밑을 닦듯' 지우는 행위, 그리고 그 행위에 대한 진술, 이 모두는 여성의 '사회적 위장'이라는 성격을 갖는다.

변태 성욕자인 외국인 둘째 남편, 친딸과 '이상한 관계'에 있는 학자인 셋째 남편은, 그녀와의 관계로 인해 운전기사와 딸로부터 각각 살해당한다. 화자는 "언제나 그랬듯 나에겐 아무런 악의도 없습니다. 살의 따위는 더더군다나. 나는 벌레 한 마리 눌러 죽이지 못하는 성품입니다"라고 고백한다. 조서의 마지막에 "한밤중에 여자 혼자 빈집의 문을 따고 들어가는 건 퍽 위험하고, 또 쓸쓸한 일이니까요"라고 말할 정도로 자신의 연약함을 위장하는 여자. 이 소설의 제목인 '순수'는 그 반어의 미학을 함축한다. 물론 소설의 내포 화자와 독자는 여성화자의 기만적인 고백에 대해 속지 않고 함께 비난할 수 있는 지위를 가질 수 있다. 그러나 이 소설에 등장하는 여성은 단지 비난의 대상이 되는 것이 아닐 것이다. 사회적 단독자로서 여성 개인은 "어디에 있든 나는 점점 더 강해지고 아름다워질 겁니다. 운명이 주는 어떤 시련에도 굴복하지 않겠어요"라고 세상에 대해 스스로 다짐해야 한다. 이 '나쁜 여자'의 기만적 진술이 어떤 페이소스를 자아내는 것은 이런 이유 때문이다. 이 지점에서 화자의 위장적 진술은 여성의 사회적 생존에 관한 정치적 의미를 포함한다.

「소녀 시대」 역시 일인칭 여성 화자의 육성이 등장한다. 앞의 「순수」와는 달리 이 일인칭 진술은 그 자체로 사회적 위장의 의미를 가지는 것이 아니라, 자신의 욕망과 음모를 '고백'하는 진술로 구성된다. 여기에는 전형적인 '강남' 중산층 가정의 한 십대 소녀의 되바라진 육성이 아무 여과도 없이 노출된다. 소녀가 구사하는 언어의 구어성(口語性)과 직접성 때문에, 어쩌면 이 소설의 '문학성'의 알리바이를 의심스러운 것으로 볼 수 있을지도 모른다. 소녀가 구사하는 또래집단의 은어, 속어, 비어 등은 표면적으로는 표준어와 모국어에 가하는 훼손으로 볼 수 있지만, 그것은 사회적 주변부에 위치한 소녀들의 언어를 통해 제도적 표준문법에 대한 변이의 공간을 만들어내는 효과를 산출한다. 이 소설에서 중요한 것은 주인공의 '소녀성'이 사회적으로 호명되는 방식, 그리고 그 호명된 소녀성을 이용하여 세상에 대한 음모를 키워가는 소녀의 개인 전략이다. 물론 여기서 '소녀성'은 생물학적인 개념이 아니라, 사회적이고 정치적인 차원에서 이해된다. 소설은 사회적 약자인 소녀가 어떻게 자기 삶의 실존적 자립성을 찾으려고 욕망하는가를 드러내 보인다.

"엄마 아빠가 죽었을 때 내가 스무 살이면 좋겠다"고 생각하는 소녀는, 자동차에 집착하고 약간 '강북 필'나는 '용이 오빠'의 사랑을 얻기 위해 친구의 조언에 따라 '애교'와 '여우 짓'을 실행한다. 물론 그것은 오빠와의 '로맨스'를 위해서이다. 사회학과 교수인 위선적인 아버지는 '채팅녀 깜찍이'와 목하 원조교제 중이고, "빵빵한 지방부자의 고명딸"이었던 허영 많은 어머니는 다양한 '신생 학문'에 대한 학구열에 불타다가 이내 그만 두는 습관이 있다. 소녀는 길거리에서 만난 아저씨의 유혹에 넘어가 '교복'을 입고 포르노 사진을 찍어준다. "세라복 치마를 들춘 채 무표정하게 가만히만 있으면" 되었다고 설명하는 포르노 촬영 장면은, 남성-어른들이 소녀에 대해 갖는 관음증의 시선 앞에 자기 육체를 전시함으로써, 자신의 '소녀성'을 전략화하는 소녀의 태도를 상징적으로 함축한다.

아빠의 외도에서 비롯된 부부싸움을 목격하는 와중에 시작된 소녀의 '생리'는, '소녀성'의 이미지를 상징화한다. 그 생리의 순간, '아빠의 여자'를 찾아야겠다고 결심하는 것은, 가족 윤리와 가정의 안녕을 지키기 위한 소녀의 노력이 아니라, 가족 삼각형 안에서의 나름의 자기 욕망의 '계산'을 담고 있는 것이다. '아빠의 여자'의 임신중절비를 구하기 위해 벌이는 가짜 납치

극은, 이 소녀가 세상과 가족에 대해 꾸미는 '음모'의 절정이다. 이 음모는 그녀의 소녀성을 규정하는 가족과 사회 체제에 대응하는 개인 전략의 일환이다. 소녀의 음모는 한국 중산층의 '가족 신화'를 뿌리째 뒤집어 놓는다. 소녀는 체제가 호명하는 '소녀성'을 연기함으로써, 그 체제에서 살아가는 방법을 배운다. 소녀가 유독 영어 공부에 집착하는 것은 "세계 어디를 가더라도 남한테 무시당하고 살기는 싫다"는 매우 현실적인 이유 때문이다. 소녀의 모험담은 일종의 여성적 통과제의, 혹은 입사식의 성격을 띤다고 볼 수 있지만, 이것은 소녀들이 자기 육체를 성적 대상으로 내면화함으로써 성인 여성으로 사회화되어가는 '섹슈얼라이제이션 sexualization'의 과정이기도 하다.

앞의 두 작품과는 달리 「트렁크」는 3인칭 시점으로 구성된다. 시간 단위를 소제목으로 설정하는 긴박감을 자아내는 구성을 통해, 소설은 추리소설적 흥미를 촉발시킨다. 외국계 화장품 회사의 지사에 근무하는 젊은 독신 여성이 새로 산 '소나타' 승용차는 그녀의 사회적 지위와 욕구를 반영하는 상징이다. 그녀에게 '소나타'는, '소나타'로 상징되는 성공한 직장인과 중산층 공간에 대한 욕망의 매개물이다. 또한 자동차는 단순히 소유물이 아니라, 인간의 육체에 속도를 부여해주는 '신체'의 일부이다. 자기 욕망의 승자가 되기 위해 무엇이든 '연기'할 수 있는 그녀는, 멋진 자동차를 타고 세상을 질주하고 싶다. 그러니 이 '나쁜 여자'가 자동차를 좋아하는 것은 너무도 당연하다. 그런데 그 안에서 발견되는 '소녀'의 시체는 그녀의 삶을 둘러싼 불길한 사회적 정황들을 암시한다. 자동차를 향한 그녀의 욕구와 트렁크 안에 감추어야 할 소녀의 죽음은, 한 여성의 욕망이 마주한 불안한 사회적 관계들과 연루되어 있다.

그런데 '트렁크'의 의미는 보다 중층적이다. 소설에서 그녀가 소녀를 실제로 살해했는가하는 미스터리는 어쩌면 중요하지 않다. 트렁크 안에서 소녀의 시체를 처음 발견했을 때, "그녀는 모든 것이 꿈이라고 확신"했으며, 소설의 후반부에 가서는 "어딘가, 빛이 들어오지 않는 작고 캄캄한 공간에서 사지를 웅크리고 잠들고 싶었다. 아기집 같은 동굴 속! 비로소 그녀는 모든 비밀을 이해할 것도 같았다. 그날, 어쩌면 선미도 그녀와 같은 기분이었을 것이다"라고, 이 소녀의 시체에 관한 미스터리를 '스스로' 해결한다. 여기서 '트렁크'는 두렵고도 외로운 세상으로부터 숨어들고 싶은 '아기집'이라는, 여성적이며 실존적인 상징성을 함께 부여받게 된다.

이 유능한 커리어 우먼에게 '위장술'은 정글과도 같은 현실에서, 승자가 되기 위해 자신의 욕망을 효율적으로 실현시키는 방법의 일환이다. 가령 직장 상사와의 불륜은 '1990년대 여성 소설'처럼 가족 제도의 억압으로부터의 일탈적 욕구의 반영이나 새로운 '로맨스'의 추구가 아니라, 그녀가 남성 중심적인 현실을 돌파하기 위한 일종의 전략적 선택이다. 따라서 그녀는 지금의 정부인 '권'을 넘어서 직장 권력의 상층부에 위치한 새로운 지사장 '브랜든'에게도 자신의 여성성과 로맨스를 '연기'할 수 있는 것이다.

소녀의 시체를 처리하기 위해 산 이민용 트렁크는 트렁크의 시체를 유기하기 위한 또 하나의 '트렁크'이다. 그런데 "하다못해 이민용 가방에 시체를 옮기거나, 땅을 파고 구덩이를 만드는 데도 남자의 힘이 필요"하기 때문에, 그녀는 '권'을 끌어들이지 않을 수 없었고, 그것은 새로운 살인을 부른다. 시체를 유기하기 위해 끌어들인 '권'에게 자신의 원룸 오피스텔에서 "인생 최초의 강간"을 당한 후, 그녀가 저지르는 살인은 어쩌면 필연적이다. '브랜든'과의 '로맨틱'한 금요일 밤 선물 받은 장미가 꽂힌 크리스털 화병이 살인의 도구가 되는 것은 아이러니를 자아낸다. 남자의 시체를 이민 가방에 '혼자서' 처리한 그녀. "스스로의 손으로 하지 못할 일이란 세상에 아무것도 없었다. 가방의 지퍼를 잠그고 나서 그녀는 그것을 깨우쳤다."

시체를 처리한 후, 그녀가 "늘 하던 대로 좌변기에 앉아 화장을 지우"는 장면은 상징적으로 읽을 수 있다. '외국계 화장품 회사'의 완벽하고 유능한 커리어 우먼에게 정부를 살해한 후 '화장'을 지우는 장면은, 그녀의 위장술의 실존적, 사회적 그늘을 짙게 암시한다. 살인이 있은 후에도 그녀는 일요일 교회에 나가 찬송하고, 월요일 아침 남자의 시체가 숨겨진 가방을 트렁크에 싣고 출근하여 근무한다. 달라진 것은 아무것도 없다. "매끈한 서류가방을 들고 사무실로 나서는 그녀의 모습은 우아하고 완벽했다." 마지막 장면, 브랜든의 "은색 렉서스 옆자리에 올라타면서 그녀는 저 멀리 세워진 자신의 자동차에 흘낏 시선을 주었다. 차에는 아무런 문제도 없어 보였다." 그녀의 '소나타'는 "아직 갈 길이 멀었다."

2. 탈연애소설, 로맨스와 결혼의 정치학

'낭만적 사랑'과 '순결한 결혼'은 자본주의 체제 내의 가부장적이고 이성애 중심적인 가족제도를 지탱하는 필수 이데올로기이다. 근대 이후 로맨스와 결혼에 대한 사회적 통념들은 가족, 사회, 국가의 테두리를 절대화하는 이데올로기가 되었다. 근대 자본주의 가족제도에서 낭만적 사랑의 자발성과 배우자의 사적 선택이라는 '자유 연애'의 신화는, 가족과 사회의 제도적 동의에 자신을 적응시킴으로써 체제에 자기 존재를 안정적으로 편입시키기 위한 명분이기도 하다. 그것은 개인의 자유로운 자율적 선택을 알리바이로 하고 있기 때문에, 너무도 '자연스럽게' 여성 주체의 삶을 변형시키며, 로맨스와 결혼에 대한 적응의 과정을 통해 여성의 생활을 규정한다.

그러니 1990년대 여성 소설의 문제의식처럼, 결혼제도의 억압에 대한 여성 개인의 성적 일탈을 통한 '불륜의 문학화'는 한계를 가질 수밖에 없다. 가족제도 내의 남편으로부터 벗어나 새로운 이성애 대상자를 찾는다는 것은, 이성애 가족제도의 정상성을 그대로 유지하는 틀 내에서의 새로운 '로맨스'를 찾아가는 것 이상의 의미를 갖기 어렵다. 그러면 무엇이 가능하겠는가? 정이현은 새로운 로맨스를 꿈꾸며 성적 일탈을 일삼는

1990년대적 여성 주인공 대신에, 그 로맨스에서 결혼에 이르는 사회적 과정에 자신을 철저히 적응시키는 여성을 주인공으로 채택한다. 그것을 통해 로맨스와 결혼이라는 이데올로기가 여성 개인을 호명하는 방식과 그 순응의 과정 안에서 벌어지는 정치적 국면들을 드러낸다. 로맨스를 둘러싼 '멜로 드라마'의 시선을 역전시킴으로써, '친밀성'의 영역에서 벌어지는 가장 사적이고 일상적 사건들의 사회적 관계를 성찰할 계기를 부여한다.

「낭만적 사랑과 사회」는 '낭만적 사랑'이 사회적 요구에 기초한 이데올로기라는 점을 분석한 재크린 살스비 Jacqueline Sarsby의 동명의 책을 제목으로 하고 있다. 이 딱딱하고 낯선 제목은, 이 소설이 로맨스를 다루는 방식이 낭만적 사랑을 신화화하는 일반적인 연애소설의 뒤집기라는 점을 암시한다. 이른바 대중적인 '로맨틱 소설'에서 여성들은 처녀의 순결을 통해 남자의 욕망을 불러일으키고 결국 순결한 결혼에 이르게 된다. 이 소설은 그 로맨틱 소설의 이런 일반화된 관점을 해체한다. 이런 맥락에서 이 소설은 예리한 '탈연애소설'이다.

소설은 '순결'이라는 문제를 둘러싼 젊은 세대의 경험을 일인칭 여성 화자를 등장시켜 기술한다. 소설의 본문은 자신의 '순결'을 가장 효율적으로 활용하려는 '나'의 시선과 진술로 구성된다. 결정적인 상대를 택해 '순결'이라는 자신이 가진 유일한 카드를 제출하려는 것이 '나'의 전략이다. 이 전략은 체제 내부의 로맨스와 가족 이데올로기에 순응하는 인물을 통해 여성의 사회적 삶의 문제를 부각시킨다. '나'의 자기 진술은 사회 체제에 정상적으로 편입하려는 여성 개인의 사적 욕망이 사회적으로 구성된 것임을 드러내준다. 주목할 것은 이 소설의 각주가 '이종 서술자'의 시점으로 제시되고 있다는 점이다. 이 소설의 각주는 본문의 사건을 둘러싼 사회적 조건들을 드러내는 문법적 기제이다. 여기에는 본문의 주인공의 행위와 진술의 사회적 성격을 성찰하는 숨은 서술자의 사회적 시선이 자리하고 있다.

'나'는 마지막 보루인 '팬티'를 사수하기 위해 "레이스가 달린 팬티를 입지 않는" '고진감래'의 자기 절제를 고수하며, 그것은 '순결'의 이데올로기를 둘러싼 '팬티의 사회학'을 보여준다. 결정적인 순간을 위해 자신의 성욕마저 절제할 수밖에 없는 상황은, 순결 이데올로기가 개인적 욕망의 세계를 제한하는 힘이라는 것을 말해준다. '십계명'을 준수하는 장면은 이 소설의 압권에 해당한다. '십계명'의 핵심적인 내용은 자기의 '순결'을 상대 남성에게 확실하게 증명하는 것. 다시 말하면 남성의 상징질서가 요구하는 '처녀성'을 '연기'하는 것이다. 그런데, 소설은 그 순결의 증거와 흔적이 나타나지 않는 황당한 반전을 배치한다. 그토록 아끼던 단 하나의 무기인 '순결-유리의 잔'은 이렇게 '흔적 없이' 사라져버렸으며, 어쩌면 '처녀막'은 처음부터 '실체'가 아니었다고 할 수 있다. '나'에게 '순결'은 단 하나의 '진품'이며, '완벽한 결혼'에 이르기 위한 단 한번의 '순결한 삽입성교'는 절대적으로 수호해야 하는 가치였다. 그러나 결국 그 '진짜'로서의 처녀막과 순결한 성교는 실체가 없는 것이었고,

가상과 기호에 불과했다. 순결한 성교의 신화를 현실에서 실현하려는 결정적 순간, 그것은 증명할 수 없는 가상의 것으로 드러난다. 이것이 '처녀성'의 통렬한 아이러니이다. '남근의 법' 안에 있는 '처녀막의 신화'는 이런 방식으로 해체된다.

조건 좋은 남자와 그와의 윤택한 삶을 상징하는 '뉴비틀'과 '루이뷔통' 등 '명품'에 관한 '나'의 욕구는, 사회적으로 구성된 것이다. 그런데 순결을 '바친' 남자로부터 선물 받은 명품이 '짝퉁'일지 모른다는 '나'의 불안감은, '순결한 사랑'의 진위에 대한 불안과 동궤의 것이다. 그러나 주인공은 '낭만적 사랑'의 이념을 포기하기 힘들다. "아니다. 아니다. 누가 뭐래도 그는 내가 사랑하는 사람이다. 우리는 서로, 사랑하는 사이다"라는 절박한 자기 최면과 주술은 마지막 순간까지 버릴 수 없는 순결한 사랑의 신화를 환기시킨다. 주인공은 '진짜 사랑'의 이데올로기의 바깥에서 살아갈 수 없기 때문이다. "유리의 성이 점점 멀어져가고 있다. 큐빅처럼 흩뿌려진 서울의 불빛들이 눈 한 번 깜빡이지 않고 나를 바라본다"라는 소설의 마지막 문장은, 주인공의 불안한 내면 공간을 이미지화한다. 여기서 '유리의 성'과 '큐빅의 불빛'으로서의 도시는 '낭만적 사랑'의 신화처럼, '진정한 가짜'들의 공간이다. '나'를 바라보고 있는 그 불빛들은, '내' 욕망을 응시하고 규정하고 있는 '진정한 짝퉁'의 세계이다.

「홈 드라마」는 「낭만적 사랑과 사회」의 여성 캐릭터가 결혼이라는 사회제도를 실제로 경험하는 과정을 그리고 있다고 할 수 있다. 이 소설은 한국 사회의 '평균적인' 한 쌍의 연인이 결혼을 결심하고 그 사회적 제의를 통과하기까지의 사소한 현실적 세목들을 적나라하게 묘사한다. 결혼이라는 제도적 절차를 둘러싼 현실적인 정황들을 미학적 여과 없이 노출시킴으로써, 결혼과 결혼식이라는 상징제의의 이데올로기 뒤에 숨어 있는 비루한 사회적 '계산'들이 부각된다.

  이 소설은 독특하고 실험적인 구성으로 결혼의 사회적 도식성을 드러낸다. 우선 소설은 마치 희곡이나 시나리오처럼 '등장인물'을 처음에 소개하며, 본문 안에서도 인물들의 대화는 희곡의 대사처럼 처리된다. 이것은 결혼이라는 상징제의가 일종의 '연극적 무대'라는 것을 암시한다. 그 무대 위의 두 남녀는 '배우'이며, 그 무대에서 상연되는 것은 한 편의 슬픈 코미디일 것이다. 처음에 이 등장인물들의 신상 정보가 나열되는 것은 그들이 현실 세계 속에 존재하는 인물이며, 사회 체제에 '등록된' 인물이라는 점을 부각시키는 장치이다. 결혼의 과정과 비용을 둘러싼 두 남녀와 가족 간의 위선적인 줄다리기의 내용을 보고하는 소설의 본문이, '발단—전개—절정—결말'의 소제목과 구성으로 짜여져 있는 것은, 결혼의 제도적 절차가 갖는 삶의 끔찍한 도식성을 드러내는 플롯이다. 이것은 이 소설의 제목이 '홈드라마'인 이유이기도 하다. 그러니 소설의 절정인 결혼식 축가 장면에서 서술자가 "따뜻하고 아름다운 장면이었다"고 말하는 것은 일종의 반어이며 냉소이다.

  주인공이 결혼의 세속적 절차들로부터 받은 상처를 위로 받기 위해 옛사랑을 찾아 하룻밤을 보내고 그 결과로 '성병'이 생기는 것은, 이 결혼 '드라마'의 이중성을 함축한다. 로맨스의 정상적인 귀결로서의 결혼 절차로부터 받은 상흔을 치유하고 결혼을 완성하기 위해, 새로운 로맨스가 필요하다는 이 '통속적인' 아이러니. 문제는 '프롤로그'와 '에필로그'이다. 소설 본문에 나오는 다소 희극적인 대사들과는 달리, 이 두 부분은 건조하고 상징적인 묘사를 보여준다. 그들이 같은 시간대에 경험하는 '성병'과 그 '성병'의 치료 과정, 그리고 신혼집에 출몰하는 '바퀴벌레'의 이미지는, 그 '결혼'이라는 공연 무대 뒤의 불길한 실존적·사회적 틈을 암시한다.

3. '정상성'과 '시선'의 감옥에서

이른바 '정상적인 것'은 누구에 의해 규정되는가? 정이현의 소설 속에는 제도적 정상성의 이데올로기에 의해 희생되는 여성 캐릭터들이 등장한다. 여기에는 섹슈얼리티를 둘러싼 성 정치학이 개입되어 있다. 가부장적인 체제 안에서 남성의 관점이 정상성의 규범을 생산한다면, 여성의 시선은 갇혀진 채로 이미지와 동일시하거나 이미지의 반사 속에서 쾌락을 발견하는 나르시시즘적인 것이 될 수 있다. 미디어와 풍문의 세계에서 여성은 남성 욕망에 의한 소비의 대상이며, 여성들은 대상화된 자신의 이미지를 소비하는 자리에 놓일 수 있다. 물론 이 남성적 관점과 시선을 넘어설 수 있는 여성적 실천의 가능성이 완전히 봉쇄되어 있는 것은 아니다. 정이현 소설은 정상성의 규범의 희생양인 여성을 통해, 그 규범의 자명성과 사회적 권력관계를 의문에 붙인다.

이를테면 '동성애'는 이성애 중심 가족제도 안에서 '비정상성'의 표본이다. 「무궁화」의 주인공 여자는 가정을 가진 여자와 지독한 사랑에 빠진다. 그녀의 조바심과 열정과 질투와 불안은 이성애적인 사랑과 마찬가지이거나, 혹은 그 이상이다. 이성애 중심 사회 체제 내부에서 이들의 사랑은 이중적으로 '비정상적'이며, '탈제도적'이다. 동성애의 상대 여자가 결혼한 여자이기 때문에, 이 이중적인 '비정상성'은 이들의 사랑은 보다 위험하고 치열한 것으로 만든다. 이를테면 그들이 "어디 가서 꼭 껴안고 싶어"서 사회적으로 묵인되는 불륜의 장소인 러브호텔에 대낮에 들어갔다가, "지금은 '대실'만 되니까 이따 밤에 오시라구요"라는 종업원의 말과 함께 거절당하는 장면은, 그들이 이 '불륜의 공화국'으로부터 이중으로 소외되어 있다는 것을 말해준다. 정이현 소설에서는 드물게 전통적인 단편소설의 화법을 계승하고 있는 듯한 이 소설은, 그러나 그 안에 배치된 '불편한' 시선과 상징적 기제들로 인해 낯설고도 불온한 작품이 되어 버린다.

소설은 이인칭의 시점으로 구성되어 있고, 서술이 좀 진행된 후에야 주인공의 이인칭 연인이 '동성'임이 드러난다. 이인칭의 호명 방식은 사회적으로 호명이 허용되지 않는 '비정상적

해설 · 그녀들의 위장술, 로맨스의 정치학 **241**

연인'에 대한 매우 은밀하고 탈제도적인 '자매애'적인 호명이라는 성격을 띤다. 소설의 제목인 '무궁화'는 대한민국의 '국화'라는 제도적 상징을 전복적으로 활용한다. "공중변소 옆에는 왜, 벌레 먹은 분홍 꽃들이 피어 있을까"라는 의문에 대해, "나라꽃이라 그래. 하수구와 공중화장실은 국가에서 관리하니까"라고 연인은 대답한다. 화장실 옆의 '무궁화'는 국가에서 관리하는 섹슈얼리티의 상징이다. 이 상징은 이 소설에서 여성 성기의 이미지와 조우한다. 소설의 도입부에서 "그녀의 틈새" "세상의 모든 냄새"로 묘사된 여성 성기의 후각적 이미지는, 소설의 마지막에 가서는 나르시시즘적인 시각적 이미지로 재등장한다. 주인공이 '폴라로이드 카메라'로 자신의 다리 사이를 찍어서 "냉장고 한가운데, 그녀의 얼굴 옆에 붙이"는 사진 속 여성 성기는, "모로 누운 연갈색 거웃들과 그 속에 돋아난 작고 붉은 살덩이들, 너의 극지(極地). 공중변소 앞의 꽃나무처럼 무심히 시들은 그것"으로 묘사된다. '무궁화'는 여성의 신체와 사적 욕망에 대한 국가적 통제의 상징이면서, 그 통제에 대응하는 여성적 전선의 한 강렬한 '극지'이다.

「무궁화」에서 여성 주인공이 완강한 이성애 제도의 감옥 안에 갇혀 있다면, 「신식키친」에서는 육체의 자기 이미지라는 감옥 속에 갇혀 있다. 「신식키친」은 거식증에 관한 이야기이다. '신식키친'은 음식이 조리되는 현대적 공간으로서, 육체의 이미지를 둘러싼 현대의 정신적 질환과 관련되는 장소이다. 이 공간에서 '폭식'과 '거식'이라는 사적인 사건이 발생하며, 그런 맥락에서 키친은 그녀가 먹은 것들을 모두 게워내는 '화장실'의 공간과 짝을 이룬다. 소설은 파편화된 구성으로 여성 주인공의 행위와 의식을 묘사한다. 소설의 중간 중간에는 다이어트의 방법과 관련된 정보들이 병치적으로 삽입된다. 이것은 그녀의 의식을 지배하는 정보들과 이미지들을 나열함으로써, 그 사회적 연관을 독자들이 추론하게 만드는 소설적 장치이다.

소설의 도입부에 등장하는 '비단뱀'의 이미지와 마지막에 등장하는 '배추흰나비'의 이미지는 텔레비전에 의해 대상화된 육체의 이미지이면서, '변신'과 '탈바꿈'이라는 주인공 여성의 욕망을 반영하는 이미지이다(구청에서 '여권 증지'를 파는 그녀의 직업은 그녀가 처한 조직의 구속과 탈출의 꿈을 동시에 상징한다). 현대 세계에서 육체를 매개로 사회적 질서에 자신을 편입시켜 가는 과정에서 여성은 자기 존재의 정체성을 획득한다. 대중적인 소비문화는 젊고 날씬한 육체의 이상화된 이미지를 신화화하면서, '자기 보존'의 개념을 판다.

소설 속의 그녀는 "늙은 여자, 그 불쾌한 엉덩이, 엉덩이들"을 혐오한다. 그녀가 화장대 거울 앞에서 자기 육체를 "눈 한번 깜빡이지 않고" 응시하면서 "몰락한 왕의 무덤처럼 거대하고 황폐한" 유방과 "삼각밴드 바깥으로 불룩하게 비어져 나온 허리살"을 보는 것은, 닫힌 여성적 나르시시즘에 관한 상징적 장면이다. 그녀가 앓고 있는 정신적 질병은, 여자의 육체를 둘러싼 사회적 '시선'과 '언어'들이 어떻게 한 여자의 육체와 의식을 지배하고 있는가를 보여주는 사례이다. 물론 이런 육체적 아름다움에 대한 욕구에는 어떤 '진정성'이 묻어 있다. 문제는 현대적인 육체의 신화가 그 '진정한 욕구'를 이용한다는 데 있다. 그러므로 소설의 마지막에 등장하는 주인공의 '비상'은 한 여성의 육체를 향한 꿈의 실존적·사회적 맥락이 동시에 새겨진 장면이다.

여성 존재가 갇혀 있는 시선의 감옥이라는 문제를, 근대 초기의 역사적 공간으로 이동하여 다루고 있는 작품이 「이십세기 모단 걸」이다. 「이십세기 모단 걸」은 김동인의 소설 「김연실전」의 패러디이다. 한국 근대 문학의 선구적인 작가 김동인은 '신여성'으로서의 '김연실'이라는 실존 인물을 그리면서, 그녀의 윤리적·인간적 한계를 드러내는 남성적 시선을 노출한 바 있다. 이 소설은 김연실의 초상을 여성적 시선으로 다시 빚어내는 작업으로 볼 수 있다. 소설은 김동인의 작품처럼 '傳'의 형식을 띠고 있다. 김동인이 중세적인 장르였던 '傳'을 채택했던 것을 이어받아, 작가는 그 장르의 전통적 화법을 그대로 빌려온다. '출생' '입지' '유학' '사건' '실화'의 소제목으로 구성된 소설의 플롯은 한 개인의 일대기에 대한 전통적인 재구성이지만, 그 재구성의 시선은 남성적 인물평전으로서의 '傳'의 장르적 성격을 전복하는 것이다. 특히 소설의 도입부와 말미에서 숨은 서술자가 직접 자신의 얼굴을 드러내고 말하는 것은, 김동인 소설이 보여준 근대 소설적인 문체를 낯설게 하고 '소설적 허구'로서의 근대적 '傳'의 성격을 뒤집는 작업과 관련된다.

기생의 딸로 태어난 신여성 연실은 유교적 신분질서의 희생

양이면서, 근대적인 세계 속에서의 남성 중심적인 '로맨스'의 희생양이라고 볼 수 있다. '동경'이라고 하는 '근대'적인 동경의 땅에서 유학생들 사이에 벌어지는 '로맨스'는 이들의 '자유연애' 이념이 가지는 근대적 성격을 보여준다. 그러나 남자 유학생의 구애를 무시한 죄로 풍문의 희생양이 된 이 신여성의 사회적 좌절은, 그 '자유연애'의 이데올로기적 한계를 극명하게 보여준다. '모던 걸'의 "모단은 '모단(毛斷)'인지도 모르고 '모단(母斷)'인지도 모릅니다. 아니 어쩌면 '못된'일지도 모르겠습니다"라는 서술자의 진술은 '신여성'과 '자유연애'를 둘러싼 사회적 이중성을 함축적으로 표현한다. '신여성'은 남성적 욕망과 동경의 대상이며, 동시에 혐오와 윤리적 탄핵의 대상이었던 것이다.

소설은 김동인의 김연실에 대한 이미지가 사실은 남성적인 풍문에 의해 그녀를 '못된 여자'로 규정한 것임을 드러내려 한다. 소설의 대미를 장식하는 남자 유학생의 공식적인 '격문'과 이에 대응하는 김연실의 '편지'는 문제적인 대비를 이룬다. 공적인 윤리와 기만적 대의명분에 기댄 계몽적인 남성적 논설과, 자신의 무죄를 '편지'라는 사적이고 내밀한 소통 방식을 통해 '고백'할 수밖에 없는 여성적 언술의 극명한 대비. 이것은 남성적인 '시선'과 '풍문'들에 의해 왜곡된 신여성의 삶과 진실을 밝히고 그녀 자신의 가려진 '목소리'를 '복원'하는 소설적 노력이다.

4. 아이러니로서의 순응과 저항

정이현의 주인공들은 '위장'의 방식으로 체제가 요구하는 여성의 존재를 '연기'함으로써 자기 욕망을 실현한다. 그렇다면, 아마 이런 질문이 가능할 것이다. 이런 위장술이 무슨 '저항적 의미'를 가지는가? 그것은 지배적인 상징질서에 타협하는 인간을 보여주는 것뿐이 아닌가? 우선 이렇게 말할 수 있다. 현대 세계의 규율적인 권력의 메커니즘 안에서는, 저항 역시 그 권력관계의 일부로서 존재할 수밖에 없으며, 저항은 개별화되고 고립될 뿐, 일반화되기 어렵다. 이를테면, 로맨스와 결혼과 섹슈얼리티를 둘러싼 지배적 질서는 개인을 직접적으로 억압하는 것이 아니며, 그 억압적 권력의 주체도 분명하지 않다. 개체는 '자발적'으로 그 정상성의 이데올로기를 내면화하기 때문에, 그 이데올로기에 저항하는 주체를 구성하기 어렵게 된다.

정이현 소설은 이 '자발성'과 '정상성'의 신화가 지배하는 일상현실의 구조를 냉소적인 시선으로 드러냄으로써 그 신화의 허위를 폭로한다. 정이현의 여성인물들이 '위장' 혹은 '연기'의 방식으로 이 세계에서 생존한다고 할 때, 그 행위 자체가 저항적 의미를 산출하는 것은 아닐 것이다. 그녀들은 이 체제에 대한 순응과 공모, 저항 사이의 '경계'에 서 있다. 그 경계적인 행위의 정치적 국면을 드러내는 함축적 화자의 비판적 시선을 통해, 소설은 체제에 대한 예리한 칼날을 준비한다. 연애와 가족

제도와 관련된 세속적이고 낯익은 일상적 장면들의 정치적 관계를 날카롭게 드러냄으로써, 그 '정상성'과 '자명성'을 낯설고 불편하게 만드는 것. 로맨스와 결혼과 섹슈얼리티를 둘러싼 지배적 상징 질서가 개인의 일상적 세계를 어떻게 규율하는가를 아주 '사실적'으로 보여줌으로써, 그 이데올로기를 '탈자연화'하고 '탈운명화'시키는 것. 이를 통해 정이현의 소설은 지배적 서사에 대한 일종의 '역담론'이 될 수 있다. 가장 사적이고 일상적인 영역조차 정치적으로 사유할 수 있는 공간으로 만드는 작업은, 여성에게 부과된 제도적 삶의 '외부'를 사유할 수 있는 출발점이다.

무엇보다 정이현 소설의 세계 인식이 특유의 여성화법을 통해 구현되고 있다는 점에 주목할 필요가 있다. 여성 주인공의 '위장술'과 작가적 언술 방식의 '위장술'은, '아이러니'의 미학을 통해 지배적 상징질서에 대한 전복적 시선을 구성한다. 가령, 자기 욕망의 실현을 위한 여성들의 '기만'과 '음모'는 '탈내향적인' 일인칭 화자들의 벌거벗은 '육성'에 의해 드러나지만, 그 육성 뒤에는 그것의 정치적 의미를 구성하려는 함축적 화자의 시선이 자리 잡고 있다. 드러난 말과 숨겨진 말의 이러한 이중구조는 정이현의 화법 자체가 '위장'과 '아이러니'의 언술임을 드러낸다. 이러한 위장과 아이러니의 언술 방식은, 삼인칭 소설의 경우에도 해당된다. 삼인칭 서술자는 단지 주인공에 대한 관찰자의 입장에 서 있는 것이 아니라, 주인공 여성의 욕망의 시선을 함께 따라간다. 동시에 서술자는 주인공의 사적 욕망의 사회적 관계를 주시함으로써 그 인물의 경험과 행위의 정치적 국면들을 드러내준다. 이런 화법적 특징을 '위티즘'의 미학으로 설명할 수 있다. 위티즘의 미학은 두 층위의 '화자/청자' 사이의 '화용론'적 관계에서 실현되는 차이의 문법이다. 정이현의 소설들은 독자가 그 표면적 언술 뒤에 숨어 있는 정치적 시선에 동참할 때, 그 의미화가 실현될 수 있다.

한국의 여성 문학은 여성적 문법의 개발과 남성적 억압 구조의 의식화라는 문학적 성취를 쌓아왔으며, 특히 1990년대 여성문학은 여성적 '내면'의 탐구와 가부장적 가족제도로부터의 '탈출'의 욕망을 보다 적극적으로 드러냈다. 이제 이 시점에서 정이현의 소설들은 기존 여성소설에 대한 '질문'이며, 동시에 새로운 여성문법에 대한 '발견'이다. 이를테면 '내면'의 관념에 기초한 여성 문학의 '고백'의 화법과, 제도로부터의 '일탈'을 의식화하는 '불륜의 서사' 모두를 거절하는 방식인 것이다. 기존 여성서사가 정치적인 문제조차 내면과 운명과 사적 욕망의 문제로 다루었다면, 이것은 내면과 운명과 사적 욕망의 문제조차 정치적인 문제로 드러내는 작업을 의미한다.

남성적 위선과 엄숙주의를 뒤집는 발칙하고 불온한 상상력과 언어 구성력을 통해, 정이현은 새로운 여성 문법의 가능성을 스스로 발견한다. 소설 미학의 유연함과 발랄함, 로맨스의 정치학에 대한 통찰력은, 한 문제적 신인 작가의 '도발'에 세대적인 의미를 부여하게 한다. 정이현의 '나쁜 여자들'과 '위장하는 그녀들'은 이 시대의 '신여성'이라고 볼 수 있으며, 그들에 대한 작가적 시선은 '20세기적인' 소설 관념을 교란하고 있다. 이제 정말 '2000년대적인' 문학이 시작된 것일까?

　물론 새로운 세기에도 세상은 여전히 완강하고 도식적일 테지만, 그러나 분명한 것은 어떤 무거운 풍문에도 불구하고 미래의 소설은 그 '모단 걸'들처럼, "모든 걸 끊고, 모질게 끊고" "아무도 간 적 없는" 낯선 길을 떠나리라는 것이다. 몸 안의 경계를 몸으로 지우며.

작가의 말

여기, 이 단편들이 씌어지는 동안 서른번째 생일이 지났고 오른쪽 윗잇몸의 사랑니를 뽑았으며 어쩌면 아직 아무 일도 일어나지 않았다.

내가 쓴 글들이 소설 비슷한 것은 되는지. 그런 것 같기도 하고 아닌 것 같기도 하다. 아무래도 상관없을 것이다. 처음부터 비스듬한 포즈로, 안도 밖도 아닌 곳에 혹은 경계 위에 서 있었을 뿐. 저토록 견고한 이분법의 세계를 열심히 관찰하다 보면 언젠가는 실금 같은 틈새라도 발견하게 되겠지. 나는 다만 즐겁게 욕망한다. '내추럴 본 쿨 걸'에게도 나름대로 진정성은 있는 것이다.

막 지나온 나의 이십대,

세상 어딘가를 질주하고 있을 그 시간들에게
생애 첫 책을 바친다.

2003년 가을
정이현